Tod im Rheinfall

Walter Millns wurde 1963 in London geboren. Er wuchs in Graz und Olten auf. Heute lebt er mit seiner Familie in Schaffhausen. Er schreibt, inszeniert, zeichnet und hat dafür schon Preise gewonnen. Im Sommer schwimmt er im Rhein, im Winter spaziert er am Ufer entlang.

Dieses Buch ist ein Roman. Handlungen und Personen sind frei erfunden. Ähnlichkeiten mit lebenden oder toten Personen sind nicht gewollt und rein zufällig.

WALTER MILLNS

Tod im Rheinfall

KRIMINALROMAN

emons:

Bibliografische Information der Deutschen Nationalbliothek
Die Deutsche Nationalbibliothek verzeichnet diese Publikation in der Deutschen Nationalbibliografie; detaillierte bibliografische Daten sind im Internet über http://dnb.d-nb.de abrufbar.

MIX
Papier aus verantwortungsvollen Quellen
FSC® C083411
FSC www.fsc.org

Umschlagmotiv: © mauritius images/ib/Michael Schellinger
Umschlaggestaltung: Tobias Doetsch
Gestaltung Innenteil: César Satz & Grafik GmbH, Köln
Druck und Bindung: CPI – Clausen & Bosse, Leck
Printed in Germany 2014
Erstausgabe 2013
ISBN 978-3-95451-171-6
Originalausgabe

Für Barbara, Onna und Len

1

Das war keine Pfütze. Es gab bloss ausgetrocknete Mulden, flirrende Strassen, knisternde Wiesen und die Weisung der Behörden, den Garten erst nach Einbruch der Dämmerung vom Sterben abzuhalten. Nein, keine Pfütze. Was in seine Richtung strömte, war klares helles Leitungswasser.

Cobb schaute an sich herunter und beobachtete, wie sich die Lederschuhe vollsogen. Das Wasser färbte sie dunkelbraun. Er war zu sehr in sein Mantra vertieft gewesen, und jetzt wurden seine Füsse nass.

Um den Wortlaut nicht zu verlieren, murmelte er den Satz vor sich hin: «Herr Wäckerli, ich bin gekommen, um mich für die Formulierung zu entschuldigen. Unsere Zeitung wird eine Richtigstellung abdrucken.»

Er war noch immer der Meinung, das hätte telefonisch erledigt werden können. Aber der Chefredaktor hatte darauf bestanden, dass er persönlich vorbeiging.

Er trat einige Schritte zurück, um im Trockenen zu warten. Die ruhige Quartierstrasse im Rücken vernahm er den Verkehr der Hauptstrasse, welche auf der anderen Seite des Hauses vorbeiführte. Einfach angelegte Arbeiterquartiere waren zerschnitten worden, um hastig und planlos auf die Folgen der Migration zu reagieren. Schicksal einer Siedlung wie Neuhausen.

Eine gefleckte Katze kam näher. Sie miaute und strich um seine Beine. Cobb schubste sie weg. Eine andere starrte ihn vom Fenstersims mit einem Auge an. Das andere klebte wie eine trockene Rosine in der Höhle. In einem Busch balgten zwei junge Viecher.

«Hallo!»

Keine Antwort. Er ging näher an die Tür, stützte sich mit der rechten Hand an der Hauswand ab und versuchte, mit der linken die Klingel zu erreichen. Das Wasser floss zwischen den Beinen hindurch.

Ring.

Er stiess sich zurück und trat auf die gefleckte Katze. Sie schrie auf und suchte das Weite.

«So rauscht das schon den ganzen Vormittag.»

Im Garten nebenan stand eine Frau in einer vergilbten Schürze und atmete schwer.

«Wie bitte?»

«Es rauscht. Den ganzen Vormittag schon.» Sie liess die Hände in der Schürze verschwinden.

«Rauscht.»

«Ja. Unter der Tür läuft das Wasser raus.» Ein feister Finger kam zum Vorschein und wedelte in seine Richtung.

«Ist denn niemand zu Hause?»

«Woher soll ich das wissen. Offensichtlich nicht.»

«Ja. Offensichtlich.»

«Sonst wäre ja nicht das Wasser überall. Eine Verschwendung, bei dieser Hitze.» Sie brach einen Zweig von einem Strauch. «Da, trocken wie Brennholz.»

«Aber warum haben Sie denn nicht … ich meine …» Cobb wollte wieder weg, zurück in die Redaktion oder nach Hause fahren, um etwas zu kochen. Die Frau in der Schürze stützte die Hände in die Hüften.

«Ich mische mich nicht in Angelegenheiten, die mich nichts angehen.»

«Ach.»

«Man kann sich seine Nachbarn nicht aussuchen. Leider. Geschieht ihm recht, wenn das Haus absäuft.»

«Ich denke, jemand sollte mal nachsehen.»

«Tun Sie, was Sie nicht lassen können. Den ganzen Garten scheissen die mir voll.» Unerwartet flink bückte sie sich und warf eine Handvoll Kies nach den Katzen. Einige wurden getroffen und flitzten um die Ecke, die Einäugige drehte kurz den Kopf, schien sich aber mehr für Cobb zu interessieren. «Und dieser Gestank.»

«Ja, Katzen können unangenehm sein.»

«Ich rede nicht von den Katzen. Ich rede vom Weihrauch.»

«Er scheint die Sache ernst zu nehmen.»

«Das ist einer von der scheinheiligen Sorte. Und immer diese jungen Leute, die da ein und aus gehen.»

Das nachfliessende Wasser hatte seine ohnehin schon nassen Schuhspitzen erreicht. Er trat einen Schritt zurück.

«Was will einer mit den vielen jungen Leuten, in seinem Alter?» Sie schnaubte.

«Ja. Was?»

«Geht mich ja nichts an. Aber solche kennt man doch.»

Er hatte keine Lust mehr auf diese Unterhaltung. «Na, ich denke, ich werde mal nachsehen.»

«Und heute früh, da war eine Blonde da. Nicht mehr so jung, etwa in Ihrem Alter.»

«Ja, gut ... jemand muss das Wasser abstellen.»

Sie hörte nicht zu. «Und wie ich vom Zahnarzt zurückkomme, läuft das Wasser unter der Tür durch. Und im Haus höre ich ein Rauschen.»

Cobb zog Schuhe und Socken aus und rollte die Hosen hoch. Er steckte Schuhe und Socken in die Seitentaschen seines Jacketts.

«Na ja, ist Ihre Sache, wenn Sie da reingehen. Ich mische mich nicht ein.»

Er trat ins Wasser und drückte die Türklinke. Die Füsse fühlten sich angenehm kühl an.

«Hoffentlich ist er gleich mit abgesoffen.»

Kiesel flogen in den Garten.

«Mistviecher.»

Es knirschte und sie wackelte davon.

Die Tür liess sich ohne Weiteres öffnen. Das Wasser ergoss sich über die Schwelle. Er setzte den Fuss auf das gequollene Holz des Einganges. Einige nasse Federn blieben an seiner Wade hängen. Er schüttelte das Bein, um sie wieder loszuwerden. Ohne Erfolg. Mit Daumen und Zeigefinger löste er sie von der Haut und schleuderte sie ins Wasser. Eine Sandale zog an ihm vorbei und schwamm nach draussen.

«Hallo?»

Cobb blieb stehen und lauschte. Nichts. Er watete durch den Eingang, vorbei an der Garderobe, die bis auf einen Strohhut und zwei leichte Jacken leer war. Ein Läufer hatte sich in einer Nische verfangen. Vor ihm musste das Wohnzimmer liegen. Klumpen von Papier schwammen zusammengemanscht zu grossen und kleinen Inseln, kreisten um sich selbst und verschwanden wieder aus dem

Blickfeld. Einzelne Blätter hatten die Tür erreicht und dümpelten auf ihn zu. Er bückte sich und hob eines auf. Das Blatt war auf den fünfzehnten August datiert. Heute war der elfte. Cobb las die Worte «Presseerklärung», «Brandanschlag» und «radikale Muslime». Das Papier löste sich in seinen Händen auf. Er strich die Reste der Zellulose ans Hosenbein und sah die Treppe hoch. Das Wasser kam von oben.

An den Rändern der Treppe, wo der Teppich nicht abgenutzt war, rann das Wasser wie durch rötliche Algen. Er setzte einen Fuss auf den ersten Absatz. Das Wasser fühlte sich oben kühler an als im Erdgeschoss.

Sämtliche Türen im ersten Stock waren geschlossen und hielten das gleissende Tageslicht zurück. Er sah eine durchnässte Bibel am obersten Treppenabsatz, die auf weitere Liter wartete, um die Treppe hinunterzupurzeln. Obwohl das Rauschen von links vorne kam, öffnete er die Tür gleich zu seiner Rechten. Ein ungemachtes Bett.

«Hallo?»

Das nächste Zimmer war beinahe leer. Ein grosser Flachbildschirm hing an der Wand, davor ein Sofa. Eine DVD schwamm ihm entgegen. Er hob sie auf und las.

Predigt einundsiebzig. Vom Glauben zur Gewissheit. Freie Kirche des universellen Daseins. Heinrich Schwanninger.

Er liess sie zu Boden fallen und sah ihr nach, wie sie sich langsam der Treppe näherte und an der Bibel hängenblieb.

Er zögerte. Sollte jemand zu Hause sein, wäre das Badezimmer der einzige Ort, der jetzt noch in Frage kam. Es kam ihm absurd vor, doch er hob die Hand, ballte sie zu einer Faust und klopfte. Nichts. Keine Reaktion. Er wiederholte das Klopfen. Was, wenn der Mann Hilfe brauchte? Langsam drückte er die Türfalle. Ein schmaler Lichtstreifen fiel auf die gegenüberliegende Wand. Er schob die Tür etwas weiter. Da hing etwas. Die Sonne schien durch das Fenster des Badezimmers. Blendete ihn.

Zunächst hielt er das Ding für ein Handtuch, das sich dunkel abzeichnete. Als die Tür etwas weiter offen stand, erkannte er menschliche Umrisse, und dann fiel ihm der grosse Bauch auf. Er hing grotesk verkehrt herum, und es schien, als wollte er aus der Hose fallen.

Er schlug die Tür zu. An die Wand gelehnt versuchte er seinen Atem zu beruhigen. Ein Duschmittel kitzelte seine Fussgelenke. Er gab ihm einen Tritt. Es knallte gegen die Tür und sprang gegen seine Oberschenkel zurück. Er trat erneut zu und bugsierte es die Treppen hinunter zum Papier, zu den Vogelfedern und dem aufgeschwemmten Holz. Da drinnen baumelte ein Mann verkehrt herum von der Decke. Cobb sah das Bild vor sich und vermisste etwas. Wo war der Kopf?

Wieder öffnete er die Tür. Diesmal war er auf das, was dahinter war, gefasster. Er hielt sie so weit offen, dass er die ganze Szene überschauen konnte. Der Kopf hing in der Badewanne, unter Wasser, die Augen weit aufgerissen, der Mund fischartig geöffnet. Cobb sah hoch und entdeckte einen Flaschenzug. Das Fleisch an den Fussgelenken war vom Seil tief eingeschnitten. Der ganze Körper gab leise der Strömung nach, die das Wasser verursachte. Bis auf einen hässlichen, bierdeckelgrossen Fleck am linken Oberarm schien der Mann unversehrt. Er ging näher und stolperte sofort wieder zurück gegen die Tür, die ins Schloss fiel. Am Oberarm fehlte ein Stück Haut, Blut verklebte die Wunde. Er sah sich um und hielt sich die Hand vor den Mund. Das fehlende Stück Haut war an die Fliesen geklatscht. Vor den Augen des Mannes. Entweder war er tätowiert gewesen, oder jemand hatte mit Kugelschreiber ein Kreuz auf die Haut gekritzelt.

Cobb fühlte Übelkeit aufsteigen. Und Panik. Er tastete nach der Türklinke, riss die Tür auf, verspritzte Wasser, als er zur Treppe rannte. Am Treppenabsatz rutschte er aus und schlitterte auf dem Rücken die Stufen hinunter. Im Erdgeschoss spuckte er Wasser, rappelte sich hoch und stolperte auf den Ausgang zu. Draussen hustete er, stützte sich mit den Händen auf die Knie und übergab sich. Eine der Katzen kam näher, um zu prüfen, ob da etwas Essbares auf dem Boden liege. Er gab ihr einen Tritt, scheuchte die beiden anderen von der Gartenbank und setzte sich hin. Er sah zu, wie auf den Steinplatten die Tropfen aus seinen Haaren Flecken bildeten, die alsbald wieder verdunsteten. Er zog eine Socke aus der Jackentasche und wischte sich damit den Mund sauber. Er klaubte eine Zigarettenpackung hervor, warf eine nasse Zigarette nach der anderen auf den Fussboden, bis er eine fand, die sich anzünden liess. Das vierte Feuerzeug liess sich anmachen. Er lehnte sich zurück und versuchte, einen klaren Kopf zu bekommen.

«Na, was gefunden?» Die Frau in der vergilbten Schürze sah aus dem Fenster.

Er blies den Rauch aus. Zog erneut am Filter, inhalierte tief und blies wieder aus.

«Ja. Vogelfedern, eine Bibel, ein Duschmittel und einen Toten.»

«Dann werde ich jetzt Mittagessen kochen.» Sie verschwand vom Fenster, schloss es und blieb hinter den Vorhängen stehen.

Das brachte ihn auf einen Gedanken. Er zog das Handy aus der oberen Jacketttasche und drückte ein paar Knöpfe. Es war feucht, schien aber zu funktionieren.

Komme nicht zum Essen. Bestell dir eine Pizza. Mach's gut, Dad.

Dann rief er die Polizei an.

2

Anna Galati bemühte sich, den Oberkörper tiefer ins Wasser zu pressen. Jedem Armzug folgte eine längere Gleitphase. Sie schwamm langsam und achtete auf Wasserwiderstand und Rhythmus. Während der linke Arm aus dem Wasser tauchte und den Körper in eine Schräglage brachte, versuchte sie die Rechte weit nach vorne gestreckt zu belassen. Erst als sich die Hände trafen, zog sie sich mit dem rechten Arm kräftig im Wasser vorwärts. Jetzt lag der linke Arm vorne, der rechte tauchte auf. So schaffte sie, die fünfzig Meter des Schwimmbeckens in zweiunddreissig Armzügen zu durchpflügen.

Sie fühlte seitlich Schockwellen, die von den Trainierenden des Schwimmclubs Schaffhausen ausgingen. Jugendliche Mädchen und Jungen, die in ihrem noch kurzen Leben mehr Stunden im Wasser verbracht hatten als im Wald oder an unschuldigen Partys. Früher war sie auch so gewesen. Hatte fünfmal die Woche hart trainiert, in der vagen Hoffnung, einmal eine Medaille zu gewinnen. Sie wurde dann tatsächlich Meisterin bei den Juniorinnen. Kaum ein halbes Jahr später hatte sie ihre erste Packung Zigaretten inhaliert, und mit den Lungenzügen kamen die Lust auf die Nacht und die Neugier an neuen Freunden. Sie begann das Training auszulassen, um stattdessen beim Treffpunkt an der Aare Bier zu trinken und an Joints zu ziehen. Als einer der Kollegen abgesoffen war, ohne dass es die anderen im Rausch bemerkt hätten, hatte sie sich zurückgezogen und die Trainings wieder aufgenommen. Sie fand den Anschluss nicht mehr und begnügte sich bald damit, den Nachwuchs des Schwimmclubs zu betreuen.

Seither war sie vieles gewesen. Nach der Matura fuhr sie Taxi, besuchte eine Tanzschule, die sie bald abbrach, sie bildete sich zur Fitnesstrainerin aus, schrieb Kolumnen für eine Zeitschrift, wanderte nach Australien aus, heiratete einen italienischen Schafhirten, trennte sich, kam über Thailand und Indien zurück nach Olten, zog mit einem Typen mit Bart und schrägen Ideen auf eine Alp, liess den Typen dort sitzen und fing an, in einer kleinen Druckerei zu arbeiten. Sie versuchte ihr Glück als Illustratorin und erhielt einige kleine Aufträge von Werbeagenturen. Die einzige Konstante in ihrem Leben war das Schwimmen gewesen. Arm nach vorn, warten auf den anderen Arm, kräftiger Zug, gleiten. Dazu ein Beinschlag im Walzerrhythmus.

Sie hatte in letzter Zeit mit dem Gedanken gespielt, sich der Outdoor Swimmers Society anzuschliessen, hatte Pläne geschmiedet, den Ärmelkanal zu durchschwimmen, als die Notwendigkeit dazwischenkam, Menschen kopfüber ins Wasser zu hängen.

Anna Galati zog die Schwimmbrille von den Augen und tauchte sie ins Wasser, um wieder klare Sicht zu erlangen. Noch zehn Minuten, dann würde sie die vier Kilometer geschwommen haben. Als sie mit den Füssen abstiess, bemerkte sie, wie ein Mann auf der Bahn neben ihr gleichzeitig ins Wasser tauchte. Mit hektischen Armbewegungen versuchte er, mit ihr mitzuhalten. Er überholte sie kurz. Anna Galati zog länger und hatte ihn am Ende der Bahn um eine Körperlänge abgehängt. Sie wendete. Zurück blieb ein mittelalterlicher Sportler, der sich am Rand des Schwimmbeckens festhielt und nach Luft japste. Als sie wieder bei ihm angelangt war, wartete er, bis sie die Hälfte des Schwimmbeckens durchschwommen hatte, ehe er wieder loskraulte.

Sie zog sich aus dem Wasser, schälte die Badekappe vom Kopf und warf die Schwimmbrille in die Tasche. Nach einer kalten Dusche sah sie Kindern zu, die sich von den Sprungbrettern stürzten. Andere legten fröstelnd die kalten Bäuche auf die heissen Steinplatten, um sich aufzuwärmen. Anna Galati trat ans Sprungbrett und sah hoch. Drei Meter Seil müssten genügen. Sie stieg die Treppen hoch und untersuchte den Sprungturm. Kinder rannten an ihr vorbei und stürzten sich in absonderlichen Posen ins Wasser. Anna Galati rüttelte am Geländer und stellte zufrieden fest, dass es nicht wackelte. Hier würde eine Schlaufe genügen.

Der Lärm der Bohrmaschine war ihr bei Wäckerli auf die Nerven gegangen, und sie hatte überlegt, ob sie nicht einen grundsätzlichen Fehler begangen hatte. Aber als sie die Nachbarin beobachtet hatte, wie sie ahnungslos das Haus verliess, hatte sie stur ihren Plan in die Tat umgesetzt. Das hier war einfacher, lautloser, besser. Ein Toter, der morgens an einem Seil hängend im Freibad in Schaffhausen gefunden wird, wirft Wellen. Hilft der Angst, sich in die Seelen zu fressen. Zufrieden ging Anna Galati an den Rand des Brettes, sprang hoch, federte einmal, flog kopfüber ins Leere und liess sich vom Wasser verschlucken. Sie stiess vom Boden ab und schwang sich über den Rand des Bassins. Dort blieb sie, die Beine im Wasser baumelnd, sitzen und lächelte. Das Altersheim war nicht weit weg. Es war ein guter Plan.

Sie setzte sich mit einem Espresso in der Hand an einen Tisch im Schatten. Von hier aus konnte sie das Schwimmbecken überblicken. Eine Gruppe von drei Männern und vier Frauen tratschte, während sie Flossen, Paddles und Pullboys auspackten. Alle sieben zogen Badekappen über. Sie waren gelb und ganz offensichtlich Beigaben eines Triathlon-Wettkampfes gewesen. Eine Frau deutete auf ihre Wade, während der Mann, mit dem sie sprach, Probleme der Schulter erörterte. Endlich stieg die Gruppe ins Wasser und schwamm hintereinanderher. Daneben übten sich zwei ältere Damen im Aquajogging. Sie waren sehr darauf bedacht, die Haare nicht nass zu bekommen. So dümpelten sie nebeneinanderher und kniffen die Augen zusammen, wenn Kinder in der Nähe übermütig ins Wasser sprangen.

Anna Galati hob die Tasse an den Mund, trank einen Schluck und zündete sich eine Zigarette an. Am Nebentisch stopfte eine Frau Pommes in sich hinein und spülte mit Cola nach. Sie wedelte mit den Händen, um den Rauch zu vertreiben. Schweissperlen glitzerten auf ihrer breiten Stirn. Sie trocknete sich mit der Serviette das Dekolleté ab, tunkte die letzten Fritten in die Sauce und wuchtete sich aus dem Stuhl, um demonstrativ davonzuwatscheln. Den Rest Ketchup überliess sie den Wespen.

Auf die Angst kommt es an. Nachdem sie Wäckerlis Haus verlassen hatte und schon längst einige Strassen weiter auf einer Bank sass und Zeitung las, war sie allmählich ungeduldig geworden. Irgendwer musste doch auftauchen und das Wasser entdecken. Als der Morgen beinahe um war, stand sie auf und ging nachschauen. Sie bog eben in die Quartierstrasse ein, als sie einen Mann in ausgebeultem Leinenanzug bemerkte, der auf das Haus zusteuerte. Sie wich zurück und blieb im Schutz eines Bambus stehen, um ihn zu beobachten. Endlich ging er hinein. Nach einer Weile sah sie, wie er herausstürzte und sich übergab. Bald danach hörte sie die Sirenen. Die Angst war gesät. Zeit für sie, aus der Strasse zu verschwinden.

Zufrieden drückte sie die Zigarette aus. Sie stellte die leere Espressotasse in den Geschirrwagen, ging an den Tisch zurück, um ihre Tasche aufzuheben. Sie tastete hinein und vergewisserte sich, dass der Bolzenschneider griffbereit lag. Sie wickelte das Badetuch fester um die Hüfte, schwang die Tasche über die Schulter und machte sich auf, den Zaun, der die Badeanstalt umgab, nach einer geeigneten Stelle abzusuchen.

3

Cobb sass barfuss an einem roten Gartentisch und kritzelte Notizen. Das Handy hatte sich einige Male gemeldet, bis er es stummgeschaltet hatte. Die Nummer war immer dieselbe gewesen. Die Redaktion. Drinnen im Haus wateten Polizisten in Zivil und in Uniform durchs Wasser.

Nachdem er bei der Polizei angerufen hatte, wartete er neben dem Briefkasten. Hinter ihm lief das Wasser über Erde wie Beton und versickerte in den Furchen. Er hörte die Kirchenglocken schlagen. Es war Zeit zum Mittagessen. Schulkinder trollten an ihm vorbei und starrten in die offene Tür. Einige waren stehen geblieben und fragten Cobb, warum Wasser aus dem Haus lief. Die Nachricht von einem Polizeieinsatz ging wie ein Lauffeuer die Strasse rauf und runter, und ehe Cobb auf drei zählen konnte, sah er sich einer Schar Schulkinder gegenüber, die sich gegenseitig wild gestikulierend und laut schnatternd Spekulationen an die Köpfe warfen.

Die Sirenen der Polizeiautos waren zu hören, lange bevor sich die Wagen in der Strasse befanden. Die Kinder drehten sich von Cobb weg und starrten auf die fünf Streifenwagen. In der Ferne war der tiefere Ton der Feuerwehr zu hören. Uniformierte Beamte und Männer und Frauen in ziviler Kleidung traten auf das Haus zu. Cobb gab einem drahtigen Typ mit nervösen Augenlidern seine Personalien an.

Ein kleiner silbergrauer Golf fuhr vor. Aus dem Sitz quälte sich ein besorgt dreinblickender Mann. Er stand zwischen Auto und Randstein eingeklemmt und hatte Mühe, die Tür wieder zu schliessen. Er setzte seine Füsse umständlich auf das Trottoir, drehte sich um und schloss den Wagen mit einem Schlüssel ab. Er putzte die Hornbrille, setzte sie wieder auf und sich selbst in Bewegung. Dabei blickte er über den Rand der Gläser, während sich die kurzen Beine über den Asphalt mühten. Die Hände baumelten vor und zurück. Er blieb vor Cobb stehen.

«Sind Sie der Mann, der uns informiert hat?»

«Ja, ich bin Cobb.»

«Ich weiss. Sie hatten den Namen bereits dem diensthabenden Mann genannt.»

«Ja, klar.»

«Bärtschi. Kriminalpolizei.»

Bärtschi stiess es auf und er schluckte.

«'tschuldigung, das Mittagessen. Sandwiches vertrage ich schlecht.»

Er nestelte einige Tabletten aus der hinteren Hosentasche und drückte sechs durch die Folie in seine Hand.

«Magentabletten. Mistsandwiches. Da rein?»

Cobb nickte. Bärtschi schaute ihn über den Rand der Brille an.

«Ich werde jetzt eine Zeit lang da drin verbringen. Suchen Sie sich im Garten einen kühlen Platz. Ich würde später gerne noch etwas mit Ihnen reden.»

Er ging zum Haus, blieb vor dem Wasser stehen, machte einen Versuch, sich zu bücken und die Schuhe auszuziehen, liess es bleiben und watschelte stromaufwärts.

Cobb hörte die Kirchenglocke ein Uhr schlagen. An einem normalen Tag hätte er jetzt mit seiner Tochter zu Mittag gegessen, abgewaschen, sich nach ihren Plänen erkundigt, die Zähne geputzt und läge flach auf dem Sofa. Hier schwitzte er hinter dem Haus. Die Steinplatten warfen die Hitze zurück, der Sonnenschirm war zu nichts nütze. Cobb steckte den Notizblock ein und stand auf, um zu sehen, wo dieser Bärtschi bleiben mochte. Er ging um das Haus herum. Die Tür stand noch immer offen, das Wasser davor war verdunstet. Cobb kniff die Augen zusammen und sah ins Innere. Polizeibeamte wateten geschäftig durch die Zimmer. Einer versuchte, die verpappten Papiere voneinander zu lösen. Von Bärtschi keine Spur. Cobb zündete sich eine Zigarette an und wandte sich um, um zu seinem Gartentisch zurückzukehren. Als er um die Ecke bog, sass Bärtschi dort. Mit den Zehen eines bleichen Fusses drückte er gegen die Ferse des zweiten Schuhes, bis dieser abfiel. Dann angelte er nach der Socke, indem er sich mit der anderen Hand am Tisch abstützte.

«Wir haben uns verpasst, Herr Cobb. Bin durch die Kellertür rausgekommen.»

Cobb zog einen Stuhl vom Tisch weg und setzte sich zu Bärtschi. Beide Männer schwiegen einen Moment und betrachteten die Autos, die unten auf der Hauptstrasse vorbeifuhren. Ein uniformierter Beamter brachte eine Flasche Mineralwasser und zwei Gläser. Bärtschi bedankte sich und füllte die zwei Gläser auf.

«Trinken Sie, Herr Cobb. Das Hirn braucht Wasser, um zu denken.»

Die beiden hoben die Gläser an die Lippen und tranken sie in einem Zug leer. Bärtschi füllte nach.

«Sie arbeiten für unsere Zeitung, Herr Cobb?»

«Ja, ich bin Journalist.»

«Was tut ein Journalist bei einem Mann wie Wäckerli?»

«Nun ja, das ist eine Geschichte mit Vorgeschichte.»

«Ich bin da.»

«Ich hatte eine Glosse verfasst.»

«Glosse?»

«Ja. Sie war, wie eine Glosse eben sein muss, polemisch genug, um einige Herren aufzuschrecken.»

«Zu welchem Thema, Herr Cobb?»

«Zur bevorstehenden Abstimmung.»

«Eine üble Sache. Was denken Sie, kommt der Verfassungsartikel durch?»

«Herr Bärtschi, sollten wir nicht über den Mord sprechen, der da drin passiert ist?»

«Ich tu nichts anderes, Herr Cobb. Also ich denke, dass die Initiative Chancen hat. Es würde mich nicht überraschen, wenn ich durch einige dumme Zufälle plötzlich von einer christlich-fundamentalistischen Nation angestellt wäre. Das wäre für mich der Zeitpunkt, den Dienst zu quittieren.»

Bärtschi stand auf und löste mit zwei Fingern den verschwitzten Hosenboden von seinem Hintern. Cobb erinnerte sich an die Frage.

«Ich habe die Freikirche, in der Wäckerli Mitglied ist, als autoritäre, vereinnahmende Sekte bezeichnet.»

«In der Kolumne?»

«In der Glosse.»

«Da liegen Sie gar nicht so falsch. Und somit wird die Sache interessant: Das Zustandekommen der Unterschriften für die Initiative ist ein Verdienst von Leuten aus dieser Szene.»

«Deupelbeiss war da anderer Meinung.»

«Der Chefredaktor?»

«Ja.»

«Warum?»

«Was weiss ich. Inserate vielleicht. Keine Ahnung.»

«Herr Cobb, was ist dann passiert?»

«Ich hatte den Auftrag, mich zu entschuldigen. Deshalb war ich hier. Und da sah ich das Wasser aus der Tür rinnen. Also, unter der Tür durch. Das kam mir seltsam vor und ich öffnete. Ich war neugierig.»

Ein uniformierter Beamter schlich um die Ecke. Er steuerte auf eine der Katzen zu, die im Schatten unter dem Gebüsch schlief. Als er näher kam, hob sie ihren Kopf, stand auf und schlich sich in Nachbars Garten. Cobb blickte hoch und sah ein Gesicht und eine Schürze hinter dem Vorhang verschwinden. Der Polizist fluchte und kletterte über den Gartenzaun. Dort blieb er stehen, nahm die Mütze vom Kopf und kratzte sich. Er verschwand zwischen den Sträuchern.

Bärtschi hatte die Socken zum Trocknen über die Tischkante gehängt.

«Die Viecher müssen ins Tierheim. – Sie sind also ins Haus gegangen. Und dann?»

«Ich ging die Treppen hoch, und da fand ich ihn im Badezimmer.»

«Kein schöner Anblick, nicht?»

«Nein, kein schöner Anblick.»

«Wo waren Sie heute in der Früh, bevor Sie hierherkamen?»

«Bin ich verdächtig?»

«Nein … ja … was weiss ich. Wo waren Sie?»

Cobb ging den Morgen noch einmal durch. Kaum waren Marlen und er aufgestanden, hatte er mit seiner Tochter eine Auseinandersetzung darüber, wann sie abends zu Hause sein sollte. Sie meinte, kurz vor Mitternacht. Er meinte, elf Uhr abends reiche aus, damit sich ein vierzehnjähriges Mädchen nach dem Training austoben konnte. Er hatte den Disput gewonnen, sie hatten sich verabschiedet. Dann war er in die Redaktion gefahren, hatte verschiedene Zeitungen durchgeblättert und war zu Deupelbeiss gerufen worden. Die zweite Auseinandersetzung des Morgens. Und die hatte er verloren. Er kam nicht um eine Entschuldigung bei Wäckerli herum. Zurück an seinem Computer hatte Elvira gewartet. Die Frau vom Empfang raschelte mit einer Tüte Croissants. Sie brachte den Kugelschreiber zurück, den er vor zwei Tagen bei ihr zu Hause hatte liegen lassen. Cobb hatte ein Dankeschön gemurmelt und etwas davon, dass er keine Zeit habe, und war gegangen. In der Stadt hatte er einen Kaffee getrunken und ein Interview vorbereitet, bevor er zu Wäckerli gefahren war.

Bärtschi lächelte.

«Das nenne ich ein stichfestes Alibi. Freut mich.»

«Da bin ich beruhigt.»

«Cobb, dieser Name, der kommt nicht besonders häufig vor, nicht?»

«Nein. Vater kam aus Amerika, Mutter war Deutsche.»

«Herr Cobb, es freut mich, Sie kennenzulernen.»

Cobb verstand nicht. Bärtschi fuhr fort.

«Unsere Leila, meine Tochter, ist eine gute Freundin Ihrer Tochter.»

«Ach.»

«Ja, sie gehen zusammen in dieselbe Klasse.»

«Ja?»

«Ja. Komischer Zufall, nicht?»

«Ja. Komisch.»

«Wenn nichts dazwischenkommt, werden wir uns am Elternabend wieder treffen.»

Cobb wusste nichts von einem Elternabend. Er fühlte wieder diese Unsicherheit in sich aufsteigen. Er gab sich wirklich Mühe, seine pubertierende Tochter etwas besser kennenzulernen, aber er zweifelte, ob er auf dem richtigen Weg war.

«Ja richtig, der Elternabend. Wann genau findet der statt?»

«Übermorgen Abend. Neunzehn Uhr.»

«Ja, richtig.»

Bärtschi betastete seine Socken und drehte sie um. Cobb zündete sich eine Zigarette an.

«Unsere Leila hat erzählt, dass sie erst seit knapp einem Jahr wieder in der Schweiz sind.»

«Ja, richtig. Seit meine Frau diesen Unfall hatte.»
«Sie ist gestorben, nicht?»
«Sie war mit ihrem Freund im Auto unterwegs. Und dann war da dieser einsame Baum.»
«Und zuvor?»
«Wo ich zuvor gelebt habe?»
«Ja.»
«Boston.»
«Was tut ein Mann wie Sie in Boston?»
«Habe versucht einen Roman zu schreiben.»
«Und?»
«Nichts.»
«Na ja.»

Cobb tat einen tiefen Zug und blies den Rauch langsam aus. Er hinterliess einen schalen Geschmack im Gaumen. Er drückte die Zigarette auf einer Steinplatte aus und legte den Stummel auf den Tisch. Bärtschi stand auf und ging ein paar Schritte in Richtung Hauptstrasse. Er steckte die Hände tief in die Hosentaschen und blieb eine Weile stehen. Cobb räusperte sich. Bärtschi drehte sich langsam um und kam näher. Er betrachtete seine bleichen Zehen und schien zu sich selbst zu sprechen.

«Wer tut so etwas? Wer nimmt sich die Mühe, zuerst eine Seilwinde in die Decke zu schrauben, um einen Mann damit über die Badewanne zu hängen, damit der ersäuft. Und dieser Hautfetzen mit dem Kreuz drauf. Welchen Sinn macht das? Viele Anhaltspunkte, aber noch kein Sinn. Nirgends. Die Nachbarin sprach von einer blonden Frau. Wer ist diese blonde Frau mit dem handwerklichen Talent? Hat sie überhaupt etwas damit zu tun? Komplizierte Sache, das.»

Cobb räusperte sich erneut und trank einen Schluck.

«Sie werden verstehen, Herr Bärtschi, dass ich einen Artikel zum Mord verfassen muss. Deupelbeiss ist ganz scharf auf die Sache.»

«Ja, sicher. Wenn ich Sie um einen Gefallen bitten darf: Lassen Sie die blonde Frau weg.»

«Warum?»

«Selbst unsere Polizisten glauben, was in der Zeitung steht.

Bisher ist die blonde Frau eine Option. Wenn meine Kollegen davon lesen, wird sie zur Gewissheit. Verstehen Sie?»

Cobb verstand. Bärtschi stopfte die feuchten Socken in die nassen Schuhe und tapste barfuss davon. Dann blieb er stehen und drehte sich zurück.

«Herr Cobb, falls Sie während Ihrer Recherchen auf Brauchbares stossen, lassen Sie es mich wissen. Sonst sehen wir uns am Elternabend.»

«Dann kann ich jetzt also gehen?»

4

Schwanninger zuckte zusammen, sah zur Tür und wischte sich die klebrigen Hände am Hemd trocken. Haag war ohne zu klopfen eingetreten. Er lächelte, schnappte sich den bequemsten Sessel – seinen, Schwanningers Sessel – und liess sich darauffallen. Er legte die Fingerspitzen aufeinander und studierte Schwanninger.

«Na?»

Schwanninger wandte sich ab und sah aus dem Fenster. «Ich kann damit rechnen?» Er starrte in die gleissende Sonne.

«Sie werden kommen.» Haag roch an einer kalten Tasse Kaffee.

Schwanninger drehte sich nicht vom Fenster weg. Keine Aufregung jetzt. So kurz vor dem Ende dieser Zusammenarbeit wollte er sich nicht aufregen. Das hatte ihm auch der Arzt geraten. Keine Aufregung.

«Gut.» Schwanninger suchte nach einem passenden Zitat aus der Bibel, fand aber keins. Haag sass im Sessel, betrachtete sein Gegenüber und fragte sich, weshalb so viele Autoverkäufer als Birne herumliefen.

«Ein ganzer Bus voll?», fragte Schwanninger.

Die Birne konnte zufrieden sein. Viel Geld würde bald auf dem Konto der Gemeinschaft liegen. Die Gemeinschaft, das war er. Schwanninger. Es war sein Geld. Für seinen Traum. Die Geldmaschine.

«Wer nicht gehen kann, den hieven wir aus dem Rollstuhl in den Bus.»

Die Testamente waren gemacht. Der Rest war eine Frage der Planung. Und der Nerven. Wenn die Sache erledigt war, würde Haag seiner Familie hinterherfliegen.

«Als Erstes lasse ich hier eine Klimaanlage installieren.» Schwanninger stand am Fenster und starrte auf die verdorrte Wiese. Im Schatten lagen einige Kühe und rülpsten Grasbüschel aus dem Pansen hoch. Er versuchte in dem Gewirr von Pfählen unterschiedlicher Grösse, die das Bauprojekt absteckten, die verschiedenen Gebäude auszumachen. Er grunzte, drehte sich um und wandte sich dem Modell zu. Aus der Brusttasche des silbrig glänzenden Hemdes zog er ein Erfrischungstuch und riss die Hülle der Verpackung auf. Er warf sie in einen Abfalleimer. Der Duft nach alter Frau hing schwer in der Luft. Mit der Rechten führte er das Erfrischungstuch übers Fleisch, das sich hinten aus dem Kragen wölbte, dann übers Gesicht.

«Auch eins?»

Er hielt Haag ein kleines Paket hin. Der lächelte.

«Nein danke. Empfindliche Haut. Kölnisch Wasser ist Gift für meine Haut.»

Schwanninger putzte seine Hände und legte Wert darauf, auch die Stellen zwischen den Fingern zu säubern. Er bewegte sich in der Haltung eines Nashornes zum Abfalleimer, blieb davor stehen und liess das Tuch fallen. Er lächelte zufrieden, als es das Ziel traf. Er wandte sich Haag zu.

«Kann ich Ihren Worten entnehmen, nächstens das benötigte Eigenkapital zur Verfügung zu haben?» Eine überflüssige Frage. Haag war Verwalter eines Altersheimes. Zuvor war er Buchhalter gewesen. Wenn einer im Umfeld der Gemeinschaft mit Zahlen umgehen konnte, dann war es Haag. Aber Nerven sind Nerven.

«So wahr ich hier sitze.»

«Ist Ihnen nicht auch heiss?»

Schwanninger packte die Zipfel seines Hemdes, die über die blauen Hosen hingen, und wedelte sie auf und ab in der Hoffnung, etwas frische Luft an den darunterliegenden Wanst zu bekommen.

Haag stützte die Ellbogen auf die Lehne des Sessels und trommelte die Fingerkuppen sanft gegeneinander.

«Sie sollten die Idee mit der Klimaanlage weiterverfolgen.»

Schwanninger spürte, wie ein Schweisstropfen den Rücken herunterlief und sich im Bund der Hose verlor. Er wandte sich dem Modell zu.

Haag sah Schwanninger zu, wie der liebevoll mit einem zu langen Zeigefinger über das hölzerne Modell fuhr, es sanft streichelte. Jetzt bewegte er ihn an den Rand eines Gebäudes. Der Mittelfinger kam dazu. Er zappelte mit beiden Fingern in der Luft, ehe er sie auf den Boden des Modells senkte. Wie zwei Beine blieben sie vor dem Eingang stehen. In hoher Falsettstimme begann Schwanninger zu reden.

«Einen Eintritt, bitte. – Macht fünfundvierzig Franken. – Kann ich auch in Euro bezahlen? – Macht dann dreissig Euro.»

Er wandte sich an Haag.

«Das sind doch dreissig Euro, nicht?»

«Zum heutigen Kurs wären es sogar beinahe zweiunddreissig Euro.»

«Umso besser, umso besser.»

Seit Monaten schon spielte Schwanninger «Bibelpark-Besuch». Dazu ging er mit zwei Fingern durchs Modell. Er hatte Wert darauf gelegt, dass sich die Dächer der Gebäude aufklappen liessen. So bewegte er sich vom Paradies zur Arche Noah, von da erklomm er den Turm zu Babel, besuchte die Steinplatten mit den zwölf Geboten und ging von da weiter in den Stall zu Jesu Geburt und den Hügel Golgota hoch zu dessen Kreuzigung.

Haag stiess sich elegant von der Lehne ab und erhob sich. «Ich war übrigens beeindruckt, wie Sie es der Kleinen besorgt haben. Allerdings ... ging es für meinen Geschmack etwas schnell.»

Schwanninger lächelte gütig. «Durch mich hat der Herr ihr faules Fleisch von der Sünde gereinigt.»

«Nur schade, ist sie danach ins Wasser. – Na denn, ich fahr jetzt zurück. Werden die Leute nicht reden, wenn Sie dieses Gebäude hinstellen?»

Schwanninger lächelte entrückt und griff in die Brusttasche. Er zog ein weiteres Erfrischungstuch hervor, fuhr sich damit über Nacken und Lippen. Schwulstige Lippen, deren Rand nicht auszumachen war. Irgendwann wurde aus den Lippen Gesicht.

«Der Segen des Herrn macht reich ohne Mühe. – Altes Testament, Sprüche, Kapitel zehn, Vers zweiundzwanzig.»

Haag grunzte verächtlich. «... denn das Reich Gottes ist teuer.»

«Euer. Es heisst euer. Aber ich muss zugeben, in diesem Fall hat es seinen Preis.»

«Na dann ...»

«Und denken Sie an die Steuern. Ottlingen wird eine reiche Gemeinde werden. Mit Gottes Hilfe.»

Haag lächelte, setzte sich wieder hin und liebkoste seinen Kinnbart. «Ja.»

«Dann können Sie jetzt gehen.» Schwanninger hatte genug von der Anwesenheit des sportlichen Mannes, genug vom Pakt, den er mit ihm eingegangen war.

Haag blieb sitzen und betrachtete den Mann, der mit nichts als seinem verfransten Mund ein Vermögen erschnorrt hatte. Mit einem Mund, der behauptete, Sprachrohr Gottes zu sein. Das war nur die halbe Wahrheit. «Nach geglückter Aktion sind Sie alle Verpflichtungen los, Schwanninger.»

«Ich werde mir mit Freuden einen neuen Buchhalter suchen.»

«Sie haben es weit gebracht, Schwanninger, vom Autoverkäufer zum … wie nennen Sie das noch gleich?»

«Ich sehe mich als Verkünder. Ich bin nichts als ein Diener Gottes, der sich aufopfert, um den Willen des Herrn zu erfüllen. Gottes Vollstrecker, wenn Sie so wollen. Verkünder tönt … irgendwie … luftiger. Finden Sie nicht auch? – Wo, sagten Sie, werden Sie mit Ihrer Familie hinziehen?»

Schwanninger drehte sich wieder zu den Kühen um.

«Wie bitte?» Haag hob die Augenbrauen.

Schwanninger lächelte. «Ich kann Ihr Misstrauen verstehen. Nehmen Sie sich nicht so wichtig, Haag. Ich bin gütig. Sie erpressen mich, aber ich bin bereit, Ihnen zu verzeihen.»

«Ohne mich würden da draussen auf der Stockmatte die Bauern bis in alle Ewigkeit ihren Mist führen. Bis in alle Ewigkeit. Ohne mich wäre da, wo das Modell steht, ein leerer Tisch, der unter einem Berg gebrauchter Feuchttücher verschwindet.»

«Ohne Sie wäre ich längst am Ziel. Sie sind es, der die Kosten verdoppelt.» Schwanninger könnte sich jetzt noch in den Arsch beissen, dass er damals in der Aufregung vergessen hatte, die Tür abzusperren. Seine Mutter hatte eben aufgehört zu atmen. Sie hatte sogar aufgehört zu zucken. Wahrscheinlich war sie schon längst tot. Aber Schwanninger wollte sichergehen. Er drückte noch – er konnte sich kaum erinnern – waren es fünf Minuten, waren es zehn? Als er erschöpft und zitternd das Kissen losliess, nass vor Schweiss auch damals, da stand Haag hinter ihm und lächelte breit. Hatte sich einfach ins Zimmer seiner Mutter geschlichen und ihm zugesehen, wie er den Weg bis zur Erbschaft verkürzte.

«Ja. Halbe-halbe. Das ist die Abmachung.» Haag spielte wieder mit den Fingerkuppen.

«Ja.»

«Ich hätte Sie ans Messer liefern können.»

«Gott hält die schützende Hand über die, für die er Pläne bereithat. – Das war von mir.»

Ein rüdes Klopfen an der Tür unterbrach die Unterhaltung. Schwanninger zog ein weiteres Feuchttuch aus der Brusttasche, wischte sich den Schweiss von Nacken und Stirn, setzte ein gewinnendes Lächeln auf.

«Herein.»

Die Tür ging auf. Ein Mann mit Glatze und Vollbart trat ins Zimmer. Sein Blick blieb an Schwanninger hängen. Dessen Lächeln blieb im Gesicht kleben, und er schaute dem Mann in Kampfstiefeln und Fliegerjacke zu, wie der in seinen Taschen kramte. Endlich zog er ein Stück Papier hervor und hielt es Schwanninger hin.

«Eine Quittung.»

«Dafür ist unser Buchhalter zuständig.»

Der Glatzkopf wandte sich an Haag.

«Eine Quittung. Fürs Benzin.»

Der Buchhalter machte keine Anstalten, sich zu bewegen. Der Mann kratzte sich den Bart, trat vor Haag hin und hielt ihm den Zettel vor die Nase.

«Ich hätte den Betrag gerne gleich ausbezahlt.»

Haag lehnte sich zurück.

«Wo ist das Benzin zurzeit?»

«Oben. In der Hütte.»

«Geben Sie her.»

Er riss dem Bärtigen den Zettel aus der Hand, langte in die Innentasche seines Jacketts und zog ein Portemonnaie heraus. Als der Zettel darin seinen Platz gefunden hatte, zählte er das Geld auf den Tisch. Der Bärtige kontrollierte den Betrag und verabschiedete sich. Haag und Schwanninger sahen dem kräftigen Nacken nach. Ihre Augen blieben am Hakenkreuz-Tattoo hängen. Dann schloss sich die Tür.

«Und was machen wir mit dem, wenn alles vorüber ist?» Haag sah noch immer zur Tür. Schwanninger widmete sich wieder den Kühen.

«Dafür ist Gysel zuständig.»

5

Cobb hatte einen Parkplatz an der Peripherie Schaffhausens gefunden. Er zählte das Kleingeld in den Parkautomaten. In zwei Stunden musste er die Redaktion verlassen, um nachzuwerfen. Er versuchte, die Tür zu schliessen. Es funktionierte nicht. Nach einigen Tritten gegen das Blech gab sie nach.

Auf dem Weg zur Redaktion hatte er sich ein Sandwich gekauft. Er stiess die schwere Glastür mit dem Rücken auf. Die Hände waren mit Mayonnaise verschmiert. Kauend stand er im Empfang und wollte eben die Treppen hoch, als Elvira Kunz ihn anlächelte.

«Cobb, du hast die Croissants nicht angerührt.»

Cobb blieb stehen.

«Croissants?»

«Ja, Cobb, die ich dir hingelegt habe.»

«Ach ja. Croissants.»

Elvira lauerte.

«Gut, Elvira, ich muss nach oben.»

«Cobb, wie war's?»

«Müssen wir das hier –»

«Nein, nicht das. Der Mord.»

«Wie war was?»

Elvira kam hinter dem Tresen hervor.

«Na, du hast ihn entdeckt. Der Chef ist schon ganz wild.»

«Wild darauf, mich zu sehen?»

«Nein. Wild, weil du nicht zurückgerufen hast.»

Cobb schaute aufs Display seines Handys. Es zeigte zwölf misslungene Anrufe.

«Lautlos. Ein Versehen.»

Jetzt konnte er Elvira riechen.

«Cobb, ich hab mir Sorgen um dich gemacht.»

«Ist ja nichts passiert. Eine Leiche, ein kleines Verhör, sonst nichts.»

Sie kam nahe an sein Ohr.

«Ich habe einen Schwangerschaftstest gekauft. Gleich morgen früh werde ich –»

«Elvira. Ich bin unterbunden.»

«Und wo bleiben meine Tage, Cobb?»
«Was weiss ich, vielleicht …»
Cobb biss sich auf die Lippen.
«Vielleicht was, Cobb?»
«Schon mal an Menopause gedacht.»
«Bist ein Dreckskerl, Cobb.»
«Ja, vielleicht. Ich hab zu tun. Bis dann, Elvira.»
Er löste sich von ihr.
«Viel?»
«Was?»
«Zu tun.»
«Kommt auf unseren Chef an.»
Am Empfang ging das Telefon. Elvira Kunz schnaubte und liess von Cobb ab.

Als er den Newsroom durchquerte, kam er sich vor wie auf dem roten Teppich in Cannes oder Berlin oder an einem beliebigen Filmfestival. Die Augen der Mitarbeiter blitzten. Einige vor Bewunderung, andere vor Neid. Kaum ein Ton war zu hören. Alle liessen die Hände sinken, einige in den Schoss, andere auf die Tastatur, die Eule hörte zu kauen auf. Cobb setzte sich neben ihn an den Computer. Der Mann, den er Eule nannte, starrte weiter durch die Verglasung auf seiner Nase. Allmählich kam wieder Bewegung in seine Kaumuskeln.

Cobb schob die Maus an, und der Bildschirm flackerte auf. Ein paar Klicks später öffnete sich das Schreibprogramm. Er hielt die Finger über die Tastatur, schrieb einen Titel, schrieb den ersten halben Satz des Textes und lehnte sich zurück. Es gefiel ihm nicht. Er erhob sich, um einen Kaffee zu holen. Die Eule räusperte sich.
«So was nennt man Drückeberger.»
«Was?»
«Da geht einer hin, der in seinem Leben noch nie eine Entschuldigung über die Lippen gebracht hat, und er sollte sich entschuldigen. Stattdessen bringt der Kerl, der sich entschuldigen sollte, den Kerl um, bei dem er sich entschuldigen sollte. Drückeberger eben.»
Die Eule keuchte ein Kichern in die Hängebacken, dass er sich

verschluckte. Cobb hieb ihm auf den Rücken. Stärker als nötig. Die Eule beruhigte sich langsam.

«Staubtrocken, diese Croissants, staubtrocken. Scheisscroissants.»

«Das nächste Mal lasse ich dich ersticken.»

«Verreck doch selbst.»

Cobb witterte eine Chance.

«Da ich dir nun das Leben gerettet habe, könntest du mir einen Gefallen tun.»

«Einen Teufel werde ich.»

Cobb redete weiter.

«Ich schreibe jetzt an der Mord-Geschichte. Die muss morgen ins Blatt. Oberste Priorität.»

«Und?»

«Du könntest doch das Interview mit diesem Gysel führen.»

«Kommt nicht in Frage. Schreibe den Kommentar für die morgige Ausgabe.»

«Thema?»

«Die Abstimmung.»

Scheisse, dachte Cobb. Bei welchem Scheissblatt arbeite ich eigentlich? Wenn Leute wie die Eule zu Kommentatoren werden, wird für Leute wie Cobb der Platz eng. Die Eule kicherte vergnügt.

«Stell dir vor. Alle die Kanaken, die's dann nicht mehr gibt. Stell dir das vor. Ist doch ein toller Schachzug von Gysel. Ein intelligenter Mann, wirst du nicht abstreiten können. Weisst du, wer dann in der Redaktion putzt, die Papierkörbe leert, den Boden fegt und das Scheisshaus auf Vordermann bringt?»

«Sag's mir nicht, Eule.»

«Ich sag dir wer: Diese Scheissstudenten. Die tun dann plötzlich was für ihr Geld, die merken endlich, was arbeiten heisst.»

«Halt die Klappe, Eule, oder eine friedliche Stadt erlebt ein zweites Massaker an diesem Tag.»

Das Telefon klingelte. Cobb nahm ab.

«Ja?»

Er stieg die Treppen hoch und ging den schmalen Gang entlang, vorbei am Lift und blieb abrupt stehen. Die Tür zu Deupelbeiss'

Büro stand offen. Er sah den Chef und Elvira gestikulieren. Er trat einen Schritt zurück und überlegte, wo er hinsollte. Sie würde unweigerlich seinen Weg kreuzen, wenn die Besprechung zu Ende war. Cobb versuchte die Tür zur Toilette. Sie war abgeschlossen. Auch der Lift bot keinen Schutz, denn er war ausschliesslich mit einem einzigen Schlüssel zu bedienen. Der Einzige, der einen Schlüssel dazu besass, war Deupelbeiss. Der Chef. Cobb fügte sich dem Schicksal, ging zur Tür des Büros und klopfte an. Deupelbeiss und Kunz hörten zu reden auf und starrten ihn an.

«Nur einen Moment, Cobb. Frau Kunz, würden Sie bitte die Tür schliessen.»

Elvira schritt auf die Tür zu, lächelte Cobb kalt an und tat, wie der Chef befohlen hatte. Cobb lehnte an die Wand. Aus der Tasche seines Hemdes nahm er die Notizen, die er während der Warterei auf Bärtschi aufgeschrieben hatte, und sah sie durch. Aus der Hosentasche zog er einen Kugelschreiber und ergänzte einige Bemerkungen mit weiteren Informationen.

Wäckerli war mit dem Kopf unter Wasser in die Badewanne gehängt worden. Jemand hatte ein Loch gebohrt und einen Flaschenzug an der Decke befestigt. Was tat Wäckerli in der Zeit? Cobb schrieb die Wörter «betäubt» und «Mann» aufs Papier. Auch das Wort «Lärm» kritzelte er hin und unterstrich es zweimal. Irgendwer musste die Bohrmaschine gehört haben. Die Schürzen-Frau allerdings erwähnte, dass sie zur Zeit der Vorbereitungen nicht zu Hause war. Aber hätte es einen Unterschied gemacht? Ständig sind irgendwo irgendwelche Handwerker zugange. Es wäre ihr auch so nichts Verdächtiges aufgefallen. Von ihren üblichen Verdächtigungen abgesehen natürlich.

Cobb bemerkte, wie er mehr wollte, als über den Mord zu berichten. Er wollte dahinterkommen, wollte wissen, was sich genau abgespielt hatte. Und er war begierig zu erfahren, wer zu einer solchen Tat fähig war. Es war nicht beruflicher Ehrgeiz. Es war persönliche Neugier. Dieser Hautfetzen an den Fliesen des Badezimmers sprach eine Sprache, die er entschlüsseln wollte. Das Wort «Gegengift» schien ihm wichtig. Er schrieb es auf. Cobb war sich sicher, dass Wäckerli starb, während er seine eigene Haut vor Augen hatte. Er betrachtete die Notizen erneut und strich das Wort «Mann» wieder durch. Ein Flaschenzug hätte es auch einer Frau ermöglicht, ein Schwergewicht wie Wäckerli hochzuziehen. Und was das Bohren von Löchern anging, da spielte das Geschlecht eine untergeordnete Rolle. Cobb erinnerte sich an seinen unrühmlichen Versuch, auf seiner Terrasse eine Halterung für den Gartenschlauch anzuschrauben. Das Loch war zu kurz geraten, die Halterung wurde beim ersten Gebrauch aus der Wand gerissen. Seit da war sie ein weiterer Vermerk auf einer ewigen Pendenzenliste.

Die Tür zu Deupelbeiss' Büro flog auf, und Elvira Kunz stöckelte an Cobb vorbei, blieb stehen und drehte sich um.

«Cobb, ich denke, ich sehe über deine Bemerkung hinweg. Du warst im Stress. Vergessen.»

Sie ging bewusst Stufe um Stufe die Treppe hinunter. Auf einem Absatz blieb sie stehen und sah zurück. Cobb zuckte mit den Schultern. Jetzt entfernten sich Elvira Kunz' Schritte schneller.

Der Chefredaktor sah aus dem Fenster und hielt die Hände im Rücken verschränkt. Cobb kannte dieses Verhalten. Es war das Vorspiel zu einer ernsten Unterredung. Dazu gehörte auch, dass der Chef die Angestellten warten liess, ehe er zur Sache kam. Cobb durchquerte den Raum und blieb neben Deupelbeiss stehen. Auch er verschränkte seine Arme im Rücken. Die Karikatur seines Chefs. Vier Stockwerke tiefer tränkten zwei Stadtarbeiter ein Blumenarrangement in einer hölzernen Kiste. Sie waren in einem kleinen orangefarbenen Wagen vorgefahren. Und jetzt leerten sie den Tank über das Grünzeug.

«Ein Skandal, nicht wahr, Herr Deupelbeiss? Das sollten wir unbedingt thematisieren.»

Deupelbeiss blieb stumm.

«Diese Hitze seit acht Wochen, das Wasser wird knapp, und die haben nichts Besseres zu tun, als dieses Grünzeug zu giessen.»

«Herr Cobb. Wo waren Sie die vergangenen vier Stunden?»

«Ich wurde verhört.»

«Frau Kunz hat wiederholt versucht, Sie zu erreichen.»

«Ich habe das Telefon ausschalten müssen. Tut mir leid. Weisung der Polizei.»

«Sind Sie der Zeitung verpflichtet oder der Polizei?»
«Der Gewissenskonflikt war kaum auszuhalten.»
«Keine dummen Witze, Cobb.»
Cobb sah zu, wie die zwei Männer in Orange in ihren Wagen stiegen und zur nächsten begrünten Zone in der Altstadt fuhren. Wasser triefte unter der Holzumrandung hervor. So etwas Ähnliches hatte er heute schon einmal gesehen. Deupelbeiss verliess den Platz am Fenster und setzte sich an einen der vier Tische, die in der Mitte des Raumes ein Quadrat bildeten. Ein weiterer Tisch stand in der rechten Ecke des Raumes. Darauf stand ein Computer. Eine Flagge mit dem Schweizerkreuz flatterte als Bildschirmschoner.
Deupelbeiss bedeutete seinem Angestellten, sich zu setzen. Cobb nahm ihm gegenüber Platz. Er fasste kurz zusammen, was vorgefallen war. Deupelbeiss hörte mit einem Ohr zu und kritzelte Männchen auf einen Schreibblock. Als Cobb geendet hatte, sah er hoch.
«Das ist in etwa das, was im Polizeibericht steht.»
Cobb rückte den Stuhl etwas nach hinten, um dem Geruch nach saurem Magen nicht allzu sehr ausgesetzt zu sein, der aus Deupelbeiss' Rachen strömte.
«Ist anzunehmen. Die Polizei hat dasselbe gesehen.»
«Ich will mehr. Überlegen Sie Cobb, wer ist zu so etwas fähig?»
«In etwa jeder, der einen Bohrer bedienen kann.»
Deupelbeiss schoss die Röte ins Gesicht.
«Sie verstehen nicht, Cobb. Kreisen Sie die Täterschaft ein.»
«Sie müssen mir helfen, Chef.»
Deupelbeiss stand auf und ging im Zimmer auf und ab. Er blieb stehen, wollte etwas sagen, überlegte es sich anders, trat ans Fenster und sah hinaus.
«Da draussen, Cobb, da laufen Gestalten rum. Und diese Gestalten gefährden die Sicherheit unserer Gesellschaft.»
Cobb blieb sitzen, betrachtete den Rücken seines Chefs und schwieg.
«Und genau diesen Gestalten muss das Wasser abgegraben werden. Verstehen Sie?»
Cobb antwortete nicht.
«Bleiben Sie bei den Fakten, Cobb, bleiben Sie bei den Fakten.

Ich verlange nicht, dass Sie lügen. Aber schreiben Sie interessant. Und für eine interessante Schreibe reichen die Fakten nicht aus. Habe ich mich klar ausgedrückt?»

Cobb hatte verstanden. Das bekundete er. Er stand auf.

«Herr Deupelbeiss, noch was. Die Arbeit an dem Artikel wird mich sehr in Anspruch nehmen.»

Jetzt schwieg Deupelbeiss.

«Dieses Interview mit Herrn Gysel –»

«Ja?»

«Ich bringe beides heute nicht unter einen Hut.»

«Ja?»

«Eulacher zum Beispiel könnte sich darum kümmern.»

«Eulacher schreibt den Kommentar. Nein, nein. Das Interview ist Ihre Sache. Ende der Durchsage.»

Cobb hustete und trat an die Tür.

«Bis zum Termin mit Gysel sind's noch zwei Stunden. Sie schaffen das, Cobb.»

Cobb sass wieder am Computer und tippte flott drauflos. Er versuchte die Eule zu ignorieren, die alle paar Buchstaben fluchte und die Korrekturtaste drückte, sich im Bürostuhl vom Tisch zurückstiess und die Temperatur beschuldigte, die es verunmöglichte, klar zu denken. Schliesslich packte er sich eine Broschüre der Befürworter der Initiative und blätterte darin. Er rollte wieder an den Tisch zurück und strich mit Kugelschreiber einige Stellen an. Endlich gab er Ruhe und schrieb.

Cobb hatte eben die Begegnung mit dem Ermordeten geschildert. Er war bei den Fakten geblieben, hatte bereits eine ordentliche Geschichte beisammen und war eben gut in Fahrt gekommen, als sein Telefon klingelte. Er nahm ab und hörte seinem Chef zu, der ihm mitteilte, dass Gysel bereits früher in der Redaktion eingetroffen wäre und wünschte, sofort, ja jetzt sofort, einen Interviewtermin zu kriegen. Cobb schmiss fluchend den Hörer in die Halterung, als sich die Eule ehrfürchtig erhob und einen Mann angrinste, der den Newsroom betreten hatte. Er ging auf ihn zu und schüttelte ihm die Hand. Der Mund des Mannes lächelte zurück, während die Augen die Tische absuchten.

Cobb war aufgestanden.

«Eulacher, biete dem Herrn doch einen Kaffee an, bis ich zurück bin.»

Cobb verliess die Redaktion, um einen neuen Parkzettel ins Auto zu legen, bevor ein Parkwächter einen weitaus teureren Zettel ausfüllen würde. Gysel konnte warten.

6

Die Sonne war hinter dem roten Dunst untergegangen. Schwanninger stolperte über die harte Erde des Naturweges. Das Zirpen der Grillen brachte ihn beinahe um den Verstand. Seine Nase lief. Aus seinen Poren schwitzte er die Reste der drei – oder waren es vier? – Gin Tonics, die er in sich hineingeschüttet hatte, um sich zu beruhigen. Gebete hatten nicht gereicht. Der Mord an Wäckerli hatte ihm den Boden unter den Füssen fortgerissen. Das Auftauchen der Polizei hatte sein Gehirn zu Watte gemacht. Für den Polizisten war es eine Befragung, reine Routine, gewesen. Schwanninger kam sich vor wie bei einem Verhör.

«Herr Schwanninger, Sie leiten diese Gemeinschaft?»

«Ja, das ist richtig.»

«Sie kannten Herrn Wäckerli?»

«Ja, das ist richtig.»

«Er war hier für die Öffentlichkeitsarbeit zuständig?»

«Ja, Öffentlichkeit, ja.»

«Was genau tat er?»

«Öffentlichkeits… er, ja, wie soll ich sagen, er verfasste Artikel über unsere Aktivitäten, schrieb Moderationen für den Sender, er –»

«Welchen Sender?»

«Den Sender der ‹Christlichen Gemeinschaft des universellen Daseins›. Er hilft Suchenden, sich in dieser komplexen Welt zurechtzufinden.»

Schwanninger hatte dem Polizisten verheimlicht, dass er Gysel im Anschluss an eine Aufzeichnung kennengelernt hatte. Er hatte ja nicht danach gefragt. Schwanninger hatte daraus geschlossen, dass ihr Geschäft unentdeckt geblieben war. Die Polizei ist nicht allwissend. Die Zusammenarbeit mit Gysel blieb Geheimsache. Sie waren nach der Sendung zusammen essen gegangen. Schwanninger hatte dem Politiker vom Bibelpark erzählt und davon, dass die Finanzierung kaum hinzubekommen sei. Gysel hatte im Gegenzug von seiner Sorge um die Meinungsumfragen betreffend der Initiative berichtet. Und da waren sie ins Geschäft gekommen.

Der Polizist hatte sich verabschiedet und war in einer klapprigen

Kiste davongefahren. Kurze Zeit später hatte Gysel angerufen und ihn zu einer Zusammenkunft beordert.

Schwanninger tropfte. Gysel hatte darauf bestanden, sich ausserhalb der Gebäude zu treffen. Es sei sicherer. Da mochte er recht haben. Aber hier, ohne den Schutz von vier Wänden und ohne die Gewissheit einiger Packungen Erfrischungstücher im Kasten, fühlte sich Schwanninger so wohl wie ein Kleinkind, das in einem Einkaufszentrum verloren gegangen ist. Mit wackligen Schritten kämpfte er sich den Weg hoch zum Waldrand oberhalb der Stockmatte. Er atmete schwer und machte das Heu dafür verantwortlich. Seine Nase tropfte, die Augen tränten. Von ferne konnte er Gysel ausmachen, der vor einer hölzernen Bank auf und ab ging.

Der Führer der «Christlichen Gemeinschaft des universellen Daseins» hatte sich hochgekämpft und sass jetzt erschöpft und im eigenen Saft garend auf einem wackeligen Holzbrett. Gysel schien die Hitze nichts auszumachen. Er schritt auf und ab und versuchte, einen Anfang zu finden. Schwanninger riss eine Packung auf und schmierte sich Kölnisch Wasser in den Nacken. Sein ehemals silbergraues Hemd hatte inzwischen Salzränder unter den Achseln, die im Begriff waren, sich wieder aufzulösen. Gysel blieb stehen. Er hob eine Flasche Mineralwasser an die Lippen, in deren Mitte ein Klumpen Eis schwamm.

«Schwanninger, das ist eine ernste Sache.»

«Ja. Ich weiss. Wäckerli. Armer Kerl.»

«Wäckerli ist ja nun tot.»

«Ja, tot.»

«Du steckst in der Klemme, Schwanninger.»

Schwanninger japste etwas, liess aber das Formulieren bleiben.

«Schwanninger, die ganze Scheisse hier, will sagen der nicht eben unspektakuläre Mord an Wäckerli, der scheucht die Medien auf.»

«Ich kann nichts dafür!»

«Das ist egal, Schwanninger. Unser Unternehmen steht womöglich früher im Rampenlicht, als uns lieb ist. Die Meinungsumfragen zeichnen ein düsteres Bild für die Initiative.»

«Gysel, ich weiss, was auf dem Spiel steht.»

«Ich stehe auf dem Spiel, Schwanninger, deine Geldmaschine steht auf dem Spiel, Schwanninger.»

«Ich lasse mir den Bibelpark nicht nehmen.»

«Warum, Schwanninger, glaubst du, ist Wäckerli ermordet worden?»

Schwanninger seufzte. Dieses verdammte Zirpen. Es bohrte sich direkt durch den Schädelknochen und machte es unmöglich, einen klaren Gedanken zu fassen.

«Und dann so unappetitlich, Schwanninger. Ersoffen in der eigenen Badewanne. Ich sehe ihn vor mir, wie er sich windet und wie er versucht, aus seinem fetten Bauch die letzten Kraftreserven zu mobilisieren, damit sein Kopf an der Luft bleibt, und wie er dann doch absäuft wie ein räudiger Kater.»

Der Zucker der Drinks klebte die Zunge am Gaumen fest. Schwanninger sah zu, wie Gysel den letzten Rest aus der Wasserflasche trank und diese in den Wald schleuderte. Schwanninger löste die Zunge, so gut es ging. «Es ist ja allerhand Gesindel unterwegs.»

«Was hast du gesagt, Schwanninger?»

«Gesindel. Irgendwer hat Geld gebraucht. Heutzutage tut das Gesindel ja alles fürs Geld.»

«Für ein paar lumpige Franken ist der Aufwand etwas gross.»

«Wie?»

«Dieser Journalist … Cobb … hat mich warten lassen. Ich habe etwas mit seinem Computer rumgespielt. Wäckerli wurde an den Füssen aufgehängt, ihm fehlte ein Stück Haut, das klebte am Rand der Badewanne. Das tut niemand für ein wenig Geld.»

Schwanninger fuhr sich mit der feuchten Hand übers Gesicht, um das Zucken im rechten Mundwinkel zu beenden. Es half nichts. Er schloss die Augen und drückte sie mit Daumen und Zeigefinger in die Höhlen. Als er sie wieder öffnete, stand Gysel genau vor ihm und sah auf ihn hinunter.

«Gibt es da etwas, das ich wissen muss, Schwanninger?»

«Was musst du denn wissen, Gysel?»

«Muss ich etwas wissen?»

«Nicht dass ich wüsste.»

Gysel blieb stehen und fixierte Schwanninger einige Augenblicke, bevor er weitersprach.

«Wenn es da nichts gibt, was ich wissen muss, dann sag ich dir jetzt, wie wir weitermachen.»

«Ja.»

Schwanninger fühlte sich nicht in der Lage, die Führung an sich zu reissen. Hier draussen, allein mit Gysel, fühlte er sich schwach und verletzlich wie eine Nacktschnecke. Dazu dieses Zirpen. Er musste die Sache aussitzen. Gysel liess sich neben ihn auf die Bank nieder.

«Zuerst lädst du diesen Journalisten ein.»

«Noch mehr Medienpräsenz?»

«Ja. Wir nehmen die Sache in die Hand. Wir sollten das Image der Gemeinschaft aufpolieren. Cobb, so heisst er, soll einen Tag hier verbringen, mit euch leben.»

«Wozu?»

«Er wird eine Reportage über eine moderne, aufgeschlossene religiöse Bewegung verfassen, welche die Grundwerte der Gesellschaft akzeptiert. Eine Gemeinschaft, die nichts weiter will, als in Ruhe Gott zu dienen.»

Schwanninger entspannte sich etwas.

«Wie bringen wir ihn dazu, sich darauf einzulassen?»

«Keine Sorge. Er hat einen Chef.»

«Einen Chef, ja natürlich.»

«Und der ist bereits informiert. Du brauchst bloss noch diesen Cobb anzurufen und für morgen einen Termin auszumachen.»

Schwanninger warf ein Erfrischungstuch in den Wald. Wo blieb das laue Lüftchen? Er zupfte sich das Hemd von der nassen Haut, um seinem Körper etwas Luft zuzufächern. Er ging in Gedanken den nächsten Tag durch und legte seine Stirn in Sorgenfalten.

«Was ist mit dem Wunder? Wir werden ihm kaum dieses Wunder zeigen können.»

Gysel schlug die Hände auf die Oberschenkel und stand auf. Er fuchtelte wild mit den Armen und schrie Schwanninger an.

«Zum Teufel mit dem Wunder. Journalisten glauben nicht an Wunder!»

«Aber die Katze ist für morgen präpariert! Das Heilungswunder ist fester Bestandteil der Predigt. Das zieht. Bringt Geld.»

«Dann fällt morgen das Wunder aus! Ich will, dass dieser Cobb einen ganz normalen, unauffälligen Tag in der Anlage erlebt, mehr nicht. Und er braucht jemanden, der ihm die ganze Angelegenheit erklärt.»

Schwanninger liess das Wunder fahren.

«Bernhard wäre der Richtige.»

«Bernhard?»

«Der Lehrer unserer Gemeinschaft.»

«Lehrer tönt gut. – Noch etwas.»

Schwanninger stöhnte. Er hatte genug, wollte zurück ins Zentrum, zurück in sein Zimmer, weg von diesem Zirpen, weg vom Heu, vom staubigen Naturweg, fort von Gysel. Aber Gysel liess ihn noch nicht gehen.

«Schwanninger. Ich besorge dir jemanden.»

«Wen denn?»

«Zu deinem Schutz.»

«Schutz?»

«Ja. Wenn sich herausstellt, dass da draussen jemand rumläuft, der es darauf anlegt, gute Christen ins Wasser zu hängen, ist es besser, wenn wir diesen Jemand ausschalten.»

«Ausschalten?»

«Herrgott, bist du schwer von Begriff! Anstatt gejagt zu werden, sorgen wir dafür, dass der Jäger selbst zur Beute wird.»

«Du meinst –»

«Ich tu das nicht für dich. Ich tu es fürs Unternehmen.»

«Aber wer soll denn –»

«Lass das meine Sorge sein. Du gehst jetzt zurück und rufst diesen Cobb an.»

7

Als Cobb den Gang durchhatte, war er nackt. Er hatte die Kleider auf dem Weg ins Badezimmer von sich geworfen, und jetzt legten sie eine Spur. Verschwitzte Klamotten, die nach Cobb rochen, nach Kaffeeschweiss und den übrigen Inputs des Tages, die da waren ein Mord, ein Verhör, einige Katzen, eine Nachbarin in Schürze, ein Chef, der einem durchtriebenen Politiker in den Hintern kriecht, ein Interview mit ebendiesem Politiker namens Gysel, ein Artikel über den Mord und jetzt die Aussicht, noch etwa zwei Stunden mit der Stimme dieses Gysel zu verbringen, um das Interview zuerst zu tippen und dann zum Gegenlesen an dieses – Arschloch, dachte Cobb unter der Dusche – zu versenden. Und Elvira, die Frau am Empfang, die ihn umarmt hatte, und deren Parfüm in seinen Kleidern ausdampfte.

Nachdem er unter der Brause gestanden hatte, ohne sich zu rühren, das Innere der Augenlider betrachtete und hin und wieder nach Luft schnappte, tastete er nach der Duschcreme. Natürlich war sie nicht dort, wo er sie morgens hatte stehen lassen. Sie lag jetzt da, wo sie seine Tochter dem Schicksal überlassen hatte, auf der Seite, noch immer geöffnet. Der Inhalt hatte sich im Laufe des Tages über die Fliesen am Rand der Dusche ergossen. Cobb fluchte kurz und versuchte, einen Teil der Creme von den Plättchen auf seine Hand zu kriegen. Er rieb sich ein und bedachte die Stellen, die bevorzugt vom Schweiss attackiert worden waren, mit besonderer Sorgfalt.

Er stand wieder aufrecht und liess sich das Wasser über den Kopf laufen. Zum Schluss nahm er die Duschbrause in die Hand, wusch sich den restlichen Schaum vom Leib und stellte das Wasser auf kalt. Nach Luft japsend duschte er noch einmal von Kopf bis Fuss. Als er fror, beendete er die Prozedur. Das Wasser füllte den Boden der Dusche und floss nicht ab. Er nahm sich vor, die Saugglocke, die seit zwei Monaten auf dem Rücksitz lag, heimzutragen. War nicht auch der Ersatzschlüssel fürs Auto in der Tüte? Er griff nach dem Badetuch, trat aus der Dusche und rubbelte sich trocken.

Frisch duftend, barfuss und in zu grossen Unterhosen ging er an den Kühlschrank. Er öffnete eine Flasche Falkenbier und suchte den Salami, den er gestern eingekauft hatte. Der Geruch im Kühlschrank verriet ihm, dass die Verpackung bereits geöffnet worden war. Sie lag unter der Kochbutter, die notdürftig in Folie eingewickelt worden war. Er schnitt sich ein Stück Brot ab, bestrich die Scheibe mit Butter und legte den restlichen Salami darauf. Auf dem Weg ins Wohnzimmer machte er einen Umweg durchs Zimmer seiner Tochter und holte sich den Ventilator zurück, den sie sich ausgeliehen hatte.

Im Sofa sitzend ass er und liess sich die warme Abendluft um die Ohren blasen. Er schluckte Bier, schluckte Brotbrei und schaffte es eine ganze Weile, an nichts Konkretes zu denken. Der nächste Gedanke galt der Flasche Bier, die nun leer war. Auch das Brot war aufgegessen. Er stemmte sich aus dem Sofa und wischte sich die Krümel vom nackten Bauch. Einige hatten sich in der Behaarung verfangen, die in letzter Zeit dichter geworden war. Cobb ging zum Spiegel und betrachtete sich von der Seite. Die Haare an seinem Bauch liessen diesen irgendwie wuchtiger erscheinen. Er spielte mit dem Gedanken, sie zu rasieren. Dann nahm er sich vor, endlich ein paar Kilos abzunehmen. Er ging wieder in die Küche.

Um den unruhigen Gaumen zu besänftigen, schien Rollmops am geeignetsten. Cobb hielt sich mit der einen Hand das kalte Glas an den Nacken, während er die zweite Flasche Falken an die rechte Wange hielt. Wieder im Sofa fischte er Rollmops um Rollmops aus dem Glas und trank Bier dazu. Zwischen zwei Schlucken schleckte er sich die sauren Finger. Das leere Glas stellte er neben sich auf den Boden und trank das restliche Bier, während er in den Propeller des Ventilators starrte.

Das Telefon klingelte. Er blieb sitzen. Der Anrufbeantworter schaltete sich ein. Zuerst hörte er seiner eigenen Ansage zu, dann der blechernen Stimme von Elvira.

«Hallo, Cobb. Wollte fragen, was du heute Abend vorhast …»

«Tippsen.»

«… weil, wenn du noch nichts vorhast, dachte ich, wir könnten zusammen eine Kleinigkeit essen gehen …»

«Habe schon gegessen.»

«… und Cobb, ich fand, dass du heute etwas kurz angebunden warst, als wir uns gesprochen hatten …»

«Ich hatte heute ein Rendezvous mit einer Leiche, hey!»

«… ich dachte, wir könnten kurz darüber reden. Ruf doch an, wenn du nach Hause kommst. Tschüss.»

«Ich bin zu Hause und ich denke nicht daran, anzurufen. Auch tschüss.»

Cobb lehnte sich zurück. Er wollte nicht. Er wollte sich nicht an den Computer setzen und dieses Interview mit Gysel abtippen. Aber er wusste, es blieben nicht viele Optionen. Eine davon wäre ein Gespräch mit dem Chefredaktor bei Nichterfüllung der Aufgabe. Das wollte er verhindern. Nicht nur wegen des Mundgeruchs seines Chefs, auch wegen dessen Rasierwasser und seiner Art, solche Gespräche so lange dauern zu lassen, bis man irgendwann das Gefühl hatte, doof zu sein. Cobb wartete darauf, dass er ihn eines Tages aufforderte, den Wortlaut der Rüge zu wiederholen. Er war sicher, der Tag würde kommen. Kurz: Er musste dieses Gespräch mit Gysel heute Nacht abtippen und als Anhang mit einem E-Mail versenden, damit dieser Parteioberst es gegenlesen konnte. Aber eine Nacht ist geduldig, er hatte noch Zeit.

Cobb blickte auf die Uhr. Zehn Uhr. Noch eine Stunde bis Marlen durch die Tür treten sollte, so war es ausgemacht. Resultat zäher Verhandlungen. Er suchte sein Handy, fand es in der Tasche seines Kittels und schickte ein SMS.

Noch eine Stunde. Lg Dad.

Im Gang hob er seine Kleider auf und warf sie zur übrigen Schmutzwäsche, sortierte diese und fütterte die Waschmaschine. Als sie angelaufen war, schnappte er sich das Handy wieder und schrieb.

Das heisst 23 Uhr. Lg Dad.

Endlich packte er seine Notizen und das Aufnahmegerät aus seiner Tasche und legte beides auf den Couchtisch. Der Anblick der Bierflasche, die dort stand, brachte ihn auf eine Idee. In der Küche holte er ein neues Falken und stellte drei weitere in den Kühlschrank. Wieder im Wohnzimmer zog er den Laptop unter dem Sofa hervor und legte ihn neben die beiden anderen Arbeitsgeräte. Er startete den Computer und überprüfte seine Mailbox. Er fand etwas Werbung, einige Meldungen von wegen Spamverdacht und ein Mail von einem Freund aus Boston, der ihn und einige weitere Personen zu einer Party einladen wollte. Cobb löschte alle Neueingänge und öffnete das Schreibprogramm.

Er sortierte die Notizen, bevor er die Fragen tippte. Dann drückte er den Wiedergabeknopf des Diktiergerätes. Er hörte sich eine Frage stellen und die Antwort Gysels. Eine Stimme ohne Körper. Cobb erinnerte sich, dass sich Gysels Lippen bewegt hatten, während der Kiefer keinerlei Arbeit verrichtet hatte. Er hörte weiter zu und erinnerte sich, wie er am liebsten – ja, was? Zugeschlagen? – hätte, um diesen harmlos wirkenden Singsang zu unterbrechen. Denn dieser Singsang postulierte die Pflicht, in der Schweiz nichts anderes als den christlichen Glauben zu lehren. Und zwar aktiv. Und ausschliesslich.

«Herr Gysel. Ihre Initiative für einen Zusatz in der Verfassung hat folgenden Wortlaut: Die Schweiz ist christlich. Sie duldet und fördert die christlichen Werte. Die öffentliche Ausübung anderer Religionen ist untersagt.»

«Ja, Herr Cobb. Im Prinzip verlangt die Initiative das, was jede Bürgerin und jeder Bürger der Schweiz als selbstverständlich annimmt. Für uns Schweizer ist dieser Zusatz zur Verfassung nichts weiter als eine Festigung – ein schriftliches Festhalten – des Status quo.»

«Das hätte zum Beispiel zur Folge, dass angehende Lehrerinnen und Lehrer ausnahmslos christlichen Glaubens sein müssen.»

«Ja, das kann ich mir gut vorstellen. Schüler haben ein Recht, mit unserer Tradition, mit unserer Weltanschauung aufzuwachsen.»

«Sie hebeln damit die Trennung von Kirche und Staat aus, Herr Gysel.»

«... Herr Cobb, unser gesamtes Wertesystem basiert auf der christlichen Religion. Es ist scheinheilig, zu behaupten, Religion spiele beispielsweise in unseren Schulen eine marginale Rolle. Religion ist überall. Religion ist die treibende Kraft. Das haben wir vom Initiativkomitee erkannt. Wir wollen klare Regeln, klare Aussagen. Wischiwaschi ist Sache der politischen Klasse. Wir wollen klare Regeln, an die sich jeder halten muss. Dies gilt insbesondere für Zuwanderer. Sie sind Gäste und sollen sich auch als solche verhalten.»

Cobb stellte das Diktiergerät ab und überlegte sich, wann genau er diese Lust verspürt hatte, Gysel eine reinzuhauen. Er stand auf und zündete sich draussen auf der Terrasse eine Zigarette an. Übers Geländer gebeugt schaute er in die Gasse und beobachtete die Menschen, die unten durchgingen. Jeder mit seiner eigenen Geschichte, seiner eigenen Stimmung. Jeder in dem Bestreben, irgendwie einen Happen Glück zu erhaschen. Oder eine Vorstellung davon.

Irgendwo da draussen war seine Tochter. Die er übernommen hatte, als die Mutter den Tod an einer Eiche gefunden hatte. Zu der Zeit hatte er sieben Flugstunden entfernt gelebt, drei Jahre schon. Drei Jahre, in denen er an seinem Roman zu schreiben versucht hatte. Drei Jahre der Planung, des Füllens von Seiten und des Verwerfens von Ideen, die ihm Wochen zuvor noch genial erschienen waren. Dann kam der Anruf. Am selben Nachmittag sass er im Flugzeug, und einen Tag später versuchte er, eine Fremde über den Tod ihrer Mutter hinwegzutrösten. Im Laufe des vergangenen Jahres ist ihm diese Fremde etwas vertrauter geworden. Aber nicht sehr. Er mochte sie, ja, er mochte sie wirklich sehr, er liebte sie, seine Tochter. Aber wie er seiner Tochter wirklich begegnen sollte, war ein Buch mit zu vielen Siegeln. Wie sein Roman.

Cobb warf einen Blick auf die Kirchturmuhr. Es war bereits zehn Minuten nach elf Uhr. Das war auch so etwas. Man konnte streiten, man konnte verhandeln, man konnte Abmachungen treffen, und am Schluss war der ganze Aufwand für nichts. Oder hatte er sie falsch verstanden? Hatte sie versprochen, sich um elf Uhr nachts auf den Heimweg zu machen, oder waren sie übereingekommen, dass sie um diese Zeit in der Wohnung stehen musste? Er wusste es nicht mehr. Und trotzdem, er wollte, dass sie jetzt zu Hause war. Er machte sich Sorgen, was einem vierzehnjährigen Mädchen da draussen zustossen könnte. Klar, das hier war nicht Boston, es ist Schaffhausen, aber trotzdem.

Eine weitere Zigarette wurde angezündet. Wie sollte er sich verhalten? War es an der Zeit, sie anzurufen? Das würde ihr sicher peinlich sein. Und er wollte ihre noch nicht so gefestigte Vater-Tochter-Beziehung dadurch nicht gefährden. Eine Kurzmitteilung zu senden erachtete er als aussichtslos, denn vielleicht würde sie diese gar nicht bemerken. Er könnte auch diesen Polizisten anrufen, diesen Bärtschi, denn es war ja seine Tochter, mit der sich Marlen Tag und Nacht zusammentat. Dazu war es zu spät. Er wollte den

Polizisten, der im Mordfall Wäckerli ermittelte, nicht nachts aus dem Bett schrecken. Womöglich hätte der noch eine Frage oder zwei zu stellen. Und Fragen hatte Cobb selbst zur Genüge. Als da waren: Warum liess jemand Wäckerli ertrinken? Warum musste Wäckerli sein Stück Haut anschauen, während er ertrank? Warum wurde Wäckerli in einer komplizierten Art aufgehängt und nicht einfach ersäuft, indem man ihm den Kopf unter Wasser gedrückt hatte? Warum Wäckerli?

Cobb entschloss sich aus reiner Schwäche, diesmal ein cooler Vater zu sein und über diese Lappalie hinwegzusehen: Sie kam zu spät. So etwas konnte ja einmal passieren. Er schnippte die Zigarette in die Vordergasse und ging zurück an seinen Laptop. Es widerte ihn an, den Knopf des Diktiergerätes zu drücken. Er tat es trotzdem.

«… und nach Bankenkrise, und anderen dilettantischen Aktionen, in denen sich die Unfähigkeit der Regierung in eklatanter Weise bestätigt hat, ist es absolut notwendig, dass sich die Schweiz auf die Fundamente ihrer Identität besinnt. Die Welt ist ins Rutschen geraten. Wir müssen uns auf unsere Werte zurückbesinnen. Und niemand wird behaupten wollen, dass wir nicht Christen sind. Da setzt die Initiative an.»

Das Diktiergerät verbarg nicht, dass Cobb hörbar schluckte, bevor er die nächste Frage stellte.

«Was erhoffen Sie sich von der Initiative?»

«Nehmen Sie die Verhütung. Wer ein Christ ist, kann nicht verhüten. Nun. Sehen Sie. In der Schweiz werden pro Familie etwa eins Komma drei Kinder geboren. Das ist zu wenig. Wie die Forschung herausgefunden hat, braucht eine Kultur, um die nächsten fünfundzwanzig Jahre zu bestehen, eine Geburtenrate von zwei Komma elf Kindern pro Familie. Alles, was darunterliegt, führt zum Niedergang einer Kultur. In diesem Fall reden wir von unserer Kultur. Damit will ich mich nicht abfinden. Es braucht achtzig bis hundert Jahre, um diese Fruchtbarkeitsrate umzukehren. Die Rechnung ist einfach: Wenn ein Elternpaar nur ein Kind hat, dann gibt es pro Elternpaar ein Kind. Wir werden weniger. Wenn diese Kinder wiederum nur ein Kind haben, dann ist das ein Viertel der Nachkommenschaft unserer Grosseltern. – Können Sie mir folgen.»

Cobb wirkte müde.

«Das ist eine zu einfache Rechnung.»

Gysel geriet hörbar in Fahrt.

«Wenn jetzt, beispielsweise, nur eine Million Kinder geboren werden, ist es unmöglich, dass in zwanzig Jahren zwei Millionen Erwachsene berufstätig werden. Mit der Bevölkerung schrumpft auch die Kultur. In der ganzen EU beträgt die Fruchtbarkeitsrate gerade mal eins Komma drei acht. Das ist unmöglich umzukehren. Aber wir sind anders. Hier, in der Schweiz, soll es anders werden. Erkennen heisst verstehen. Europa, wie wir es kennen, wird in einigen Jahren aufhören zu existieren. Aber die Bevölkerung nimmt nicht ab. – Warum? Einwanderung. Islamische Einwanderung!»

Cobb staunte, wie jämmerlich seine Einwände daherkamen.

«Ja, das mag schon –»

«Lassen Sie mich ausreden. – Seit 1990 betrug der Anteil islamischer Einwanderer neunzig Prozent. Neunzig Prozent! In Frankreich beträgt die Geburtenrate acht Komma eins Kinder pro Muslim-Familie. In Südfrankreich stehen mehr Moscheen als Kirchen! Dies in einer Gegend, die traditionell eine der höchsten Kirchendichten aufweist! Dazu: Dreissig Prozent der Kinder unter zwanzig Jahren sind muslimisch. In den Städten Nizza, Marseille und Paris liegt diese Zahl bei fünfundvierzig Prozent! Das ist die Hälfte!»

«Beinahe die Hälfte.»

«In ein paar Jahren ist es die Hälfte. Und die Zeit vergeht im Fluge. Bereits im Jahre 2027 wird jeder fünfte Franzose ein Muslim sein. In neununddreissig Jahren ist Frankreich eine islamische Republik. – Wollen wir das? Nein! Beispiel England: In den vergangenen dreissig Jahren ist die muslimische Bevölkerung dort von zweiundachtzigtausend auf zweieinhalb Millionen angestiegen. Eine Zunahme um das Dreissigfache! Es gibt dort über eintausend Moscheen. Viele davon waren einmal Kirchen. In den Niederlanden sind fünfzig Prozent aller Neugeborenen Muslime. In fünfzehn Jahren wird die Hälfte der niederländischen Bevölkerung muslimisch sein.»

«Denken Sie nicht, es ist egal, welcher Religion –»

Cobb hörte beschämt zu, wie Gysel ihn unterbrach.

«Deshalb geht die Initiative auch weiter. Neben der Evolution soll an den Schulen der Kreationismus als gleichwertiges Fach ...»

Cobb hatte aufgegeben, und er tippte mechanisch den Text in

den Computer. Ohne das Interview durchzulesen, hängte er es als Word-Datei an ein wortloses Mail und schickte es weg. Er schlurfte zum Kühlschrank und holte sich ein Bier.

Als er die Flasche geöffnet hatte, hörte er, wie ein Schlüssel im Schloss gedreht wurde. Die Tür knarrte, und ein Paar Flip-Flops wurde in eine Ecke geknallt. Cobb wartete neben dem Kühlschrank. Marlen bog in die Küche ein und steuerte auf den Kühlschrank zu.

«Missratene Unterhose.» Ohne ihn direkt anzusehen, öffnete sie den Kühlschrank. «Wo ist der Salami?»

Cobb trank einen Schluck. «Weg.»

«Was heisst weg?»

«Weg, habe ihn aufgegessen.»

«Hey, Cobb, ich habe Hunger.»

«Nenn mich nicht Cobb.»

«Alle nennen dich Cobb. – Ich habe Hunger.»

«Ja, hatte ich auch, Töchterchen.»

«Ich bin nicht Töchterchen. – Was soll ich jetzt essen?»

«Butterbrot. Und schliesse das nächste Mal den Deckel auf der Duschcreme.»

Marlen sah ihn an wie einen, der wirres Zeug spricht.

«Was für eine Duschcreme?»

«Die Duschcreme. Musste die Reste von den Kacheln kratzen.»

«Ist das wichtig?»

Cobb wusste, dass er auf der falschen Fährte war, er wusste es wirklich, aber er konnte sich nicht helfen.

«Ja, es ist wichtig, verdammt noch mal, genauso, wie es wichtig ist, sich an Abmachungen zu halten!»

Marlen vergass, den Kühlschrank zu schliessen, und kriegte einen starren Nacken.

«Leila und ich hatten etwas zu besprechen. Das war ebenso wichtig.»

«Abmachungen sind Abmachungen.»

«Wenn jemand einen Scheiss erlebt hat, ist das ebenso wichtig!»

«Ihr Scheiss interessiert mich einen Scheiss! Wir hatten eine Abmachung!»

«Ich scheiss auf die Abmachung!»

Tränen traten in Marlens Augen. Sie knallte die Kühlschranktür zu, tat dasselbe mit der Küchentür und mit derjenigen ihres Zimmers. Cobb soff das Bier leer und setzte hinterher. Die Tür war verschlossen. Er blieb davor stehen und schrie seine Tochter durch das Holz an.

«Und warum weiss ich nicht, dass übermorgen Elternabend ist?»

Aus dem Zimmer hämmerte Musik. Das Klingeln des Telefons tönte dagegen leise und bescheiden. Cobb schleppte sich ins Wohnzimmer und nahm ab.

«Hier Schwanninger. Entschuldigen Sie die mitternächtliche Störung.»

Cobb fläzte sich aufs Sofa.

«Ja?»

«Sie wissen, mit wem Sie sprechen?»

«Ja, mit diesem Guru von der Sekte.»

«Kirche. Mit dem Leiter der ‹Christlichen Gemeinschaft des universellen Daseins›.»

«Sag ich ja.»

«Ich mache Ihnen einen Vorschlag. Kommen Sie doch morgen bei uns vorbei und nutzen Sie die Gelegenheit, einen Tag mit uns zu erleben.»

«Warum?»

«Es wäre eine Reportage wert.»

«So.»

«Ja.»

Cobb wartete. Irgendwas in der Leitung knisterte.

«Ihrem Chef hat die Idee sehr gut gefallen.»

«Deupelbeiss?»

«Ja, Deupelbeiss. Hans fand, das müssten Sie unbedingt machen.»

Cobb hätte am liebsten mitsamt dem Hörer auch den Job hingeschmissen. Aber er musste jemanden ernähren, deren Stereoanlage in Openair-Stärke aus dem Zimmer donnerte.

Scheisse, verdammte Scheisse, dachte er.

«Na gut, wann?», war, was er sagte.

8

Routiniert setzte Kälin die Rasierklinge im Nacken an. Mit drei Strichen gegen den Haaransatz säuberte er das Hakenkreuz von den Stoppeln der Nacht. Sein Gesicht allerdings machte ihn mürrisch. Der Bart juckte, und Essensreste blieben darin hängen. Er zupfte sich etwas Spiegelei aus den Haaren. Noch vier Tage, dann käme er weg. Er wusch sich die Achseln mit einem Waschlappen und fuhr sich damit über Nacken und Gesicht. Er warf den Lappen zu den verkrusteten Tellern in die Spüle und trat aus der Kochnische ins Zimmer. Die Sonne ging eben auf und warf lange Schatten über den Weinberg bei Uhwiesen. Kälin ging auf alle viere, stützte sich auf die Hände, streckte die Beine nach hinten und beugte die Ellbogen zur ersten von hundert Liegestützen.

Keuchend stand er auf und schüttelte die Arme. Die Finger knackten. Die Fäuste schlugen gegen einen imaginären Gegner, die Kampstiefel suchten dessen Gesicht. Dann lockerte er den Nacken, dass die Halswirbel knackten.

Das Handy lag neben dem Teller, auf dem das Eigelb langsam eintrocknete. Er schob das Telefon in die Hosentasche und schnappte sich den Autoschlüssel. Bevor er sich in den VW-Bus setzte, ging er ums kleine Rebhaus und öffnete eine Holztruhe. Daraus nahm er einen Tarnanzug und ein grosses Jagdmesser. Er zog an der Seitentür des Busses und warf beides nach hinten zu den Seilen, zum Spannset, den Decken, leeren Bierbüchsen und Kleidungsstücken. Kälin setzte sich hinters Steuerrad und öffnete das Handschuhfach. Er nahm das Kuvert heraus und legte es aufs Armaturenbrett. Er drehte den Zündschlüssel.

Der VW-Bus holperte über den Naturweg. Kälin setzte den Blinker und fuhr ins Dorf. Vor einem Riegelbau hielt er an, sprang aus dem Auto und klingelte. Er wartete einige Momente, eine alte Frau öffnete. Als sie ihn sah, lächelte sie. Kälin hob das Kuvert in die Höhe.

«Frau Witzig, hier Ihre Miete.»

«Ach, der Herr Kälin. Was wollen Sie denn so früh?»

Kälin räusperte sich und sprach etwas lauter. «Ich bringe die Miete, Frau Witzig, leider etwas verspätet.»

«Ach, das macht nichts, Herr Kälin.»

«Gut dann, ich muss weiter.»

Kälin hielt die Hand zum Abschied hin, die alte Frau ignorierte sie.

«Wirklich schade.»

«Was denn, Frau Witzig?»

«Schade, dass Sie nicht länger in Uhwiesen bleiben können.»

Kälin lächelte einnehmend. «Ja, schade.»

«Gefällt Ihnen denn mein Rebhaus nicht?»

«Doch, doch.»

Die Frau sah ihn weiter an. Kälin wischte sich die Hände am T-Shirt ab und log etwas. «Wissen Sie, Frau Witzig, ich habe eine neue Arbeit in der Innerschweiz.»

«Ach, die jungen Leute, immer unterwegs.»

«Ja, so ist das heute.»

«Kommen Sie auf einen Kaffee vorbei, bevor sie wegziehen?»

Kälin trocknete weiter seine Hände. «Ja, das werde ich bestimmt tun.»

«Gut, Herr Kälin.»

«Machen Sie's gut, Frau Witzig.»

Er schüttelte ihre knochige Hand und stieg ins Auto. Im Rückspiegel sah er, wie die alte Frau in der Tür stehen blieb und ihm nachschaute. Er bog in Richtung Hauptstrasse ab.

Es war noch nicht acht Uhr, und die Sonne brannte durch die Scheiben. Kälin kurbelte das Fenster hinunter. Er tastete nach einer Zigarettenschachtel auf dem Beifahrersitz, klaubte eine Zigarette heraus und zündete sie an. Nach einem tiefen Zug drückte er den Knopf am Autoradio. Nachrichten. Kälin suchte weitere Sender. Überall dieselbe Misere. Lügen, die über den Äther verbreitet wurden.

Er fluchte und schob eine CD hinein. Ein tosender Sturm aus Gitarre, Schlagzeug und dem Gesang eines röhrenden Hirsches blies die Nervosität aus dem Fenster. Die Müdigkeit fiel von ihm ab. Er war spät unter die Laken gekommen. Der Security-Dienst im Nachtclub war ruhig verlaufen. Bevor er nach Hause gegangen war, hatte er sich noch zur blonden Bedienung an die Bar gesetzt und sich einige Wodkas servieren lassen. Zu Hause rundete er die Sache mit einem Bier ab.

Ein Gitarrensolo kreischte durch den VW-Bus, und Kälin drehte auf volle Lautstärke. Vor der Rheinbrücke in Flurlingen musste er ein entgegenkommendes Auto durchlassen. Er fuhr hoch, vorbei am Bahnhof Neuhausen, weiter durch Schaffhausen. Vor Hemmental hielt er an. Er nestelte das Handy aus seiner Hose und drückte ein paar Tasten. Er befolgte Gysels Anweisung, ja keine Nummern zu speichern. Er liess es lange klingeln. Als niemand ranging, schnippte er erneut mit dem Feuerzeug und blies Rauch aus dem Wagen.

«Flaschen!»

Nachdem er die Zigarette zur Hälfte geraucht hatte, schepperte sein Telefon. Er nahm ab.

«Ja.»

«Hallo, ich bin's.»

«Lange Leitung, oder was?»

«Du kannst dir ja gar nicht vorstellen, wie störrisch so ein Viech sein kann.»

«Aus irgendeinem Grund sass er ja im Tierheim.»

«So einen Hund erschiesst man bei uns, Kälin.»

«Seid ihr auf Kurs, Tanner?»

«Ja, ziemlich. Hubi hinkt. Neue Stiefel.»

«Was soll das, Tanner?»

«Dachte, es mache sich gut, so was in neuen Stiefeln durchzuziehen.»

«Idiot.»

«Soll ich ihm das ausrichten?»

«Zur vereinbarten Zeit auf der vereinbarten Position.»

«Klar, Kälin.»

Kälin hängte auf und kroch über die Sitze nach hinten in den VW-Bus. Er zog die Vorhänge. Seine Augen gewöhnten sich langsam ans Dämmerlicht. Es war heiss wie in einer Sauna. Er schlüpfte aus T-Shirt und Jeans und trocknete den Schweiss damit ab. Er kramte im Halbdunkel nach dem Kampfanzug, den er im Brockenhaus gefunden hatte. Billig. In jeder Hinsicht billig. Kälin war nicht zur Armee zugelassen worden. Wegen labiler Psyche.

Ein Vorwand war das gewesen, dessen war sich Kälin sicher. Nach seinem Dafürhalten hatten sie ihn aus politischen Gründen ausgemustert. Inzwischen war er stolz darauf, dass er für seinen Kampf keine Armee brauchte.

Er zwängte sich wieder auf die vorderen Sitze und setzte eine Pilotenbrille auf die Nase. Blick in den Rückspiegel. Er sah viel Bart, keine Augen und eine ansehnliche Glatze. Er lächelte zufrieden, und die Haare um den Mund liessen ihn gütig wie einen Weihnachtsmann scheinen. Er prustete bei dem Gedanken los, steckte sich eine weitere Zigarette an und drehte den Zündschlüssel. Er fuhr als Mann im Tarnanzug in einem VW-Bus in Camouflage hoch in den Wald bei Hemmental zur vereinbarten Position.

9

«Wow!»

Marlen sass vor der Zeitung und schlürfte einen Tee. Cobb war in der Küche zugange, hatte eben Kaffeepulver über die Ablage verschüttet und schraubte jetzt die Kaffeemaschine zusammen. Er hielt einen Lappen unters fliessende Wasser und wischte die Körnchen weg.

«Genau so hatte es ausgesehen? Der Kopf war in der Badewanne, und so ist er ertrunken?»

Cobb liess die Kaffeemaschine auf dem Herd stehen und schlurfte aufs Klo. Dort setzte er sich hin und stützte den Kopf in die Hände. Er hatte schlecht geschlafen. Die Luft im Schlafzimmer war wie Melasse gewesen. Warme, klebrige Melasse. Er hatte ohne Decke dagelegen, nackt bis auf die Boxershorts. Der Versuch, Sauerstoff in die Blutbahn zu bringen, hatte ihn ins Schwitzen gebracht. Er war wiederholt aufgestanden, um auf der Terrasse zu rauchen.

Er hörte den Kaffee nach oben gurgeln und stand auf. Zurück in der Küche schenkte er sich eine Tasse ein und trank einen Schluck, bevor er sich an den Tisch zu seiner Tochter setzte. Sie belegte sich ein zweites Stück Brot mit Käse. Cobb hielt sich an der Tasse fest.

«Und du warst derjenige, der ihn gefunden hat. Du hast ein Mordopfer entdeckt. Wie war das denn? Und sag jetzt nicht, es steht alles in der Zeitung.»

Cobb blies in den heissen Kaffee.

«Steht aber alles da.»

Marlen biss von ihrem Brot ab und kaute energisch. «Da steht: Du hast die Leiche gesehen, dann hast du dich aus dem Haus begeben und die Polizei benachrichtigt. So langweilig kann das doch nicht gewesen sein.»

«Erzähle es dir ein andermal.»

«Wie kommt es, dass du morgens so ein Aas bist?»

«Und wie kommt es, dass du nicht wie alle Mädchen in deinem Alter bis zehn Uhr morgens nicht ansprechbar bist?»

«Ich bin nicht wie alle Frauen in meinem Alter.»

Cobb lächelte schief und blies weiter. Marlen räumte ihr Zeug weg und ging Zähne putzen. Cobb streckte sich etwas, massierte den verspannten Nacken und fragte sich, ob er ohne Aspirin durch den Tag kommen würde. Allerdings würde ihn eine dieser kleinen Tabletten auch vor einem Herzinfarkt schützen, prophylaktisch. Marlen kam zurück.

«Na denn, ich muss. Sehe ich dich zum Mittagessen?»

«Nein, muss arbeiten.»

«Was dagegen, wenn Leila hier isst?»

«Nein. Nichts dagegen.»

«Tschüss, Cobb.»

«Tschüss.»

Marlen drehte sich in der offenen Tür um.

«Missratene Unterhose.»

«Missratene Tochter, hau ab.»

Sie lachte und machte sich fort.

Cobb erhob sich und schenkte sich einen zweiten Kaffee ein. Damit ging er auf die Terrasse. Er setzte sich auf einen Gartenstuhl und rauchte. Als der Kaffee leer war, stellte er die Tasse auf den Boden und stand auf. Er ging ein paar Schritte hin und her und setzte sich wieder. Nein, geschlafen hatte er wirklich nicht viel. Als er endlich eingenickt war, war er zu allem Überfluss wegen eines Traums aufgeschreckt.

Er war den Charles River entlangspaziert. Blauer Himmel, hohe Wolken, noch blassrot von der aufgehenden Sonne, frische Luft, Verkehr zu seiner Linken, der Fluss zur Rechten. Jogger überholten ihn, Spaziergänger kamen ihm entgegen. Als er genau hinsah, bemerkte er, dass sie alle die Lippen wie Fische bewegten, die nach Luft schnappten. Als er in den Himmel blickte, stockte ihm der Atem. Hunderte von dicken Männern hingen an Seilen, deren lose Enden durch die Luft flogen. Wie von einer unsichtbaren Hand bewegt, wurden sie den Fluss aufwärtsgezogen. Köpfe im Wasser. Ein leises Rauschen zog durch die Luft. Der Weg vor ihm war plötzlich leer gefegt. Endlich sah er einen kleinen Japaner auf sich zujoggen. Cobb hatte mit den Armen gefuchtelt, aber der Japaner war einfach an ihm vorbeigelaufen. Cobb setzte ihm nach. Er schien eine Ewigkeit zu rennen, er überholte die dicken Männer im Wasser und war endlich mit dem Japaner gleichauf.

Völlig entspannt hörte er sich fragen, wie das nun gehe, das mit dem Schreiben von Romanen. Der Japaner wollte eben antworten, als er rückwärtszulaufen begann und sich immer schneller und unwiderruflich von Cobb entfernte. Donnergrollen. Cobb hatte hochgeblickt. Der Himmel war mit den dicken Männern vom Fluss verhangen. Er hatte ein zweites Donnergrollen gehört, und der erste Dicke begann zur Erde zu fallen, bald löste sich ein zweiter, dann ein dritter. Cobb hatte zu schreien begonnen und war gelaufen, um in einem Hauseingang Schutz zu suchen. Schon schlugen die ersten dicken Männer laut und unappetitlich auf dem Boden auf.

Er war aufgewacht. Früher, da hatten sie sich die Träume gegenseitig aufgeschrieben, früher, als sie beide noch von Büchern leben wollten. Sie hatte zuerst aufgegeben und als Texterin in einer Werbeagentur zu arbeiten begonnen. Dann zog sie mit Marlen aus und zusammen mit dem Art Director der Agentur. Drei Wochen später gingen seine Eltern für immer im Atlantik baden. Nach drei Jahren war das Erbe durch und ein Buch noch in weiter Ferne.

Cobb drückte die Zigarette aus und holte ein Aspirin. Ein dritter Kaffee floss die Speiseröhre hinunter, bevor er sich an den Computer setzte. Weil er am Wochenende auf der Redaktion gearbeitet hatte, war heute sein freier Tag. Wäre es gewesen. Aber dieser Deupelbeiss hatte ihm den Termin bei der Sekte eingebrockt. Und er musste auf das Mail von diesem – Arschloch, dachte Cobb – Gysel wegen des Interviews warten. Ausser ein paar Spams und drei beherzten Beleidigungen wegen der Glosse war nichts zu finden. Das Telefon klingelte. Cobb ging hin und starrte aufs Display. Eine Zürcher Nummer. Er hob ab. Eine helle, gequälte Stimme meldete sich.

«Cobb, altes Haus. Man liest ja Sachen von dir.»

«Fink, lass mich in Ruhe.»

«Echt, Cobb, das ist echt eine gute Story.»

«Weiter.»

«Unsere Redaktion hat heute ihren grosszügigen Tag. Fünftausend für ein exklusives Interview!»

Cobb wartete.

«Komm schon, Cobb, es kann auch mehr sein. Siebentausend.»

«Noch immer die alte Hyäne, was Fink?»

«Cobb, du kennst das Business. Zehntausend.»

Cobb hängte auf. Während er zum Computer ging, meldete sich das Handy. Dieses Mal war die Rufnummer unterdrückt. Cobb stellte auf lautlos. Er blickte auf die Uhr. Neun Uhr morgens. Die Redaktoren und Redaktorinnen der Boulevardblätter waren auf der Suche nach der Story des Tages bei den Lokalzeitungen angelangt. Als das Telefon erneut klingelte, versuchte er es zu ignorieren. Nachdem er beim fünften Versuch, einen anständigen Satz zu tippen, unterbrochen worden war, zog er das Kabel aus der Dose. Das Handy blinkte weiter. Er hatte grosse Lust, auch dieses auszuschalten, wollte aber für seine Tochter erreichbar bleiben.

Er fasste einen Entschluss, zog sich an, ging die Treppen hinunter und stand auf der Gasse. Er bog nach links weg, ging drei Gassen weiter und trat durch eine automatische Schiebetür. Ein Verkäufer in Lackfrisur sah von einem Bildschirm hoch.

«Was kann ich für Sie tun?»

«Ich brauche eine Prepaidkarte.»

«Gerne.»

Der Verkäufer schloss das Programm und kam hinter dem Ladentisch hervor. Er blieb vor Cobb stehen.

«Eine Prepaidkarte also. Haben Sie sich vielleicht schon überlegt, ob sich für Sie ein Abonnement lohnen würde?»

«Darum geht es nicht. Ich will eine Prepaidkarte.»

«Na gut. Wenn ich vielleicht Ihren Ausweis sehen dürfte.»

Cobb zog aus dem Jackett seinen Pass hervor. Der Verkäufer lächelte weiter.

«Vielen Dank, Herr Cobb. Haben Sie vielleicht einen Ausländerausweis dabei.»

Cobb begann unter den Armen zu schwitzen. Immer dieselbe Scheisse, dachte er, immer dieselbe Scheisse.

«Nein, habe ich nicht.»

«Ich kann Ihnen die Prepaidkarte nur gegen einen gültigen Ausländerausweis verkaufen, Herr Cobb.»

«Na gut, Sie Schnösel, dann hole ich eben meinen Ausländerausweis.»

Cobb riss dem Mann den Pass aus der Hand, ging die Gassen zurück, die Treppen hoch, wechselte das Hemd, tat eine frische Schicht Deo in die Achselhöhlen, fand den Ausländerausweis in der Schublade des Küchentisches und ging zurück ins Geschäft.

«Was kann ich für Sie tun?»

«Prepaidkarte.»

«Ach, richtig. Sie haben also den Ausländerausweis jetzt dabei?»

Cobb schnalzte den Ausweis auf den Ladentisch.

«Nur einen Augenblick, Herr Cobb. Ich muss eine Kopie davon machen.»

«Machen Sie, machen Sie.»

Der Verkäufer verschwand in einem der hinteren Zimmer. Cobb stand da und betrachtete die verschiedenen Modelle, welche sich die Hersteller mobiler Telefone einfallen liessen. Cobb ging näher an ein Modell, das ihm gefiel, und las gelangweilt, was sich damit alles anstellen liess. Es hatte eine Kamera, es hatte Tasten, es – was in drei Teufels Namen war eigentlich UMTS? Er war eben dabei, die vierte Variante dieser Abkürzung zu erraten, als der Verkäufer wieder erschien.

«So, das wäre erledigt, Herr Cobb.»

«Dann können wir ja bald zu einem Abschluss kommen.»

Knapp dreissig Minuten später hatte er alles unterschrieben und trat aus dem Geschäft. Immerhin hatte der Verkäufer die neue SIM-Karte eingesetzt und mit ein paar wenigen Tastenkombinationen sämtliche Kontakte darauf abgespeichert.

Zu Hause schrieb er seiner Tochter ein SMS, dass er nun unter dieser Nummer erreichbar sei. Es war mittlerweile weit nach zehn Uhr. Es war Zeit, sich zur «Christlichen Gemeinschaft des universellen Daseins» aufzumachen. Cobb packte die Autoschlüssel und schlenderte an die Peripherie der Stadt, wo er sein Auto parkiert hatte.

10

Hubi hatte sich bloss eine Zigarette anzünden wollen. Deshalb war er auf der Leine gestanden. Als das Zippo bei den drei ersten Versuchen nicht funktioniert hatte, wurde er ungeduldig. Er musste unabsichtlich das Gewicht leicht verlagert haben. Er konnte es sich nicht anders erklären. Das hatte der Hund ausgenützt. Mit einem Ruck glitt die Leine unter Hubis neuen Schuhen hervor. Der Hund war den Weg hochgerannt und Hubi schreiend hinterher. Tanner hatte geflucht und war beiden gefolgt.

Jetzt hatte sich die Leine im Unterholz verfangen. Der Hund zerrte daran, kam aber nicht frei. Die beiden Männer kämpften sich durchs Gestrüpp, rissen sich die Haut an Dornen auf und stolperten über Wurzeln. Hubi riss einen Ast ab. Als er den Hund erreicht hatte, prügelte er auf ihn ein. Der Hund winselte. Tanner ging dazwischen, weil man den Hund noch lebend brauchte. Hubi löste die Leine aus den Ästen und hielt den Hund fest.

Jetzt hatte das Vieh die Taktik gewechselt. Statt wie bisher nach vorne zu ziehen, stemmte es sich plötzlich rückwärts. Von Hubi weg. Der hatte die neue Situation noch nicht begriffen, als sich der Hund aus dem Halsband löste und wieder davonrannte. Er hielt auf die Lichtung zu.

Die Jagd ging von Neuem los. Zwei Männer rannten durch den Wald. Sie knickten junge Buchen um, federten sich gegenseitig Zweige ins Gesicht, schrien nach dem Hund und befahlen ihm, stehen zu bleiben. Der Hund dachte nicht daran.

Auf der Lichtung angelangt, blieb das Tier in sicherer Entfernung von den Männern sitzen. Tanner und Hubi standen still. Nach kurzer Absprache schlichen sie auf den Ausreisser zu. Langsam näherten sie sich dem Hund. Als beide Männer so weit angerückt waren, dass Tanner das Gefühl hatte, das Tier mit einem Satz zu erreichen, sprang der Hund auf die Beine, rannte einige Meter weiter und setzte sich wieder. Den Rücken geduckt.

Dasselbe Prozedere wiederholte sich. Anschleichen, Sprungbereitschaft, Flucht. Dem Hund schien das Spiel Spass zu machen. Hubi fing erneut wegen seiner Schuhe zu jammern an. Sie drückten. Tanner gab Hubi die Schuld, weil der wegen einer Zigarette den Hund hatte laufen lassen. Er befahl ihm, sich dem Hund von der gegenüberliegenden Seite zu nähern. Während Tanner und Hund sich nicht rührten, humpelte Hubi durchs hohe Gras. Als er in Stellung gegangen war, gab Tanner ein Zeichen. Sie schlichen gemeinsam auf den Hund zu. Dieser sass schwanzwedelnd da, bis die Männer losschnellten. Dann sprang er hoch und blieb einige Schritte weiter weg stehen.

Hubi setzte sich hin und schlüpfte aus den Kampfstiefeln. Er wimmerte, als er die offene Stelle an der Ferse untersuchte. Tanner ging zurück zum Waldrand und hob einen trockenen Ast vom Boden auf. Er warf den Ast, der Hund setzte hinterher. Tanner hielt die Hand hin und bedeutete dem Viech, den Ast zurückzubringen. Der Hund kam bis auf etwa drei Meter heran, legte sich hin und kaute an dem Stück Holz. Zwischendurch kläffte er. Als Tanner einen Schritt auf ihn zu machte, sprang das Tier auf und legte sich in sicherem Abstand ins Gras, kaute und kläffte.

Hubi stand mit nackten Füssen in der Wiese. Eine Distel stach ihn in die Sohle. Er schrie auf, bückte sich und schleuderte den erstbesten Gegenstand nach dem Hund. Der liess das Holz liegen und schnappte sich den neuen Kampfstiefel. Hubi nahm die Verfolgung auf. Er schrie sämtliche Verwünschungen hinter dem Hund her. Der hatte den Schwanz eingezogen und verschwand mit seiner Beute im Wald. Hubi setzte nach und wurde von einer Wurzel gestoppt. Mit aufgeschürftem Gesicht kam er zu Tanner zurück.

«Super, Hubi. Gut gemacht. Jetzt ist er weg.»

«Scheissköter.»

«Ich sagte: Jetzt ist er weg. Definitiv.»

«Ja, ich hab's mitgeschnitten.»

«Wie weiter?»

«Lass dir was einfallen, Tanner. Du bist hier der Schlaue.»

Hubi nahm das Zippo in die Hand und zündete sich eine Zigarette an. Er setzte sich ins hohe Gras und rauchte. Tanner stand da und sah zum Holzschuppen hinüber.

«Und was tun wir jetzt mit dem Schuppen?»

«Na, was wohl. Wir zünden ihn an.»

Hubi untersuchte die Fusssohle. Er hatte Dornen erwartet, die in der Haut steckten. Aber da war nichts. Er rieb intensiv und löste

Knubbel von der Haut, die er zwischen Daumen und Zeigefinger nahm und wegschnippte.

«Wir zünden ihn an. Ob mit oder ohne Hund.»

«Wie soll das gehen, Hubi?»

«Wir erzählen ihm, dass der Hund drin ist.»

«Besser ist, wir sagen gar nichts, wenn er nicht fragt.»

«Meine Meinung, Tanner.»

Die beiden gingen zum Holzschuppen und öffneten ihn. Als sie im Dunkeln nach den zwei Benzinfässern tasteten, hörten sie ein Auto näher kommen. Sie beeilten sich, schraubten die Deckel weg und schütteten das Benzin übers Holz. Kurz nachdem die Autotür zuging, warf das Zippo Funken und der Schuppen fing Feuer. Sie traten zurück und schielten zu Kälin, der mit grossen Schritten auf sie zusteuerte. Tanner und Hubi gingen ihm entgegen.

Auf halbem Weg blieb er stehen und schaute zurück. Ein schwarzer Mercedes schaukelte den Weg hoch. Schwarz. Er blieb neben Kälins VW-Bus stehen. Der Motor erstarb.

***

Gysel blinzelte durch die Frontscheibe. Er rieb sich die Augen. Diese verfluchten Pollen. Er öffnete das Handschuhfach und holte Augentropfen hervor. Bevor er die kleine Flasche öffnete, nötigte ihn der Juckreiz erneut, die Augen zu reiben. Als er die Finger vom Gesicht nahm, sah er verschwommener als zuvor. Die Linsen. Er kniff das rechte Auge zu. Die Sicht war ordentlich. Mit dem Linken sah er nichts als Schemen. Die Linse musste hinausgefallen sein. Er tastete auf den Hosen des Anzuges nach ihr.

***

Kälin war jetzt bei Tanner und Hubi angekommen.

«Der Hund ist drin?»

Hubi wagte nicht hochzublicken. Seine Zehen wackelten zwischen dürren Grasbüscheln. Das Feuer, welches den Schuppen verschlang, nötigte die Gruppe, einige Schritte weg stehen zu bleiben. Hubi spielte weiter mit seinen Zehen.

«Was sonst.»

Kälin vergrub die Hände in den Hosentaschen.

«Ist ruhig da drin.»

«Wie meinst du das, Kälin?»

«Wie ich es sage.»

Tanner räusperte sich, sagte aber nichts.

***

Gysel schlug den Hinterkopf am Steuerrad an. Immerhin hatte er die Linse gefunden. Sie hatte auf der Fussmatte gelegen. Er nahm sie in den Mund, um sie etwas einzuspeicheln und richtete den Innenspiegel aus. Mit der Zunge legte er die Linse auf den Zeigefinger der rechten Hand und zielte auf die Pupille.

***

«Wo ist der Hund?» Kälin schnaubte.

Tanner räusperte sich erneut. Da Hubi noch immer grosses Interesse an seinen Zehen bekundete und er selbst nichts hatte, was ihn hätte ablenken können, sah er sich genötigt zu antworten.

«Also, Kälin, das mit dem Hund ist so.»

«Wie ist das mit dem Hund?»

«Ja, eben. Ich hab am Handy bereits erwähnt, dass wir damit Schwierigkeiten haben.»

«Ja.»

«Und jetzt ist er weg, der Hund. Kälin, wir taten, was wir konnten.»

«Flaschen.»

«Ja, Kälin.»

Kälin sah zu Gysels Auto. Dann zischte er seine Kumpel an.

«Gysel interessiert sich nicht für Entschuldigungen. Er will sehen, dass wir fähig sind und kaltblütig genug, um die Sache durchzuziehen. Er will den Hund brennen sehen.»

«Wir können ja behaupten, dass …» Hubi sah von seinen Zehen hoch. Kälin stiess ihn heftig weg.

«Ein Hund jault, wenn er brennt. Verdammt. Er jault. Das hier ist keine Demonstration unserer Fähigkeiten. Das ist nichts als ein Scheissschuppen, der brennt.»

Hubi war zu Boden gefallen.

***

Endlich sass die Linse. Gysel blinzelte in den Rückspiegel und hob die Augentropfen an den Tränenkanal. Er drückte heftig und spülte damit beide Augen von Pollen frei.

***

Hubi rappelte sich hoch.

«Chef, ich habe eine Idee.»

«Ach, der Doofkopf hat eine Idee.»

«Ja, Kälin. Wenn sich einer von uns hinter den Schuppen schleicht und etwas jault, etwa so –»

Hubi stand da und imitierte einen jaulenden Hund.

«… dann ist ja dann wohl alles klar.»

Tanner sah in den wolkenlosen Himmel. Kälin sah kurz zu den Autos.

«Gut, Hubi, geh um den Schuppen und mach den Hund. Und dann schleich dich davon.»

«Wird gemacht, Chef.»

«Hau ab!»

Die Autotür ging auf, und Gysel setzte einen Fuss auf die knisternde Wiese.

11

Kaum hatte Cobb den Zündschlüssel gedreht, ging das Radio an. Der selbstverliebte Moderator versprach, nach dem nächsten Musikstück einen Beitrag zur Hitzewelle zu senden. Cobb wusste nicht, wer es sang, aber er hatte es bereits aus Marlens Zimmer dröhnen gehört. Um in den Klettgau zu gelangen, fuhr er auf der Hauptstrasse durch Neuhausen nahe am Haus vorbei, wo er Wäckerli kopfüber in der Badewanne hängend gefunden hatte. Es kam ihm vor, als seien bereits Wochen seit der unappetitlichen Entdeckung vergangen.

Als Einleitung zählte der Moderator die verschiedenen Waldbrände auf, die in allen Teilen Europas aufloderten. Die Überleitung versuchte den kühnen Vergleich zwischen dem Wald, dem es schlecht gehe, und den Menschen, die unter der Hitze litten. Ein Experte referierte über die erhöhte Sterblichkeit bei Höchsttemperaturen von über siebenunddreissig Grad Celsius. Demzufolge dürften an der Hitze in Europa hochgerechnet fünfunddreissigtausend Menschen sterben. Betroffen seien vor allem alte und kranke Menschen. In einer Einspielung eines Interviews zählte ein Altersheimbewohner auf, welche Leidensgenossen den Weg in die kühle Gruft vorausgegangen waren. Die Stimme nuschelte und war schlecht verständlich.

Cobb schaltete um. Eine italienische Schnulze begleitete ihn vorbei an verdorrten Feldern und rissigen Böden. Ein einsamer Gaul stand im Schatten eines Baumes und starrte vor sich hin. Einen Bauernhof weiter sah er eine alte Frau, die mit einer Giesskanne zu den Blumentöpfen vor dem Haus wackelte. Am Horizont staubte ein Mähdrescher durch ein Weizenfeld. Ein zweiter tauchte hinter einer Kuppe auf und folgte dem ersten. Die Strasse flirrte. Cobb erschrak, als ein riesiges Insekt gegen die Frontscheibe knallte und als klebriger Brei die Sicht irritierte. Beinahe verpasste er die Abzweigung nach Ottlingen.

Die Strasse überquerte ein Bachbett und erstreckte sich durch eine Birkenallee weiter bis ins Dorf. Ottlingen bestand aus einer breiten Hauptverkehrsachse und ein paar Nebenstrassen. Cobb blinkte nach rechts und bog ab. Die Strasse stieg steil an. Terrassierte

Einfamilienhäuser zu beiden Seiten. Das Blech des Wagens ächzte. Ein Waldweg führte weiter den Berg hinauf. Oben hatte er freie Sicht aufs Bauerngut, das jetzt der Sitz der «Christlichen Gemeinschaft des universellen Daseins» war. Cobb fuhr aufs herrschaftliche Anwesen zu. Auf der ehemaligen Scheune prangte ein hölzerner Turm. Von Weitem konnte er eine Glocke ausmachen. Cobb dachte an amerikanische Einöde und weiss gestrichene Baptistenkirchen. Immerhin halten die Baptisten an der Trennung von Kirche und Staat fest. Für diese Sekte ist der Glaube zentral, der Staat kommt an zweiter Stelle. Cobb parkierte den Wagen neben dem ehemaligen Kuhstall, stellte den Motor ab und fluchte: «Mistpack.»

Er stieg aus und kratzte die Reste des Insekts von der Scheibe. Mit einer Zigarette im Mund tastete er nach dem Feuerzeug. Er fand es nicht, setzte sich in den Wagen, drehte den Schlüssel und drückte den Anzünder. Während er wartete, bemerkte er im Rückspiegel einen Mann mit langen dunkelblonden Haaren und einem Bart. Er rührte sich nicht von der Stelle und starrte durch die Heckscheibe. Endlich hörte Cobb das leise Klicken und machte sich die Zigarette an. Der Mann, der aussah wie Jesus, starrte weiter. Cobb stieg aus und ging auf ihn zu.

«Guten Tag.»

Keine Reaktion.

«Ich bin mit Schwanninger verabredet.»

Jesus hob den Arm und deutete mit einer Gartenschere in Richtung des Hauptgebäudes. Cobb hatte wenig Lust auf ein Treffen mit dem Chef der Sekte und versuchte die Begegnung hinauszuzögern, um die Zigarette fertig zu rauchen.

«Schön habt ihr es hier.»

Keine Reaktion.

«Das ist, nehme ich an, die Kirche, du stummer Fisch.»

Da Jesus noch immer dastand wie ein Möbel, ging Cobb um ihn herum, um sich ein Bild von der Anlage zu machen. Ein Naturweg führte an der Kirche vorbei. Häuser mit schrägen Dächern schlossen an die Kirche an. Die Dächer schienen wie Schulpulte, die alle in eine Richtung zeigten. Einige Häuser waren fertig gebaut. In der Nähe des angrenzenden Waldes waren vier Männer damit beschäftigt, Ziegelsteine zu schichten, um ein weiteres Haus zu errichten. Weitere Visierstangen steckten.

«Ah!»

Cobb drehte sich um. Ein Mann in silbrig glänzendem Hemd und der Haltung eines Nashorns walzte mit weit geöffneten Armen auf ihn zu.

«Ah!»

Er wiederholte den Ausruf der Freude, bis er bei Cobb angelangt war. Schweiss floss in den Falten der dicken Haut. Der Mann wischte sich die Hände am Hemd ab und reichte Cobb eine davon hin. Sie hatte die Konsistenz einer Qualle.

«Schwanninger. Leiter der Gemeinde. Es freut mich, dass Sie den Weg zu uns gefunden haben.»

«Cobb.»

«Natürlich, Cobb vom Tagblatt. Schön, Sie hier zu haben.»

Schwanninger blickte über Cobbs Schultern und wedelte mit der Hand. Cobb dreht sich um und sah, wie Jesus hinter der Kirche verschwand.

«Unser Gärtner. Ein schweigsamer Mann. Aber er hat die Gabe.»

«Grüner Daumen?»

«Nein. Er heilt, wo andere aufgegeben haben. Gott lässt durch ihn Wunder wahr werden. Er nimmt in unserer Gemeinschaft Jesu Stellung ein, wenn ich so sagen darf.»

Schwanninger lächelte gewinnend. Sein Bauch wippte mit. Cobb warf die Zigarette zu Boden und trat mit einem Fuss darauf.

«Herr Schwanninger, eines begreife ich nicht ganz. Erst machen Sie mir die Hölle heiss wegen –»

«Ja, ja, dieser Text in der Zeitung –»

«Wegen dieser Glosse, und dann zwingen Sie mich, diese Einöde zu besuchen.»

«Diese Glosse, Herr Cobb, die ist vergessen.»

«Ach?»

«Ja. Vergebung ist doch die halbe Miete.»

«Halbe Miete?»

«Ins Himmelsreich. Wir sind doch auch nur Menschen mit unseren Fehlern. Ihnen unterlaufen Fehler, uns unterlaufen Fehler, das ist menschlich. Vollkommen ist nur der Schöpfer.»

Cobb begann sich auszurechnen, wann er wieder von hier verschwinden könnte. Schwanninger lächelte mit Zähnen, die nicht zu ihm gehörten. Cobb sah diesen Mund. Er widerstand der Versuchung, ihm eine reinzuhauen, und kam auf den nächsten Punkt zu sprechen.

«Ich denke, ihr habt ein Problem mit dem Tod Wäckerlis.»

«Ach, Manfred. Hässliche Angelegenheit. Es läuft so viel Gesindel herum. Da staunt man ehrfürchtig über Gottes schützende Hand, dass so etwas nicht schon eher passiert ist.»

«Dass jemand einen Mann über die Badewanne hängt, damit er ersäuft?»

«Ja. Schreckliche Zeiten. Obwohl von Gott abgewandt fürchten die Sünder das Jüngste Gericht.»

Cobb sah zu, wie Schwanninger in die Brusttasche griff, um sich Momente später den Nacken mit einem Erfrischungstuch abzuwischen. Dann hielt er das feuchte Etwas irritiert in der Hand und wusste nicht, wohin damit. Er faltete es sorgsam zusammen und liess es in der Hosentasche, die unter dem Hemd versteckt war, verschwinden. Cobb wollte nichts mehr, als die Sache hinter sich bringen.

«Na denn, machen wir den Rundgang.»

«Herr Cobb. Ich habe den Lehrer der Gemeinschaft damit beauftragt. Herrn Egger. Er wird bald zu Ihrer Verfügung stehen.»

«Wo ist der denn jetzt?»

«In der Kirche. Er wird die Lektion frühzeitig beenden, um sich Ihnen zu widmen.»

Als wäre dies das vereinbarte Stichwort gewesen, ertönte die helle Glocke, und etwa zwanzig Kinder stürmten aus der Kirche. Sie rannten an Cobb und Schwanninger vorbei, als ob sie nicht existierten, und verschwanden um die Ecke des Hauptgebäudes. Cobb beobachtete einen Mann mit dem Schatten eines Bartes, der sorgsam einen Schlüssel ins Schloss der Kirchentür steckte und ihn umdrehte. Er liess ihn in die Tasche seiner Cordhose gleiten und trat mit ausgestreckter Hand auf Cobb zu.

«Bernhard Egger. Freut mich. Na, dann legen wir mal los.»

Schwanninger lächelte erlöst.

«Dann werde ich mich ums Geschäftliche kümmern. Herr Cobb, es hat mich gefreut.»

Damit setzte sich der Gründer der Gemeinschaft in Bewegung und verschwand im Hauptgebäude. Egger blieb neben Cobb stehen und schien auf einen Befehl zu warten. Cobb zeigte in Richtung der Kinder, die sich in einem Wirrwarr von Visierstangen austobten. Ihnen schien die Hitze nichts auszumachen.

«Das sind Ihre Schüler?»

«Ja.»

«Ist es nicht anspruchsvoll, all diese ... ich meine –»

«Sie sprechen von den verschiedenen Stufen. Ja, es ist anspruchsvoll, aber durchaus machbar.»

«Ach. Und wie geht es jetzt weiter?»

Egger strich sich über die Stoppeln und zeigte zu den Häusern.

«Da, sehen Sie, diese Objekte. Eigens für die Mitglieder der Gemeinschaft gebaut. Wir geben auch weniger finanzkräftigen Familien die Gelegenheit, ein Eigenheim zu realisieren.»

«Und wie realisieren diese weniger finanzkräftigen Familien die Bezahlung?»

«Unsere Gemeinschaft hat zu diesem Zweck einen Fonds eingerichtet.»

«Fonds?»

«Ja, Herr Cobb. Die Gemeinschaft geht mit den künftigen Besitzern einen Vertrag ein. Die Gebäude werden aus dem Fonds bezahlt. Der Besitzer bezahlt Zinsen. Er hat auch die Möglichkeit, sein Eigenheim zu amortisieren.»

«Das ist grosszügig, Herr Egger.»

«Ja. Sehr grosszügig.»

«Was kostet denn das Geld?»

«Wie bitte?»

«Wie hoch sind die Zinsen?»

«Nun, die liegen nur leicht über dem üblichen Marktwert.»

«Verstehe ich das richtig, Herr Egger? Die Menschen, die hier bauen, bezahlen mehr Zinsen, als sie bei einer Bank abstottern müssten.»

Egger steckte die Hände in die Hosentaschen und bog sich leicht zurück.

«Ja, Herr Cobb. Freiwillig. Und mit diesem zusätzlichen Prozent finanziert die Gemeinschaft die Mission.»

Ein schwarzer Pick-up glitt über die Zufahrtsstrasse auf das Anwesen zu. Er hielt neben Cobbs Wagen. Der Motor erstarb. Jesus tauchte hinter der Kirche auf, eilte zum Wagen und öffnete die Tür. Ein bleicher Mann mit schwarzer Sonnenbrille stieg aus. In einer Hand hielt er eine offene Tüte Chips. Jesus zeigte ihm den Weg ins Hauptgebäude.

Egger versuchte, den Faden des Gespräches wieder aufzunehmen.

«Und da, wo die Kinder spielen, da wird der Bibelpark entstehen.»

«Bibelpark?»

«Ja. Ziel des Bibelparkes ist es, die Botschaft Gottes und die biblische Geschichte auf eine moderne und erlebnisreiche Art zu vermitteln.»

Cobb schmunzelte.

«Funktioniert das?»

«Herr Cobb. Natürlich funktioniert das, weil es funktionieren muss.»

«Wie soll ich mir das vorstellen?»

«In einer Zeit, wo darüber diskutiert wird, ob der christliche Unterricht aus dem Lehrplan verbannt werden soll, ist es ein Bedürfnis, die Grundlage unserer westlichen Kultur kennenzulernen.»

«Will heissen?»

Egger holte tief Luft. «Die Grundlage jeden Tuns, die Grundlage des Seins ist in Gott.»

«Und?»

«Wir geben den Menschen Halt in Gott.»

«Das wollen Sie mit einer Ausstellung bewerkstelligen.»

«Sie unterschätzen uns, Herr Cobb. Dies wird ein Erlebnispark nach dem Vorbild von Disneyland.»

«Jesus als Donald Duck?»

Egger schien die Bemerkung zu ignorieren.

«Die wichtigen Eckpunkte der Biblischen Geschichte werden als Erlebniswelten erfahrbar. Im Pavillon Erde zum Beispiel werden in sieben Einheiten die Schöpfungstage dargestellt.»

Egger holte Luft.
«In modernstem Design, multimedial.»
Cobb zog sein Jackett aus.
«Ja, ja. Es ist heiss hier draussen. Darf ich mir mal die Kirche ansehen?»
«In der Kirche ist es kaum kühler, Herr Cobb.»
«Trotzdem.»
«Gerne.»
Während sich die zwei auf den Weg machten, begannen die Kinder zu kreischen. Eines der älteren Mädchen hatte sich den Wasserschlauch von der Baustelle geschnappt und spritzte damit die anderen ab. Eine Fontäne ergoss sich über das abgesteckte Feld. Im Licht der Sonne sprühten tausend Tropfen und regneten auf die Kinderleiber. Cobb entdeckte im Feld Kleidungsstücke, die achtlos hingeworfen worden waren. Kinder mit nackten Oberkörpern hüpften auf der Wiese. Egger liess Cobb stehen und ging energisch auf die Kinder zu. Er fuchtelte mit den Armen und rief ihnen zu, endlich damit aufzuhören. Sie beachteten ihn nicht. Egger trat an die Quelle des Übels und drehte den Wasserhahn zu. Die Kinder schauten erstaunt. Egger schrie Anweisungen und Drohungen, bis einige damit begannen, ihre nassen Kleider wieder anzuziehen. Wütend kehrte er zu Cobb zurück.
«Sie müssen entschuldigen, Herr Cobb.»
«Nun, da scheint jemand die Sintflut vorweggenommen zu haben.»
«Sie wollten die Kirche sehen.»
Sie hatten sich eben wieder der Kirche zugewandt, als Cobb einen Jungen mit roten Haaren vor der Tür bemerkte. Er wich nicht von der Stelle, bis die beiden Erwachsenen vor ihm standen. Er schaute Cobb direkt an.
«Sind Sie der Journalist, der uns besuchen kommt?»
«Ja, der bin ich.»
«Ich möchte, dass Sie bei uns zu Mittag essen.»
«Was möchtest du?»
«Dass Sie bei uns zu Mittag essen.»
Cobb sah Egger fragend an. Der schaute ebenso fragend zurück.

12

«Bei Ihnen geht das ja durch wie nichts, nicht?»

Schwanninger lächelte gewinnend. Der bleiche Mann, der seit einer halben Stunde sein Zimmer belebte wie eine Eidechse eine Gartenmauer, war ihm nicht ganz geheuer. Er hatte eine Packung Pommes-Chips vertilgt, während er um das Modell des Bibelparks geschlichen war. Er bröselte in die Arche Noah, er bröselte auf die Zehn Gebote und liess die leere Tüte zwischen Sintflut und Bergpredigt liegen. Nachdem er eine Packung Erdnüsse aufgegessen hatte, widmete er sich den Pistazien. Er sass jetzt da, auf Schwanningers Bürostuhl, und hatte die Beine über dem Tisch gekreuzt. Schwanninger war echt erstaunt, was der Mann in sich hineinstopfte.

«Ich muss so Sachen bloss ansehen, und da habe ich es schon auf der Hüfte.»

Schwanninger ging um das Modell herum und versuchte, die Krumen wegzublasen. Einige klebten fest. Er befeuchtete den Zeigfinger und tupfte Reste aus der Chips-Tüte damit auf. Er führte den Finger an die Zunge und schleckte ihn ab. Ein Hauch Paprika aus der Tüte reizte die Geschmacksknospen. Zu Beginn hatte er das Modell säubern wollen, jetzt ging es darum, den Geschmack der Chips auf der Zunge zergehen zu lassen.

«Sie sind also Schwanninger.»

Schwanninger fuhr herum. Abgesehen davon, dass sie sich begrüsst hatten, war noch kein Wort über die Lippen des Mannes gekommen. Er wackelte mit dem Stuhl und schälte Pistazien aus der Schale. Schwanninger lächelte wieder.

«Ja. Schwanninger.»

«Ich habe Durst.»

Schwanninger trocknete den Finger an seinem Hemd ab und zauberte ein Erfrischungstuch hervor.

«Ist ja auch ganz grässlich heiss hier. Ich werde Ihnen was zu trinken holen lassen.»

«Nett.»

Schwanninger tänzelte zur Tür und rief eine Anweisung. Zufrieden kam er zurück.

«Es kann nicht mehr lange dauern.»
«Schwanninger also.»
«Ja, Schwanninger. Darf ich erfahren, wie Sie heissen?»
«Gilbert.»
«Gilbert.»
«Ja, Gilbert.»
Schwanninger versuchte, die Konversation am Leben zu erhalten.
«Ein französischer Name. Man merkt gar nicht, dass Sie Franzose sind. Null Akzent.»
«Bin ich nicht.»
«Dann bestimmt aus der französischen Schweiz.»
«Egal.»
«Ja, natürlich, vollkommen egal.»
Schwanninger hatte inzwischen das zweite Erfrischungstuch zerknüllt und in den Abfall geworfen. Er ging ans Fenster und blickte hinaus. Er sah den schwarzen Pick-up neben einem unscheinbaren Audi stehen.
«Ist das Ihr Auto?»
Die Antwort blieb aus.
«Ein Toyota, nicht?»
«Fragen Sie nicht blöd, Schwanninger. Sie haben die Dinger einmal verkauft.»
«Haben Sie die Bremsen überprüfen lassen, Gilbert?»
Schwanninger kicherte etwas.
«Baujahr null zwei.»
«Dann ist ja gut.»

Schwanninger betrachtete die Spitzen seiner Schuhe und rechnete. Dieser Beschützer war ihm nicht sympathisch. Dazu kostete er auch noch. Er versuchte Kosten und Nutzen zu überschlagen, konnte sich aber nicht konzentrieren.

Er hatte eine schlechte Nacht durchlebt. Das Verhör gestern war nicht alles gewesen. Die Polizei hatte abends angerufen und von dem Fetzen Haut erzählt, der an die Badezimmerfliesen geklebt war. Er meinte von einem Moment auf den anderen, ersticken zu müssen. Die Hände kribbelten. Tausend Ameisen in den Fingern verlangten höchste Konzentration, den Hörer einzuhängen. Benommen und schwindlig hatte er sich hingesetzt. Und plötzlich war da dieser Harndrang. Er war aufs Klo gegangen und hatte sich entleert. Als er den Reissverschluss hochgezogen hatte, hatte er sich hinsetzen müssen. Er atmete gegen einen Widerstand, und daran war der Kloss im Hals schuld. Oder das Herz. Schwanninger blieb sitzen, bis er sich wieder etwas beruhigt hatte. Er war aufgestanden und hatte den Notarzt angerufen. Der verabreichte ihm Valium und schrieb ein Rezept. Endlich fiel er wie tot ins Bett. Aber bereits kurz nach Sonnenaufgang ging es wieder los. Er schickte einen seiner Getreuen in die Stadt. Nachdem er einige Tropfen Psychopax die Kehle hatte hinunterrieseln lassen, ging es ihm besser. War eine gute Art Ersatzjesus.

Schwanninger zog das Fläschchen aus der Hosentasche und träufelte sich erneut etwas Seelenfrieden auf die Zunge. Wieder wurde er ganz ruhig. Und mit dieser Ruhe kam die Gewissheit, dass er diesen Bertrand – nein, Gilbert – nicht brauchte. Der Mann war teuer, ohne Zweifel. Teuer und arrogant. Er hatte Kälin und dessen zwei Freunde. Die würden ihn zur Genüge beschützen können. Ausserdem war dieser Guillaume, oder wie der hiess, ein mageres Bürschchen. Schwanninger wirbelte herum und hielt sich an der Wand fest.

«Monsieur, Sie können gehen. Ich brauche Sie nicht.»

«Das ist nicht von Bedeutung.»

«Wie bitte?»

Schwanninger hörte seine eigene Stimme aus einiger Entfernung.

«Herr … ja, genau, Herr Gilbert. Steigen Sie in Ihren Toyota und fahren Sie dorthin, wo Sie hergekommen sind. Ich brauche Ihren Schutz nicht.»

«Schwanninger, ich glaube nicht, dass sich das machen lässt.»

«Oh doch.»

«Nein.»

«Und warum, wenn ich fragen darf?»

«Gysel hat mich engagiert. Wenn hier wer was zu sagen hat, von wegen Auftrag erledigt oder nicht, dann ist das Gysel.»

«Das heisst … wie war doch gleich der Name?»

«Gilbert.»

«Das heisst, dass Gysel derjenige ist, der Sie bezahlt, Gilbert.»

«Korrekt, Schwanninger.»

«Ja dann, Gilbert, kann es nichts schaden, nicht wahr. – Ihnen ist eine Schale runtergefallen.»

Gilbert sah zu Boden, nahm einen Fuss vom Tisch und zertrat die Pistazienschale mit dem Absatz. Schwanninger schaute weg. Ein Klopfen an der Tür. Schwanninger rief «Herein!», und Jesus trat ein. Er trug eine Flasche Mineralwasser. Er öffnete sie, goss ein Glas voll und stellte es neben Gilbert. Dieser war eben dabei, eine weitere Pistazie an den Mund zu führen, und hielt auf halbem Weg inne.

«Cola.»

Jetzt verschwand die Nuss zwischen den Lippen. Jesus sah zu Schwanninger. Wieder ein Erfrischungstuch, welches im Abfallkübel landete. Er sah hoch und nickte. Jesus schüttelte den Kopf. Schwanninger verlor die Fassung. «Wenn keine Cola im Haus ist, dann kaufen Sie Cola!»

Jesus trat rückwärts zur Tür und schloss sie leise. Schwanninger sah aus dem Fenster. Jesus überquerte den Platz, setzte sich auf ein Moped und knatterte davon.

«Und Knabberzeug.»

Schwanninger wirbelte herum und hielt sich am Tisch fest. Als er das Gleichgewicht wiedergefunden hatte, richtete er sich auf und trat vor Gilbert hin. Er stützte die Hände in die Hüfte. Auf der Stirn schwoll eine Ader. Jeder Anhänger der «Christlichen Gemeinschaft des universellen Daseins» wäre jetzt in die Knie gegangen und hätte anschliessend freiwillig für vierundzwanzig Stunden das Schweigegebot befolgt. Es diente dazu, sich seine Stellung in der Kirche bewusst zu machen. Auflehnung war falsch, Hingabe war richtig. Durch Schwanninger sprach Gott, jeder Widerspruch war Halsstarrigkeit gegen den Herrn. Schweissperlen traten auf Schwanningers Stirn.

«Gilbert, oder wie immer Sie heissen, Sie sind hier, um zu dienen. Sie sind angestellt, mich zu beschützen, und essen und trinken gefälligst, was hier bei uns auf den Tisch kommt!»

Ehe Schwanninger weiterdenken konnte, wurde er auf den

Stuhl geschleudert. Sein Kreuz ächzte. Gilbert sprang hinter ihn und rollte den Stuhl mit solcher Wucht gegen die Tischkante, dass Schwanninger der Atem wegblieb. Gilbert riss ihn an den Haaren zurück.

«Im Vertrag steht: Bla, bla, bla ... immer ausreichend Apérogebäck ... bla, bla. Nüsse aller Art ... bla, bla, Cola, gekühlt, zur freien Verfügung.»

Schwanninger keuchte. Sein Kreuz sandte eisigen Schmerz die Wirbelsäule hoch. Er fürchtete um seine Haare, die locker in der Kopfhaut steckten. Er zitterte vor dem Mann, dessen Atem nach Nüssen roch. Und er hatte Angst, höllische Angst davor, so zu enden wie Wäckerli. Gilberts Gesicht kam näher.

«Nur damit das klar ist.»

«Ich habe nie so einen Vertrag gesehen.»

«Werden Sie auch nie, Schwanninger. Das ist eine mündliche Abmachung, die ab sofort gilt.»

«Müsste nicht Gysel dafür verantwortlich sein?»

«Es ist mir scheissegal, Schwanninger, wer dafür verantwortlich ist. Ich will es so.»

Gilbert liess die Haare los. Schwanninger fuhr sich über den Kopf. Als er seine feuchte Hand betrachtete, war er erschüttert darüber, wie viele Haare mitgekommen waren. Er richtete sich auf und spürte einen stechenden Schmerz im Kreuz. Die Unterarme auf die Lehnen gestützt, zog er sich in eine angenehmere Sitzposition. Sein Hemd war nass. Gilbert war ans Fenster gegangen und drehte sich zurück. Schwanninger musste die Augen zusammenkneifen, um im hellen Licht mehr als Umrisse zu erkennen.

«Sie haben Angst, Schwanninger.»

«Angst ist nicht das richtige Wort. Ich mache mir eher Sorgen um das Ansehen unserer Gemeinschaft.»

«Ach ja?»

«Ja. Es gibt da einen Mann, einen Journalisten, der unsere Gemeinschaft verunglimpft. – Hat Gysel nichts erzählt?»

«Hat er.»

«Was haben Sie vor, Gilbert?»

«Den wollen Sie loswerden?»

«Wie meinen Sie das, Gilbert?»

«Abmurksen. Den Journalisten.»

«Um Himmels willen, nein. Es wäre schön, wenn Sie ein Auge auf ihn haben könnten.»

«Wie heisst der Mann?»

«Cobb.» Schwanninger schluckte angestrengt. «Cobb.»

«Das ist alles, Schwanninger?»

Schwanninger kam beinahe um vor Schmerzen. Jede kleinste Bewegung wurde von einem kalten Stich im Kreuz begleitet. Er wagte kaum zu atmen.

«Schwanninger?»

«Nein, das ist nicht alles. Die Abstimmung. Unsere Gemeinschaft engagiert sich sehr dafür. Das Klima ist sehr aufgeheizt im Moment. Es … ich möchte nicht, dass mir etwas zustösst.»

«Etwas zustösst?»

«Nun ja, wenn vielleicht jemand einen Anschlag auf mich unternehmen sollte.»

«Gibt es Anzeichen, Schwanninger?»

In diesem Moment klopfte es an der Tür. Jesus streckte den Kopf vorsichtig herein. Schwanninger nickte. Vorsichtig trat Jesus mit einem Sixpack Cola in den Raum. Gilbert lächelte.

«Und wenn Sie die Flaschen nun noch kühlen, ist das der Beginn einer langen Freundschaft.»

Schwanninger drehte sich vorsichtig zu Jesus.

«Und für mich zwei Ponstan.»

13

Egger verabschiedete sich vor dem Haus. Cobb trat ein. Vater Beck hielt die Tür offen und liess ihn ins Wohnzimmer treten. Er strich den Abraham-Lincoln-Bart glatt.

«Wo Liebe ist, ist auch Tischgemeinschaft. Ohne Gemeinschaft mit Verachteten und Verstossenen keine Gemeinschaft mit dem Herrn.»

«Wie bitte?»

«Wir laden Sie gerne an unsere Tafel ein.»

Beck wies Cobb den Platz am Ende des Tisches zu und setzte sich ihm gegenüber.

«Herr Cobb, es ist uns eine ausserordentliche Freude, Ihnen das alltägliche Leben unserer Christlichen Gemeinschaft näherzubringen.»

Kaum hatte er ausgeredet, stützte er die Ellbogen auf den Tisch, faltete die Hände und legte stumm seine Stirn darauf.

Cobb entdeckte einen Widerwillen wieder, den er während der Abdankung seiner Eltern entdeckt hatte. Er war weit davon entfernt, an einen Gott zu glauben. Er hatte es nur mit Mühe fertiggebracht, sich auf Geheiss des Pfarrers hinzuknien, und blieb stumm, als die Anwesenden dazu aufgefordert worden waren, die Gebete nachzusprechen. Er hatte es als Verrat an seinen Eltern empfunden, sie auf diese Weise von etwas vereinnahmen zu lassen, das sie ein Leben lang nie interessiert hatte. Ihr plötzlicher Tod hatte ihn überrascht und getroffen. Die Beisetzung ihn überrumpelt. Seine Eltern waren tot, abgestürzt über dem Atlantik. Punkt. Er hatte sie vermisst, er vermisste sie noch immer. Auch Punkt. Das schmerzte, aber es war ein ehrlicher Schmerz.

Cobb hörte aus der Küche das Klappern von Geschirr. Ansonsten war es still im Zimmer. Überall war Holz. Der Boden gab hin und wieder ächzende Geräusche von sich. Die Sonne drang durch die kleinen Fenster und warf helles Licht auf die leeren Simse. Ein Fernsehgerät war nicht zu entdecken. Kahle Wände bis auf ein hölzernes Kreuz. Es hing über einer tiefen Eckbank am anderen Ende des Zimmers, da, wo in anderen Wohnungen das Sofa stand. Das Kreuz reichte von der Decke bis knapp über die Eckbank. Darunter lag ein zerlesenes Buch. Cobb riet spasseshalber und gab sich die Antwort gleich selbst. Eine Bibel. Neben dem Kreuz hingen nebeneinander vier gerahmte Porträts der Familienmitglieder, daneben entdeckte Cobb einen blassen Fleck desselben Formates.

Er hörte die Eingangstür in den Scharnieren quietschen und das Knarren von Schritten auf Holz. Schwere Schuhe wurden ausgezogen. Leise Geräusche auf den glatt geschrubbten Balken, die Tür zum Wohnzimmer ging auf, und Jesus stand im Zimmer. Falls er Cobb erkannt hatte, liess er sich nichts anmerken. Er sah nicht einmal hoch. Mit gefalteten Händen ging er um seinen Vater herum, setzte sich neben ihn und stützte seine Stirn auf die Finger. Leises Gemurmel.

Die Haustür flog auf. Keiner der beiden Männer sah hoch. Schuhe knallten in die Ecke. Er hörte schnelle Schritte, ein fröhliches Summen, das verstummte, bevor die zweite Tür geöffnet wurde. Ein roter Haarschopf auf einem Gesicht voller Sommersprossen sah ihn an. Der Mund blieb offen. Cobb bemerkte eine Bewegung. Der Vater hatte hochgeschaut. Der Junge senkte den Blick, schob die Finger der rechten Hand in die Zwischenräume der Finger der linken und versuchte, sich auf seine gefalteten Hände zu konzentrieren. Auch er setzte sich hin, zwischen Cobb und Jesus. Cobb sah belustigt zu, wie der kleine Junge ihn immer wieder von der Seite anstarrte, bis ihm Jesus einen Tritt versetzte.

Endlich kam die Frau ins Zimmer. Sie trug eine schwere Schüssel. Ihre Haare waren zu einem strengen Dutt nach hinten gebunden, weite Bluse, weiter Rock, Schürze. Sie setzte die Schüssel lautlos auf den Tisch, nahm Platz und legte ihre Stirn auf die Fingerknöchel.

Cobb sass da mit seinem Hunger und überlegte, ob er wenigstens schon einen Schluck Wasser trinken konnte. Er tastete sich heimlich zum Glas, als er Becks Stimme hörte.

«Bis aus einem Samen eine Ähre wird, braucht es Regen und Wärme, mein Gott. Bis aus gemahlenen Körnern Brot wird, braucht es Wasser und die Hitze des Ofens, mein Gott. Lehre uns, im Fluss zu sein und auch gegen den Strom zu schwimmen.

Nähre uns mit Wärme und schüre das Feuer des Wandels. Stärke unseren Mut, die Früchte der Erde gerecht und grosszügig zu teilen. Führe uns in Dankbarkeit und Brüderlichkeit an den Tisch deiner Freundschaft und Versöhnung. Amen.»

Ein weiteres «Amen» tönte aus drei Mündern, dann öffneten alle die Augen und starrten ihn an. Cobb wusste nicht, was das bedeuten könnte. Vater Beck schob die Schüssel über den Tisch und forderte ihn auf zu schöpfen. Die Augen des Jungen, von Jesus und die des Vaters waren auf ihn geheftet, die Mutter betrachtete demütig ihre gefalteten Hände. Cobb hob den Deckel und legte ihn behutsam zur Seite. Draussen brannte die Sonne, und aus der Schüssel stieg heisser Dampf auf. Er blickte hinein und versuchte, ein erfreutes Gesicht zu machen, was ihm, wie er fand, einigermassen gelang. Die Augenpaare blickten unbewegt. Er langte mit der Kelle zu und hob sich eine Portion Spätzli mit Käse in den Teller. Der Vater nahm die Schüssel an sich, und als er eine Portion im Teller hatte, gab er sie an Jesus weiter. Der Junge schöpfte sich mehr als alle anderen, die Mutter nahm, was übrig geblieben war.

Nachdem Beck die Gabel gehoben hatte, waren wenigstens Essgeräusche zu hören. Cobb fühlte den Schweiss in seinem Rücken ausbrechen. Er lächelte und nickte zustimmend. Als er keinerlei Reaktion erhielt, legte er die Gabel beiseite und räusperte sich.

«Ausgezeichnet, wirklich, ausgezeichnet.»

Die drei männlichen Esser wandten ihren Blick zur Mutter, die bescheiden in den Teller starrte.

«Sie ist eine ausgezeichnete Köchin.» Beck lächelte kurz und wandte sich wieder seinen Spätzli zu. Jesus putzte den Bart mit einem Taschentuch, welches er aus der Hose gezogen hatte.

Cobb versuchte, seine Kaugeräusche mit Konversation zu übertönen.

«Sie sind also der Gärtner.»

Jesus steckte das Taschentuch weg und nickte. Beck legte das Besteck weg und sah Cobb in die Augen. Seine Lippen bewegten sich kaum, als er sprach.

«Ja. Joschua ist für die Anlage zuständig. Er sorgt dafür, dass das, was uns gegeben wurde, auch blühen wird. Und mit seiner Gabe bringt er den Menschen näher zu Gott.»

«Indem er hin und wieder einen Blumenstrauss verschenkt?»

«Nein. Er hat die Gabe. Mit Gottes Hilfe sorgt er dafür, dass diejenigen, die Gott auserwählt hat, von ihrem Leiden befreit werden.»

«Wie soll ich das verstehen?»

Cobb genoss das Gespräch, weil es ihm ermöglichte, die Gabel etwas beiseitezulegen und zu warten, bis die Spätzli auf seinem Teller etwas auskühlten.

«Wie ich es gesagt habe. Er hat die Gabe zu heilen.»

«Wunder?»

«Wenn Sie so wollen, ja.»

Cobb sah Jesus an, der lange brauchte, um das Teig-Eier-Käsegemisch zu kauen. Endlich schluckte er und goss etwas Wasser hinterher.

Der Junge hatte ein ganz besonders langes Exemplar entdeckt. Er spiesste es auf die Gabel und liess es baumeln wie einen Wurm an der Angel. «Ich bin ein Fischer. Ich habe eine Seele an der Angel.»

Vater Becks Blick stach durch den Jungen hindurch. Der tat so, als hätte er nichts bemerkt. Er schnappte nach der Gabel und schluckte.

«Sie entschuldigen. In seinem Alter kann er den Segen der Mission nicht begreifen.» Becks Lippen verzogen sich, aber seine Augen lächelten nicht.

«Vielleicht können Sie mir das erklären.» Cobb sah eine Chance, dass man vergessen würde, dass er sein Essen noch bis auf das letzte Spätzli vertilgen müsste.

Beck putzte sich den Mund. Auch mit einem Stofftaschentuch.

«Die Mission ist Bestandteil unseres Glaubens. Wie kann ich als Christ in Freude leben, wenn ich sehe, wie Milliarden Menschen vor dem Jüngsten Gericht nicht bestehen können? Ich habe begonnen, auf der Strasse Flugblätter zu verteilen. Später –»

«Wozu?»

«Um die Leute aufzufordern, ihr ganz eigenes Königreich für Gott herauszuputzen.»

«Königreich?»

Beck kam in Fahrt. «Alles, was der Mensch ist, ist er durch niemand anderen als durch Gott. Der Mensch ist der Wohnsitz Gottes, sein Königreich. Es liegt an ihm, ob er sich in ihm wohlfühlt, ob er gerne in ihm wohnt, weil er nach seinen Geboten und nach der Bibel lebt. Alles andere ist Hurerei und Besudelung. Gott meidet die Menschen, weil sie es zugelassen haben, dass ihre Paläste zu Bruchbuden verkommen sind, wo die Ratten die Herrschaft übernommen haben, wo Menschen eindringen mit nichts als niedrigen Gelüsten, zu Bruchbuden, in denen sich das verkrustete Geschirr in der Küche stapelt, wo sich Wildfremde auf alten Matratzen verlustieren und die Sekrete ihrer Sünde in Gummihüllen hinterlassen. Dagegen hilft nur die Mission. Die Mission ist der Putzplan, der aus einem verkommenen Haus einen Palast entstehen lässt, aus verkommenen Gegenden einen florierenden Stadtteil, aus einem Land, das von allen getreten und beschmutzt wird, eine starke und stolze Nation. Das ist Mission. Ein wichtiger Bestandteil ist die Rückkehr zur Familie, wie sie Gott gewollt hat.»

Cobb wäre gerne aufgestanden und gegangen. Aber der Anstand liess ihn zwei, drei Gabeln essen, bevor er sich gefasst hatte. Er dachte «Bockmist» und kaute fertig.

«Nun ja, das ist Ihre Sicht der Dinge. Meine Tochter zum Beispiel wuchs lange Zeit ohne mich auf, und doch –»

«Das ist ein weiterer Pilz im Gebäude. Selbst die Wissenschaft ist sich einig, dass Mädchen ohne Väter sexuell früher suchend sind. Sie werfen sich an den erstbesten Burschen. Sie werden als Teenager mit grösster Wahrscheinlichkeit schwanger werden.»

Cobb legte die Gabel in den Teller und wischte sich mit dem Handrücken den Schweiss von der Stirne. Er wollte sich eben erheben, als der Junge seinen Teller über den Tisch stiess, dass er auf der anderen Seite zu Boden schepperte. Er hatte sich mit beiden Händen auf den Tisch gestützt und schrie mit hochrotem Kopf: «Bei uns schmeissen sich die Mädchen von der Eisenbahnbrücke in den Rhein!»

Blitzschnell packte Jesus den Kleinen am Haarschopf und hielt ihm den Mund zu. Beck war nach hinten gesprungen, der hölzerne Stuhl knallte auf den Boden. Jesus schleppte den Jungen aus dem Wohnzimmer. Cobb hörte die beiden die Treppe hochrumpeln, hörte den Jungen hin und wieder das Wort «Mörder» schreien. Die Mutter sass da, fixierte den leeren Teller und zitterte. Beck starrte Cobb an, sein Atem ging stossweise. Mit Mühe presste er einige Worte an den Lippen vorbei.

«Es ist besser, wenn Sie jetzt gehen.»

Cobb war froh. Draussen blendete die Sonne. Bei seinem Wagen blieb er stehen und kramte nach dem Schlüssel. Motorengeräusche näherten sich. Ein grüner Jaguar bremste vor der Kirche. Ein Mann stieg aus und ging ohne sich umzusehen zum Anwesen des Sektenchefs. Cobb sah ihm nach. Er war sich nicht sicher.

14

Bernhard Egger stemmte die Hände ins Gras und rückte etwas näher. Er tat dies unter dem Vorwand, seine Haut vor der Sonne zu schützen. Jetzt sass er im Schatten der Bäume und näher bei der jungen Frau. Sie zupfte am Bikini und rutschte weg. Egger hatte nicht zu reden aufgehört, seit er sie als Objekt für seinen missionarischen Eifer ausgewählt hatte.

Nach dem Treffen mit Cobb war er froh gewesen, ans Wasser fahren zu können. Seine Eltern besassen einen Weidling, eines dieser länglichen, flachen Boote aus Holz. Er löste es von den Pfählen und rammte den Stachel, eine am Ende mit einem eisernen Zweizack versehene Stange, in den Schotter des Flusses, um das Boot gegen den Strom aufwärtszustossen. Auf halbem Weg machte er Rast, trank aus einer Flasche Mineralwasser, ass einen Apfel und ein Schinkenbrot, welches er sich morgens belegt hatte. Er nahm den Stachel wieder in die Hand und peilte sein Ziel an.

Er war bis in den Schaaren gestachelt. Dahin, wo an freien Nachmittagen Menschen jeden Alters anzutreffen waren, die mit Weidlingen, Schlauchbooten oder Velos hochgefahren waren, um ihren Spass zu haben. Sie schwammen, warfen Frisbees, lagen in der Sonne, flirteten, tranken Bier und reichten Joints herum. Und wer keinen freien Nachmittag hatte, der machte sich hin und wieder einen.

Nachdem Egger sein Boot vertäut hatte, war er den Schaaren auf und ab spaziert. Seine Sandalen wirbelten den trockenen Sand des schmalen Weges auf. Als er gefunden hatte, was er suchte, waren die Haare seiner Unterschenkel gleichmässig von einer feinen Staubschicht bedeckt. Es war ein schattiger Platz, und die Menschen schienen offen eingestellt zu sein. Er hatte sich bis auf die Badehose ausgezogen und hatte ein Tuch in die Nähe einer Gruppe Jugendlicher ausgebreitet. Ganz in der Nähe sass die junge Frau, deren Nase auffallend gross geraten war. Bernhard hatte sie erst auf den zweiten Blick bemerkt. Was ihm zuerst ins Auge gesprungen war, waren ihre Brüste, die von einem schwarzen Bikinioberteil bedeckt waren. Die Haut gleichmässig gebräunt. Er hatte ihr einen Schluck Mineralwasser anbieten wollen, aber sie hatte abgelehnt.

Die Flasche lag unberührt zwischen ihnen. Trotzdem eröffnete er das Gespräch.

«An so sonnigen Tagen ist das Leben leicht, nicht?»

Die Frau hatte ihn irritiert angesehen und zustimmend gemurmelt. Sie hatte ihre Hand ausgestreckt, jemand hatte ihr eine Flasche Bier hingehalten. Bernhard beobachtete die Schluckbewegungen an ihrem Hals.

«Aber es gibt andere Tage, da kommt man nicht auf Touren. Geht dir das auch so?»

Sie hatte das Bier abgesetzt und sah ihn an.

«Auch einen Schluck?»

«Nein danke. Weisst du, wer mir persönlich hilft, über die schlechten Tage zu kommen?»

Bernhard hatte Mühe gehabt, bei der Sache zu bleiben. Immer wieder war sein Blick abgeglitten und hatte sich an den Brüsten der Frau festgesaugt.

Inzwischen war der Schatten gewandert, und jetzt sass er nahe bei ihr. Er konnte sie riechen. Verschwitzte Haut und Bier. Ihre Tücher lagen bereits leicht übereinander. Bernhard hatte sich auf einen Ellbogen gestützt, mit der anderen Hand unterstrich er seine Worte.

Die junge Frau hatte die Beine an den Bauch gezogen. Sie suchte flehenden Blickkontakt mit einer Freundin, die kurz zuvor aufgesprungen war, um Ameisen von ihrem Badetuch zu schütteln. Die Freundin schien zu verstehen. Sie stemmte die Hände in die Hüfte.

«Also, wer kommt jetzt schwimmen?»

Die junge Frau war sofort aufgestanden. Gemeinsam gingen sie den Weg flussaufwärts. Sie kicherten und sahen ab und zu zurück. Bernhard starrte den beiden nach. Er konnte sich an der Bewegung der Hüften und den geschmeidigen Rücken nicht satt genug sehen. Es war zu perfekt. Diese Körper, der Geruch von trockener Wiese, der Geschmack des nahen Flusses, der Anblick dieser Brüste. Das alles war zu perfekt, um einzig und allein durch Zufall da zu sein. Nein, es war Gottes Plan. Bernhard malte sich den Plan des Herrn noch etwas genauer aus und drehte sich auf den Bauch, um seine Erektion zu verbergen.

Er wachte auf, weil es ihn juckte. Nein, es brannte. Die Sonne war weitergewandert. Der Rücken fühlte sich an wie – so musste sich ein Spanferkel nach den ersten Durchgängen über dem Grill fühlen, falls tote Tiere ein Gefühl haben.

Er blickte benommen um sich. Im Dämmerlicht brannte ein Feuer, Rauch lag in der Luft. Einige Burschen hielten Bierflaschen in den Händen und lachten laut. Bernhard kam matt auf die Beine. Er suchte nach der Frau mit den reizenden Brüsten. Er fand sie nicht. Wohin war sie verschwunden? Mit dem Tuch unter dem Arm wankte er auf den Weidling zu und löste die Knoten des Seiles. Noch immer schlaftrunken setzte er sich hinein und stiess vom Ufer ab.

Seine Gedanken träumten weiter. Wäre diese Frau nicht schwimmen gegangen, wer weiss, was noch hätte passieren können. Aus einer plötzlichen Laune heraus war sie aufgestanden, um sich ins Wasser zu stürzen. Sie mit ihren Brüsten. Dem Bikinioberteil, das kaum etwas versteckte. Behandelte ihre Titten, als gehörten sie ihr, ihr allein. Nichts gehört ihr, alles gehört dem Herrn, ist durch den Herrn. Und ich bin mit dem Herrn. Er wurde wütend.

Als Bernhard Egger mit seinem Weidling in der Mitte des Rheines tümpelte, legte er das Ruder beiseite. Er hatte diese Frau näher zu Gott bringen wollen. Sie hatte ihn verstossen, nicht auf ihn gehört. Sie verdiente, was sie verdiente. Er griff in die Badehose und begann, an seinem Schwanz zu reiben.

Es hätte alles anders sein können. Der Schaaren war plötzlich leer, sie hätte sich auf ihn gelegt, hätte «Danke» geflüstert, hätte ihm ihre Brüste ins Gesicht gedrückt, hätte ihre Badehose an seinem Schwanz gerieben, bis er sie auf den Rücken gedreht hätte, bis er ihre Badehose beiseitegeschoben hätte, um in sie einzudringen. Und er hätte zugestossen, heftig, immer wieder, im Namen des Herrn, und sie wären vor dem Herrn in ihrer Vereinigung zu Mann und Frau geworden.

Bernhard hatte die Badehose jetzt um seine Fussfesseln. Er bearbeitete seinen Schwanz mit seinen Händen und mit Hilfe des Herrn weiter, bis er die Zähne zusammenbiss, um nicht laut aufzuschreien. Erschöpft und enttäuscht blieb er sitzen und zog mit einer Hand die Hose wieder bis zu den Knien. Er betrachtete seinen Penis, der noch immer erigiert zurückschaute. Er schlug ihn mit der flachen Hand, schlug ihn so lange, bis er klein beigab und sich zwischen seinen Schenkeln versteckte.

Er war enttäuscht von sich. Er hatte sich vorgenommen, es nicht zu tun, und er hatte es wieder getan. Er war mit der Absicht, Gottes Wort zu verkünden in den Schaaren gestachelt, und es hatte geendet, wie es bisher immer geendet hatte. Er hatte sich gegen seinen Herrn versündigt.

Er tastete nach dem Seil, welches dazu diente, das Boot festzumachen. Er machte einen Knoten. Und er schlug sich auf den Rücken. Die Haut war von der Sonne verbrannt. Der erste Schlag fühlte sich richtig an. Schmerzhaft, also richtig. Er schlug erneut zu. Und wieder. Und wieder. Er stand auf, das Boot wackelte etwas. Ein Blick übers Wasser bestätigte ihm, dass er allein war. Er holte aus und schlug fester zu. Und fester. Und fester. Er peitschte sich zurück zum Herrn.

***

Anna Galati hatte im Badeanzug gewartet, bis sie den Weidling des Lehrers auf dem Wasser entdeckt hatte. Der Mann stand im Boot. Sie kniff die Augen zu, um von der untergehenden Sonne nicht geblendet zu werden. Er hatte das Ende eines Seiles in den Händen und schlug es auf den Rücken. In unregelmässigen Abständen. Er liess das Seil fahren, setzte sich und stützte den Kopf in die Hände. So jedenfalls sah es aus. Milliarden von Lichtpunkten tanzten auf der Oberfläche des Wassers und frassen sich in Eggers Silhouette.

Sie watete in den Fluss. Es roch nach Algen und nach Moder. Aber er war warm. Es kostete kaum Überwindung, ins Wasser zu gleiten. Als sie ihre Schultern untertauchen wollte, blieb sie abrupt stehen. Ein toter Fisch schwamm vor ihren Augen vorbei. Sie wartete einige Sekunden, stiess ab, tauchte durch Seegras, kam hoch und suchte ihr Ziel. Der Weidling kam schneller vorwärts, als sie es sich ausgerechnet hatte. Mit langen Zügen kraulte sie auf ihn zu, hob nach drei Armzügen jeweils den Kopf, um auf Kurs zu bleiben.

***

Bernhard Egger schloss die Augen. Das Brennen auf seinem Rücken schwoll an. Und das Brennen sog alle Sünde aus seinem Kopf, seinen Lenden, seinem Schwanz. Was vor ihm lag, hätte auch Kondensmilch sein können. Oder Vogelscheisse. Substanz am falschen Ort, eine Umschreibung von Dreck. Er zog die Hose hoch und kramte in den Taschen des Rucksacks, fand ein Stofftaschentuch und tauchte es ins Wasser. Er wischte den Dreck weg, schwenkte das Taschentuch im Rhein und breitete es auf der Kiste zum Trocknen aus.

Der Schmerz im Rücken war der Preis für die Verfehlung. Doch – Gott! – niemand ist perfekt. Es war nicht allein seine Schuld. Was hinderte die Frauen daran, sich ihm zu nähern? Er fühlte sich mehr als imstande, seine ehelichen Pflichten vor Gott zu erfüllen. Warum verwehrte ihm der Herr die Gelegenheit, ihm dies zu beweisen? Es war eine Prüfung. Er musste sich gedulden, bis es der Herr für richtig befand, ihm ein Weib zur Untertanin zu schenken. Er hatte vertrauensvoll sein Leben in Gottes Arme gelegt, und doch zweifelte er, ob Gott ihn nicht vergessen hatte. Und dafür schämte er sich.

Mit einem Ruck neigte sich das Boot zur Seite. Er schreckte hoch, verlor das Gleichgewicht und hielt sich an der Wand des Weidlings fest, um nicht ins Wasser zu fallen. Noch ein Ruck, und er sah einen blonden Haarschopf auftauchen, starke Arme, die sich hochstemmten. Er starrte auf Brüste, die von einem sportlich geschnittenen Badeanzug bedeckt waren, sah an der Frau herunter, bemerkte den Gürtel um die Taille, an dem ein wasserfester Beutel hing. Sie stand mit festen Beinen auf den Planken.

«Guten Abend.»

Er stand noch immer krumm und beobachtete ihren Brustkorb, der sich mit jedem Atemzug dehnte und wieder entspannte.

«Ich sagte: Guten Abend.»

Langsam liessen seine Hände das Holz los.

«Wer sind Sie?», fragte er.

«Nicht von hier.»

«Und wer …?»

«Sagen wir, ich bin ein Engel. Ein Engel, der aus dem Wasser steigt.» Sie lächelte.

Egger starrte weiter.

«Stört es Sie, wenn ich eine Weile mitfahre?»

«Nein, nein. Es stört mich nicht.»

«Na denn. Was dagegen, wenn ich mich hinsetze?»

Sie nahm ein Badetuch, welches auf dem Boden lag, breitete es aus und liess sich darauf nieder.

Die Haut in seinem Rücken spannte und juckte bösartig. Gleichzeitig fragte er sich besorgt, ob er jetzt noch einen hochbekommen würde. Denn das war Gottes Geschenk, das da in den Weidling geklettert war, eine Piratin Gottes. Er drückte die Oberschenkel zusammen wie die Griffe eines Blasebalges, um zu prüfen, ob eine weitere Erektion zu erwarten wäre. Zufrieden stellte er fest, dass das Blut in seinen Genitalien wieder leise, aber spürbar pulsierte.

«Stimmt es, dass wir auf den Rheinfall zutreiben?», fragte Galati.

«Keine Sorge. Davor ist das Elektrizitätswerk.»

«Ach. Das Elektrizitätswerk.»

«Ja. Und jeder geübte Weidlingfahrer weiss, wann er an Land rudern muss.»

«Das ist beruhigend. Sind Sie ein geübter Weidlingfahrer?»

«Sie können mir vertrauen.»

Sie schien den letzten Satz zu ignorieren. Stattdessen betrachtete sie das Ufer. Sie stand auf und sprang kopfüber ins Wasser. Egger suchte die Wasseroberfläche ab, aber die Frau schien nicht mehr vorhanden zu sein.

Sie tauchte. Längs unter dem Weidling durch zur anderen Seite, zu der Stelle, wo der Mann sass, den sie nun zur Rechenschaft ziehen wollte. Das Wasser war dunkel geworden. Mit drei langen, gleichmässigen Zügen war sie unter dem Boot durch und schnellte aus dem Wasser. Sie griff nach dem Holz der Reling und zog sich hoch. Jetzt stand sie genau hinter dem Mann. Egger wirbelte herum.

«Na, überrascht?»

«Ich dachte, Sie seien abgesoffen, ertrunken oder etwas in der Richtung.» Ihre Nähe irritierte ihn.

«Was ist denn mit Ihrem Rücken passiert?»

«Ich … ich …» Eggers Gedanken schossen unkontrolliert durchs Gehirn.

«Ich habe von einer jungen Frau gehört, die kürzlich in den Rheinfall gesprungen ist.»

«Das kommt hin und wieder vor.» Egger hörte sich stottern.

«Oft?»

Egger wollte rückwärts ausweichen, fürchtete aber, ins Wasser zu fallen.

«Nein. Nicht sehr oft.»

«Was treibt wohl eine junge Frau dazu, sich selbst in die Fluten zu schmeissen?»

«Ich weiss nicht. – Ich weiss nur, dass es eine Sünde gegen Gott ist.»

«Ach?»

Es war wie ein Verhör. Bernhard Egger war zu sehr verunsichert, um zu merken, dass die Frau im Beutel kramte, der am Gürtel um ihre Taille hing. Er spürte einen kurzen Stich im Oberschenkel. Das Blut im Kopf rauschte. Der Ansatz eines Stossgebets. Er sackte leblos ins Boot.

Galati hatte den Weidling schwimmend an Land gezogen. Keuchend stieg sie aus dem Wasser und setzte sich ans Ufer. Sie blickte zum Baum hoch und konnte die Umrisse des Flaschenzuges gegen den schwarzblauen Himmel erkennen. Sie spürte einen brennenden Schmerz in der Taille, schlug zu und strich die Überreste einer Bremse ins Gras. Als sie ruhiger atmete, stand sie auf und tastete nach den Seilen, die sie im Gebüsch versteckt hatte. Im Boot verschnürte sie den Lehrer. Sie fand ein feuchtes Taschentuch und steckte es ihm in den Mund. Aus dem Beutel fischte sie eine weitere Spritze und stach ins kalte Fleisch ihres Opfers. Langsam kam Egger zu sich. Er realisierte, dass er gefesselt war, und jammerte vor sich hin. Sie packte ihn am Haarschopf, damit er ihr in die Augen sehen konnte. Sie hatte ein Teppichmesser in der Hand.

«Das ist für Magda.»

Sie ritzte ihm ein Kreuz in den Oberarm.

Egger protestierte stumm. Sie setzte sich auf ihn und schnitt tief genug in den Oberarm. Bernhard bäumte sich auf und schrie in sein Taschentuch, als sie ihm das Stück Haut wegriss. Sie hielt es ins Wasser und klatschte es an die Planken des Weidlings. Das Opfer starrte entsetzt auf die eigene Haut, die vor seinen Augen klebte. Er hörte ein metallisches Klicken. Seine Beine lösten sich vom Holz. Er wand sich panisch, aber schneller, als er «Amen» denken konnte, hing er verkehrt herum über dem Boot. Die Frau war wieder da. Sie löste einen Knoten in seinem Nacken und zog das Stück Stoff aus seinem Mund. Er wollte jammern, sie um Gnade bitten, aber er pendelte bereits durch die Luft. Dann liess sie ihn ins Wasser sinken.

Jetzt schrie Egger. Dann gurgelte er. Dann lösten sich Schreien und Gurgeln ab. Sie entfernte sich, und als sie weiter oben ins Wasser glitt, um zurückzuschwimmen, war bereits wieder Ruhe eingekehrt.

Schade eigentlich, dachte sie.

Falls es eine Seele gibt, und falls Egger eine hatte, würde sie jetzt aus dem Loch in seinem Hintern entfleuchen müssen. Alle anderen Körperöffnungen befanden sich unter Wasser. Sie würde über dem Fluss schweben, und ein unbehagliches Bild würde sich vor ihr ausbreiten. Falls es für Seelen überhaupt ein Wort wie «unbehaglich» gibt. Eggers Seele würde den eigenen Körper sehen, der schlaff an einem Seil hing. Tot und mit offenem Mund. Die Seele würde bemerken, wie die ersten schuppigen Bewohner des Rheins neugierig um den offenen Mund schwammen und die Nasenlöcher inspizierten. Egger würde es zulassen müssen. Willenloses Fleisch. Weiter flussaufwärts sähe Eggers Seele eine Frau, blond, lebendig und kräftig, die gegen die Strömung ankämpfte, um ans andere Ufer zu gelangen. Sie würde die Frau beobachten, wie sie an Land ging, sich trockenrieb und zufrieden summend in ihre Kleider schlüpfte. Das hätte Eggers Seele gesehen. In düsterer Stimmung. Aber da Seelen keine Stimmungen kennen und da Egger keine gehabt hatte und da es Seelen einfach nicht gibt, hat Eggers Seele nichts gesehen. Genauso wenig wie sonst irgendwer.

15

Den späten Nachmittag verbrachte Cobb schwitzend und von unruhigen Träumen begleitet im Bett, während sein Verdauungsapparat versuchte, mit dem Mittagessen klarzukommen. Er schreckte hoch, als seine Tochter in der Küche fluchte. Cobb stand auf und genoss die kalten Fliesen unter den Füssen. Marlen stand frustriert vor dem Kühlschrank. Sie hatte recht, es war nichts zu essen im Haus. Mit etwas Phantasie und einer Büchse Thunfisch wäre der Abend halbwegs zu retten gewesen. Dazu fehlte aber die Mayonnaise. Und der Thunfisch. Cobb schlug vor, Pizza essen zu gehen.

Sie sassen in der Unterstadt. Cobb trank Chianti. Marlen hatte das zweite Rivella hinuntergekippt. Japanische Touristen wankten leicht benommen an ihnen vorbei. Sie wurden von einem der Schiffe freigegeben, die den Rhein hoch bis nach Konstanz und wieder zurückfuhren. Der Ausflug war bei Touristen sehr beliebt, und auf Deck sorgte der Wind für Abkühlung, was die brennende Sonne vergessen machte.

Auf der Pizza schwamm viel Käse. Cobb verlangte nach der Pfeffermühle. Marlen schnitt ein Stück von der Margherita ab, nahm es in die Hand und biss hinein. Sie hatte wirklich Hunger. Cobb seufzte, dachte an die Sekten-Spätzli und biss in die zweite heisse Mahlzeit des Tages. Er wischte mit der Serviette die Schweissperlen von der Stirn. Cobb legte die Serviette auf den Tisch, lehnte sich zurück und sah seine Tochter an.

«Warum weiss ich nichts vom Elternabend?»

Marlen kaute und trank einen Schluck. «Hab ich vergessen.»

«Dann ist ja gut.» Cobb hob sein Glas an die Lippen.

Marlen starrte ihn an. «Du schwitzt.»

«Ja. Ist scharf.»

«Warum trinkst du kein Wasser?»

«Warum?»

«Man kann nicht nur Wein trinken.»

«Hab ich vergessen.» Cobb drehte sich nach einem Kellner um. Es war keiner zu sehen.

Eine Gruppe Halbstarker schüchterte eine Familie mit zwei Kindern ein, als sie Lieder grölend in Richtung Rhein marschierten.

Jeder trug einige Dosen Bier in der Hand. Die restlichen hatten sie in die Taschen von zu weiten Hosen und in Rucksäcke gestopft. Zwei schwenkten Sixpacks locker im Rhythmus ihrer Schritte. Der Vater stellte sich unauffällig zwischen die Jungs und seine Kinder. Sein Junge sah ihnen fasziniert nach und liess seine Glace auf das T-Shirt tropfen. Die Mutter zückte ein Feuchttuch. Das Mädchen wackelte hinterher und wurde vom Vater abgefangen, während Mama ihren Jungen säuberte.

«Da ist er.» Marlen zeigte auf den Kellner, der eben drei Pizzas an drei ältere Damen verteilte.

«Danke.»

Cobb hob den Finger. Der Kellner schien ihn zu ignorieren. Marlen legte das Pizzastück auf den Teller.

«Etwas Wasser, bitte!»

Der Kellner wirbelte herum, lächelte, nickte und verschwand im Inneren der Pizzeria.

«Danke.»

«Kann ich ein Stück von deiner Pizza haben?»

Cobb schob ihr den Teller hin. «Natürlich. Bedien dich.»

«Heute hat einer an der Tür geklingelt.»

Cobb trank einen Schluck. «Wer denn?»

«Er wollte, dass ich was unterschreibe. Sah aus wie eine Betreibungsurkunde.»

«Mist, die Handyrechnung.»

«Hast du die Steuererklärung schon ausgefüllt?»

«Habe Fristerstreckung eingereicht.»

«Bis wann?»

Cobb sagte nichts. Das Wasser kam. Seine Tochter war dabei, den Rest seiner Pizza aufzuessen. Sie streckte die Hand nach oben und bestellte ein weiteres Rivella. Er sah ihr zu, wie ihre Zähne im Teig verschwanden, die Hand das Glas hob, nachspülte und sie sich über das nächste Stück hermachte. Am Nebentisch bezahlte ein junges Paar. Der Mann zählte linkisch das Geld auf den Tisch, während der Kellner witzelte und die Freundin ihn anlächelte. In wenigen Jahren würde seine Tochter so weit sein, dass sie mit einem Freund abends ausging, um Händchen zu halten und sich anzulächeln. Er vermutete, dass Marlen ihren Freund einladen würde. Bereits jetzt war sie von seinem Taschengeld unabhängig. Sie verdiente sich ihr Leben mit Nachhilfestunden in Englisch.

Sie hatte nun beide Pizzen verschlungen und bestellte sich mehrere Kugeln Glace mit Rahm. Cobb hatte eine weitere Karaffe Wein vor sich stehen, dazu einen Espresso und einen Grappa. Er fragte, ob es sie störe, wenn er jetzt rauche.

«Nein, dass du jetzt rauchst, stört mich nicht. Aber dass du rauchst, schon.»

«Ich möchte schon lange … ach, was erzähl ich da.»

«Ist nicht so einfach, wieder damit aufzuhören.»

«Nein, ist nicht so einfach.»

Cobb zog an seiner Zigarette. Er betrachtete seine Tochter. Und er spürte, wie er unweigerlich eine Unterhaltung anfangen würde, dessen Ausgang er fürchtete.

«Marlen.»

«Ja?»

«…»

«Ja?» Marlen rührte in der Glace.

«Wie ist es so, mit mir.»

«Gut.»

Cobb drückte die Zigarette aus und hatte das Verlangen, sich gleich wieder eine anzuzünden.

«Ich denke auch, dass wir uns gut über die Runden bringen.»

«Ich habe zu essen, zu trinken und ein Dach über dem Kopf. Nicht schlecht für eine Vollwaise.»

«Vermisst du deine Mutter sehr?»

«Ich war ihr im Weg. Ende der Auskunft.»

Sie schaufelte zwei Löffel Glace und legte den Löffel auf den Tisch. Jetzt sah sie Cobb direkt in die Augen.

«Du willst sicher wissen, warum ich so bin. Warum ich mich weigere, dich Papa zu nennen, oder Dad oder was in der Richtung.»

«Ich möchte dir näher sein.»

«Ich brauche deine Nähe nicht. Ich habe mich.»

«Ja, Marlen. Ich weiss, ich war fünf Jahre nicht da, habe einmal deinen Geburtstag vergessen und nicht angerufen. Aber ich habe oft an dich gedacht.»

«Davon hatte ich echt viel.»

«Wir waren auch einmal zusammen in den Ferien. Ich bin damals allein aus dem Grund hergeflogen, um mit dir in die Ferien zu reisen.»

Marlen wollte weiter an ihrer Glace arbeiten, überlegte es sich anders und lehnte sich zurück. Sie verschränkte ihre Arme.

«Ja, da war ich zehn Jahre alt. Und es waren wirklich schöne Ferien. Am Meer. Das war Griechenland, nicht? Nur wir zwei. Sandburgen bauen, ins Meer hinausschwimmen. Und abends die Kinder-Disco im Hotel. Es war wirklich schön. Im Bett zu schlafen und dich neben mir zu haben, und du hast die ganze Nacht geschnarcht. Ich dachte, dass wir uns ab jetzt für immer haben werden. Und dann, weisst du noch, wie du ins Wasser gesprungen bist? Mit allem an! Ich musste lachen wie eine Blöde. Du kletterst aus dem Wasser, und wir setzen uns, in ein Café, du noch immer triefend nass. Und die Leute haben geschaut. Und wir haben gelacht. Du warst für mich der Grösste. Der absolut Grösste. Ich wollte, dass es ewig so weitergeht.»

Sie stützte die Ellbogen auf den Tisch.

«Dann waren wir wieder hier, zu Hause. Und da waren Mama und ihr Freund. Und ich wollte mit dir mit. Aber du hast mich nicht mitgenommen. Du hast mich dagelassen.»

Cobb knetete seine Zigarettenpackung.

«Und da habe ich dich getötet.»

16

Bärtschi starrte in Richtung Fernseher, auf dem sich zweiundzwanzig Männer ein Geplänkel um einen Ball lieferten. Das Fussballspiel fand ohne seine Beteiligung statt. Er hatte seine eigenen Aufstellungen im Kopf, die er immer wieder änderte, um sie in eine logische Reihenfolge zu bringen. Aber es fehlten einige Mitspieler. Oder einige Spielzüge blieben im Dunkeln.

Er hatte die vergangenen zwei Tage damit zugebracht, mit der Gerichtsmedizin zu reden, Zeugen zu befragen und nach einem Motiv zu suchen. Das Motiv musste einen Zusammenhang mit dem Fetzen Haut haben, welcher an die Kacheln geklatscht war. Und mit diesem Kreuz auf dem Fetzen Haut. Andererseits ist ein Kreuz in der Umgebung einer Sekte nicht sehr aufschlussreich. Auch das Verhör mit diesem Schwanninger brachte nichts Konkretes zutage. Aber Bärtschi spürte, dass sich Schwanninger in die Hosen machte. Und wer war diese blonde Frau, die bei Wäckerli gesehen worden war? Eine zufällige Bittstellerin aus dem Kreis der Sekte? Die Mörderin? Warum hatte die Nachbarin den Lärm der Bohrmaschine nicht gehört? – Richtig, sie war ja beim Zahnarzt. Wusste die Mörderin vom Zahnarztbesuch, oder liess sie es darauf ankommen? Warum ging er von einer Mörderin aus?

«Peter, kannst du mal nach Leila sehen?»

Bärtschis Frau Susan stand im Türrahmen. Aus dem Hintergrund hörte er seine Tochter schluchzen. Bärtschi setzte sich auf.

«Was hat sie denn?»

«Liebeskummer.»

«Wie soll ich da helfen?»

«Es reicht, wenn du dich etwas zu ihr setzt.»

«Na gut.»

Bärtschi wuchtete sich aus dem Sessel. Er zog die Pantoffeln an und drückte seiner Frau die Fernbedienung in die Hand. Er befand sich im Gang, als das Handy in der Trainerhose vibrierte. Er nahm es ab und hielt sich ein Ohr zu. Lange stand er da, nickte hin und wieder, liess das Handy sinken und ging zurück ins Wohnzimmer.

«Ich muss mich um eine Leiche kümmern. Leila gehört dir.»

Susan Bärtschi seufzte, stellte den Fernseher ab und stand auf.

«So spät noch?»

«Leichen schlafen nicht. In diesem Fall hängt sie kopfüber im Rhein.»

«Nein!»

«Doch.»

«Das wird Wellen schlagen.»

Bärtschi lächelte und zog noch im Wohnzimmer die Trainerhose aus und ging ins Schlafzimmer. Susan war ihm gefolgt.

«Wie schafft man es, einen ausgewachsenen Mann in so eine Lage zu bringen?»

«Indem man ihn betäubt. – Und dass du von einem Mann ausgehst, macht dich verdächtig. Ich sprach von einer Leiche.»

«Witzbold.»

Bärtschi bog von der Hauptstrasse ab. Das Scheinwerferlicht fiel auf einen Streifenwagen. Davor wartete ein uniformierter Beamter. Bärtschi hielt an und stieg aus. Es roch würzig, der Lärm der Grillen erfüllte die Luft. Der Beamte ging auf ihn zu und schüttelte ihm die Hand.

«Guten Abend, Herr Bärtschi.»

«Lienhard. Wie geht's?»

«Na ja.»

«Dann ist ja gut.»

Lienhard stieg in den Wagen und startete den Motor. Bärtschi folgte ihm.

Sie fuhren an trockenen Feldern vorbei, an hohen Maispflanzen, bogen hin und wieder ab, holperten durch einen Wald. Durch die Bäume konnte Bärtschi helles Licht erkennen. Sie hielten darauf zu. Lienhard fuhr an den Rand. Bärtschi stellte seinen Wagen dahinter ab. Er stieg aus.

Die Scheinwerfer erleuchteten den Fluss, der gleichgültig dahinglitt. Mücken tanzten im Licht. Fische sprangen hoch. Bärtschi schlug sich in den Nacken, betrachtete die Handfläche und wischte sie an seiner Hose ab.

Straumann kam ihm entgegen. Sein verbeulter Regenmantel leuchtete gelblich. Er nestelte in der Hosentasche, zog ein Fläschchen mit Sprühknopf hervor und hielt es Bärtschi hin.

«Abend, Bärtschi. Dreh dich langsam um die eigene Achse. Ich sprühe dich ein. Sonst fressen dich die Biester auf.»

Bärtschi tat, wie ihm geheissen wurde, während Straumann den Sprühknopf betätigte.

«Schon eine Ahnung, wer da hängt?»

«Bernhard Egger. Lehrer.»

«Weiter.»

«Heb die Arme. Er wohnte in Feuerthalen. Bis vor fünf Jahren arbeitete er in Schaffhausen. Dann wurde er freigestellt. Man munkelt, er hätte was mit einem Mädchen aus seiner Klasse gehabt.»

«Wie alt?»

«Zwölf.»

«Wer munkelt?»

«Ich. Ich führte damals die Untersuchungen. Und dann wurde die Anzeige zurückgezogen. Ich recherchierte weiter. Nichts als Schweigen. Die Familie ist wenig später weggezogen.»

«Und ist wiedergekommen, um ihn aufzuhängen.»

«Schön wärs.»

Bärtschi blieb stehen und sah Straumann an.

«Herr Straumann, das ist nicht die feine Art, über das Opfer eines Gewaltverbrechens zu reden.»

«Herr Bärtschi, ich meinte damit, dass es schön wäre, wenn der Fall so einfach liegen würde. Jetzt mach gefälligst die Augen zu.»

Bärtschi schloss die Augen und spürte, wie ein kühler Nebel sein Gesicht überzog. Es stank.

«Straumann, hör auf.»

«Und jetzt der Nacken.»

Bärtschi drehte sich um. Straumann sprühte und sprach weiter.

«Und jetzt rate mal, wo unser Herr Egger noch heute Morgen seine Brötchen verdient hat.»

«Dann fehlt ihm jetzt sicher auch ein Stück Haut.»

«Es klebt an der Wand des Weidlings.»

«Mit Kreuz?»

«Mit Kreuz.»

«Einstichlöcher?»

«Der Arzt hat ihn noch nicht untersucht.»

«Das könnte er sich sparen. Ich wette auf zwei Einstichlöcher, wie bei Wäckerli.»

«Dann war auch der Herr Lehrer bei Bewusstsein, als er ertrank.»

«Davon können wir ausgehen.»

«Danke, es reicht jetzt.»

Bärtschi wedelte Straumanns Hand weg. Gemeinsam begaben sie sich an den Fluss. Bärtschi setzte einen Fuss über das Absperrband und trat in den Bereich der Spurensicherung ein. Er reichte einem kleinen Mann mit hervorquellenden Augen und vorstehender Unterlippe die Hand.

«Dr. Guzzi, freut mich.»

«Endlich, Bärtschi.»

Bärtschi zeigte mit dem Kinn auf den scheinbar kopflosen Körper, der im Wasser driftete.

«Ich wette auf zwei Einstichlöcher.»

«Ich gebe Ihnen das Resultat bekannt, wenn ich ihn untersucht habe, Herr Bärtschi.»

«Bin gespannt.»

«Wann gehört die Leiche mir?»

«Wenn ich damit fertig bin.»

Bärtschi setzte sich ans Ufer, zog die Schuhe aus und krempelte die Hosen hoch.

«Was tun Sie da?»

«Ich gehe die Leiche besuchen. Hast du eine Taschenlampe, Straumann?»

Straumann rief einen der umstehenden Uniformierten heran. Er murmelte eine Anweisung. Der Mann rannte zu einem der Wagen und kam mit einer Taschenlampe zurück.

Bärtschi stand bereits bis zu den Waden im Wasser. Straumann streckte sich, um die Schuhe nicht nass zu bekommen. Mit der Taschenlampe in der Hand watete Bärtschi weiter. Er gab sich Mühe, von der Strömung nicht abgetrieben zu werden. Es ist immer besser, sich in einem Fluss von oben einer Leiche zu nähern. Er seufzte, als er merkte, dass die Hose doch feucht wurde. Endlich war er bei Egger. Das Licht der Taschenlampe leuchtete nach oben. Wieder ein blaues Seil, wieder eine Seilwinde und die bekannten Karabinerhaken. Alles wie bei Wäckerli, bloss höher oben. Bärtschi beleuchtete Eggers Körper. Er war abgesehen von der Badehose nackt. An den Fesseln konnte Bärtschi tiefe Einschnitte des Seils erkennen. Der Mann hatte um sein Leben gekämpft. Die Badehose ging weit über den Bauchnabel. Bärtschi vermutete, dass sich Egger daran hochzuziehen versucht hatte. Jetzt hingen die Arme im Wasser und gingen mit der Strömung mit. Am rechten Oberarm fehlte ein bierdeckelgrosses Stück Haut. Bärtschi leuchtete tiefer. Aus Eggers Mund flüchtete ein Schwarm kleiner Fische.

Straumann wartete ungeduldig am Ufer.

«Was gibt's Neues, Bärtschi?»

«Abgesehen davon, dass dieser Mann in fliessendem Gewässer ertrunken ist, nicht viel.»

Der Weidling schaukelte zwei Meter flussabwärts. Bärtschi seufzte und watete darauf zu. Eine Mulde überraschte ihn, er rutschte bis zu den Schultern ins Wasser. Schneller, als ihm lieb war, war er beim Weidling angekommen. Er hielt sich daran fest, um nicht unter dem Boot durchgezogen zu werden. Bärtschi hangelte sich am Bootsrand weiter und watete ans Ufer.

«Verdammte Scheisse!», fluchte er.

«Kann ich die Leiche jetzt haben?»

«Ja, Guzzi, Sie können.»

«Straumann, hast du was zum Anziehen dabei?»

«Nur, was ich anhabe.»

«Gib mir deinen Mantel, Columbo.»

«Warum Columbo?»

«Scheissorganisation. – Wer hat ihn eigentlich gefunden?»

Straumann zeigte auf zwei Jungs und ein Mädchen, die verschüchtert und mit roten Augen an einen Baum lehnten. Jugendliche Kiffer auf einem Horrortrip – für einmal ganz real.

17

Als Marlen mit dem Telefon in Cobbs Schlafzimmer trat, hielt sie die Luft an. Es stank nach Alkohol, der durch den Körper gefiltert worden war. Die leere Flasche Grappa rundete das Bild ab. Cobb hatte sich betrunken.

Sie rüttelte ihn sanft an der Schulter. Er bewegte sich nicht. Sie bearbeitete ihn heftiger. Cobb murrte etwas und drehte sich auf die andere Seite. Sie gab ihm einen Stoss in die Rippen, er hob den Kopf und sah sie verstört an.

«Was ist denn?»

«Für dich.»

«Das kann nicht sein. Stecker ist raus …»

«Hab ihn wieder eingesteckt.»

Cobb liess den Kopf ins Kissen sinken. Sie legte den Hörer daneben.

«Ist für dich. Gute Nacht.»

Bevor Marlen das Zimmer verliess, machte sie noch das Licht an.

Cobb schloss die Augen und tastete nach dem Hörer. Als er ihn gefunden hatte, hielt er ihn ans Ohr und lauschte.

«Hallo. Cobb, sind Sie dran?»

«Ja, Cobb. Hier Cobb. Was ist?»

«Bärtschi. Komme eben von der Arbeit zurück.»

«Ach. Sollten Sie da nicht eher ihre Frau begrüssen?»

«Geht nicht, Cobb. Sie schläft. Es ist fünf Uhr morgens.»

Cobb schielte auf den Wecker. Bärtschi hatte recht.

«Und was wollen Sie von mir um fünf Uhr morgens?»

«Ein Alibi.»

«Im Ernst?»

«Nein.»

«Ich geb's Ihnen. Ich war mit meiner Tochter essen. Sie sagte mir, dass sie mich getötet hat. Dann hab ich mich betrunken.»

«Tja, wenn Sie tot sind, können Sie es nicht gewesen sein.»

«Was gewesen sein?»

«Wir haben eine weitere Leiche.»

Cobb setzte sich auf und rieb sich die Augen. Der Polizist hielt

Wort. Er informierte ihn über den neuesten Stand der Ermittlungen. Bärtschi erzählte und Cobb hörte zu. Als sie sich verabschiedet hatten, legte Cobb seinen Kopf ins Kissen zurück und schloss die Augen.

Als er sie wieder öffnete, stand Marlen am geöffneten Fenster. Beissend grelles Licht flutete ins Zimmer. Sie mahnte ihn, endlich aufzustehen und zur Arbeit zu gehen. Cobb rappelte sich hoch und ging ins Badezimmer. Er schloss die Tür und öffnete sie wieder einen Spaltbreit.

«Mich so aufzuwecken! Du bist ja noch nicht mal in der Schule.»

«Fängt heute später an.»

«Wie?»

«Erst um zehn.»

«Verdammt.»

Als er in der Redaktion aufkreuzte, lächelte ihm die Eule zu. Ein unerträglicher Anblick. Cobb startete den Computer und holte erst einmal Kaffee. Er leerte den halben Becher auf dem Weg zu seinem Arbeitsplatz. Noch immer blinzelte die Eule listig.

«Ist was?»

Eulacher verschränkte die Arme vor dem Bauch. Er fixierte Cobb, wie ein Lehrer einen notorischen Unruhestifter angeschaut hätte. Zufrieden, weil der endlich eine gehörige Dosis Ritalin intus hatte.

«Na, Cobb, endlich zur Einsicht gekommen?»

«Was?»

Die Eule warf ihm die aktuelle Ausgabe der Zeitung vor die Nase.

«Seite fünfzehn.»

Cobb blätterte und sah sich die Seite an. Das Brodeln eines Vulkans. Er schleuderte den halb vollen Kaffeebecher gegen den Bildschirm. Die braune Brühe tropfte in die Tastatur. Mit der Zeitung im Arm verliess er den Newsroom, stolperte die Treppen hoch und riss ohne anzuklopfen das Brett zu Deupelbeiss' Büro auf. Der Chefredaktor sah ihn verblüfft an. Cobb schmiss ihm die Zeitung hin.

«Was soll das?» Cobb stützte sich auf dem Tisch ab.

«Das Interview, wie ich sehe.»
«Wie kommt das in die Zeitung?»
«Gute Qualität wird gerne gedruckt, Cobb.»
Cobb riss die Zeitung an sich und schlug sie über die Tischkante. Deupelbeiss rückte mit seinem Stuhl vom Tisch weg. Cobb beugte sich zu ihm vor.
«Wie kommt es, dass da Fragen stehen, die ich nie gestellt habe, Deupelbeiss? Fragen, bei denen ich mir eher die Zunge abgebissen hätte, bevor ich sie ausspreche?»
Deupelbeiss tat ahnungslos.
«Herr Gysel hat sich dafür bedankt, dass er das Interview gegenlesen durfte, und er hatte nichts daran auszusetzen.»
«Das Arschloch hat meine Fragen umgeschrieben.»
«Davon hat er nichts gesagt.»
«Sie, Deupelbeiss, Chefredaktor dieser Zeitung, akzeptieren es, wenn irgendein dahergelaufener Politiker Ihnen ein Manuskript zuschickt, welches er eigentlich bloss gegenlesen sollte. Sie erhalten mein Manuskript von mir, von niemandem sonst.»
«Gysel ist eine integre Persönlichkeit des öffentlichen Lebens.»
«Ein Scheiss ist er.»
«Was wollen Sie, Cobb? Das Interview ist gut. Er ist der Fachmann, das merkt man.»
«Ich bin der Fachmann auf meinem Gebiet, Deupelbeiss. Er ist ein Arschloch, und Sie sind sein Klopapier, sein Arschwisch, sein Feuchttuch.»
Damit verliess Cobb das Büro. Er knallte die Tür zu, drehte sich um und trat dagegen, nur um sicher zu sein.
Im Newsroom schnappte er sich Eulachers beigefarbenes Jackett und putzte damit den Bildschirm. Dann hielt er es hoch und schrie in den Saal.
«Seht ihr das? Das ist unsere Zeitung. Braune Brühe. Nichts als Scheisse. Ein grosser Haufen Scheisse.»
Die Eule hüpfte hoch und stiess Cobb gegen den Computer. Cobb holte aus und schmierte ihm eine. Es klatschte laut, und die anderen Redaktoren lächelten sich gegenseitig verstohlen zu. Ein Telefon klingelte. Cobb zog am Stoff des Jacketts und riss es in zwei Hälften. Dann liess er es liegen und ging in Richtung Ausgang.

Als er den Empfang durchquerte, rief Elvira hinter ihm her. Die Trompeten von Jericho.

«Cobb, eine neue Leiche. Deupelbeiss will dich.»

«Die Leiche ist schon seit Stunden tot. Sie rennt nicht weg.»

«Ein Herr Fink hat angerufen.»

«Bin nicht da.»

«Wo rennst du hin, Cobb?»

«Kaffee trinken. Auswärts.»

18

Tanner lehnte an der Wand neben Schwanningers Zimmer. Die Beine schmerzten, die Bauchmuskeln und das Gesicht auch. Nach der Geschichte mit dem Hund hatte Kälin sie exerzieren lassen. Er hatte sie zum Hagenturm gefahren und ihnen befohlen, die vierzig Meter hohe Gittertreppe hinaufzurennen. Und wieder hinunter. Zehnmal. Auf jeder der fünf Plattformen, die den Turm nach oben unterteilten, liess er sie zwanzig Rumpfbeugen machen. Jedes Mal, wenn sie erschöpft unten angekommen waren, hatten sie einen Schlag ins Gesicht erhalten. Kälin hatte unten gesessen, mit der Sauer im Schoss, und hatte geraucht. Die Sauer 38H, Mordwerkzeug Sturmabteilung der NSDAP.

Kälin hatte die Waffe auf einem Flohmarkt in Konstanz gekauft und sie wieder flottgemacht. Die Sauer 38H liess Kälin Geschichte spüren. Weit weg heulten die Maskottchen der Wolfsschanze, ein eisiger Wind trug den Schall durch die Epochen. Die Stoppeln, die aus dem Hakenkreuz in Kälins Nacken keimten, richteten sich auf.

Als Tanner und Hubi die Übung fertig hatten, karrte Kälin sie zurück in die Stadt, wo er sie beim Bahnhof aus dem VW-Bus warf. Sie hatten die nächstbeste Schänke aufgesucht und sich volllaufen lassen.

Jetzt standen sie Wache. Drinnen sass Schwanninger. Tanner hatte von den Morden gehört, und Gysel hatte ihnen, ihm und Hubi, klargemacht, dass der Schutz von Schwanninger bis zum Beginn der Aktion in zwei Tagen Priorität hatte. Tanner konnte sich keinen Reim auf nichts machen. Er war bloss froh, wenn das alles aufhörte. Der Bart machte ihm zu schaffen. Er juckte. Beim Essen blieben Reste daran kleben. Und das Bier erreichte gefiltert den Gaumen. Nein, das hier war nichts für ihn. Er betrachtete den Lohn für seinen Einsatz als Schmerzensgeld. Damit konnte er leben.

«Ich frage mich, warum wir nicht einfach eine Burka überziehen.»

«Eine was?» Hubi sah kurz hoch.

«Vergiss es.»

Hubi stand auf der anderen Seite des Eingangs zu Schwanningers Zimmer. Er liess den Deckel des Zippos aufspringen und zuklappen. Er hatte beobachtet, wie ein Gast in einer Bar in einer einzigen Bewegung das Zippo aufschnappen lassen konnte, es zum Brennen brachte, sich eine Zigarette anzündete und es, als es zuschnappte, in der Hosentasche verschwinden liess. Seither schien ihn nichts weiter zu interessieren. Die vergangenen drei Stunden übte er. Ohne Erfolg.

«Kannst du nicht mal aufhören damit?»

«Womit?»

«Na das.»

«Leck mich.»

Tanner ging ein paar Schritte auf und ab.

«Du solltest darauf achten, dass es funktioniert, wenn wir es brauchen.»

«Ein Zippo funktioniert immer.»

«Wie bei dem Hund.»

«Der Feuerstein hat geklemmt.»

«Ach ja. Und weil der Scheissfeuerstein geklemmt hat, hat Kälin uns fertiggemacht.»

«Nehmen wir einen Lappen?»

Tanner verstand nicht.

«Einen Lappen? Wozu?»

«Um das ganze Benzin anzuzünden. Wir könnten auch eine Spur legen.»

«Das ist mir jetzt egal. Ich frage mich, wie lange wir hier noch rumstehen müssen.»

Hubi spielte weiter mit dem Feuerzeug. Tanner rieb sich die schmerzenden Oberschenkel, drehte sich weg und verschränkte die Arme.

«Es lenkt ab.» Hubi humpelte zwei Schritte und kehrte an die Wand zurück.

«Wovon?»

«Von meinem Fuss, verdammte Scheisse.»

Ein dicker Verband schützte Hubis Fuss. Er hatte den Schuh, den er nach dem Hund geworfen hatte, nicht wiedergefunden. Deshalb war er barfuss die vierzig Meter auf den Hagenturm hinauf- und hinuntergerannt. Der Gitterrost hatte den Fuss blutig geschürft. Kälin hatte das nicht beeindruckt. Er hatte Hubi exerzieren lassen, und Hubi folgte.

«Warum hast du dich nicht einfach geweigert, Hubi?»

«Er hätte mich vielleicht erschossen.»

«Quatsch.»

«Und du, warum hast du nicht gemeutert?»

«Es hat mich angetörnt, weisst du. Definitiv.»

«So eine Scheisse.»

«Echt.»

«Fick dich.»

Das Zippo schnappte auf und wieder zu.

«Früher, die Sache mit den Schwulen im Park, das hat mich angetörnt. Aber das hier, das ist eine echte Scheisse.» Das Zippo schnappte auf.

«Schwule verkloppen, das war klasse.»

Das Zippo schnappte zu.

Tanner erinnerte sich an das erste Mal. Hubi und er besuchten dieselbe Schule, in verschiedenen Klassen. In der Pause trafen sie sich. Und abends auch. Sie tranken Whiskey oder Wodka oder beides zusammen. Hubi hatte immer etwas dabei. Hin und wieder besorgte Tanner eine Flasche aus der Bar seiner Eltern. Während die Kollegen Diskotheken besuchten, tranken sie, kotzten auf den Asphalt, krakelten durch die Gassen und schlotterten vor Hunger und Kälte auf dem Nachhauseweg.

Es war einer dieser Abende gewesen, als Hubi die Idee hatte. Er hatte davon erzählt, dass sich in den öffentlichen sanitären Anlagen des Parks Schwule trafen, um es sich gegenseitig zu besorgen. Oder sie machten es mit Strichjungs. Tanner hatte gelächelt, und sie waren in den Park gewankt. Adrenalin kickte durch den Körper, als Tanner die Tür zum Pissoir öffnete. Es rauschte in seinem Kopf, als er die Tür zum Klo aufriss. Hubi griff von hinten über seine Schultern und kriegte die Haare eines fünfzigjährigen Mannes zu fassen. Der andere, jüngere, rammte Tanners Eingeweide und suchte das Weite.

Tanner sah sie noch vor sich, die Kotze, die aus dem Mann herausbrach, als er ihn in den Bauch getreten hatte. Und er sah

Hubi, wie er seinen Schuh im Gesicht des Mannes platzierte, wieder und wieder, und dabei kreischte.

«Du verfickter Sauwichser, nimm das in deine Fresse, von mir kriegst du's umsonst, umsonst, du verfickte Scheissschwuchtel.»

Tanner hatte fasziniert zugesehen. Hubi hatte zu weinen begonnen. Er kramte in den Hosentaschen des Mannes, der wie tot dalag, nach dessen Geld. Er hielt es in die Höhe und triumphierte.

«Diesmal kriegen wir den Wodka umsonst!»

Und da war Tanner klar geworden, dass er bisher getrunken hatte, was Hubi angeschafft hatte. Seit da gingen sie regelmässig auf Beutezüge, wechselten die Pissoirs und verdienten sich damit ihre Abendunterhaltung. Die zunehmend lustiger wurde, weil sie merkten, dass man mit Ausländern dasselbe Spiel wie mit Schwulen spielen konnte.

Hubi liess das Zippo auf- und zuklappen.

«Da drinnen macht sich einer in die Hosen.»

«Ja, der Guru.» Tanner ging in die Hocke, um die Beine etwas zu entlasten.

«Sie warten jetzt auf diesen Franzosen.»

«Ich werde Kälin sagen, dass wir diesen Gilbert nicht dabeihaben wollen.»

«Gysel will ihn.»

«Er hat uns, nicht?»

Hubi liess das Zippo auf- und zuschnappen.

«Gilbert. Das ist doch ein Name für eine Schwuchtel.»

«Definitiv ist Gilbert eine Schwuchtel.»

«Eine französische Schwuchtel. Nehmen uns die Arbeit weg, die Scheissausländer.»

«Definitiv ein Scheissausländer. Und eine Schwuchtel.»

«Scheissschwuchtel.»

Hubi versuchte, auf dem bandagierten Fuss zu stehen, zuckte aber zusammen und lehnte sich wieder zurück. Er sah Tanner an.

«Eins versteh ich nicht.»

«Was?»

«Warum der Aufwand?»

«Welcher Aufwand?»

«Na, dass du einen erst an der Decke festmachst, bevor du ihn ersäufst.»

«Und?»

«Er hätte ihm auch ganz einfach den Kopf ins Wasser drücken können.»

«Ja.»

«Warum also der Aufwand?»

«Was weiss ich.»

«Also, wenn mich einer fragen würde, dann würde ich sagen: Zu viel Aufwand.»

«Fragt dich ja niemand.»

«Aber wenn.»

«Klappe, Hubi. Halt definitiv die Klappe.»

Hubi wischte sich den Schweiss von der Stirn und langte in die Hosentasche. Er zog eine Packung Ponstan fünfhundert hervor, drückte drei Tabletten durch die Folie und warf sie in den Mund. Er nahm verstohlen ein Bier aus einem Plastiksack und spülte nach. Er reichte die Flasche Tanner, der sie leer trank.

«Ist besser für dich. Schmerzmittel und Alkohol vertragen sich nicht.»

«Diesem Gilbert sollten wir einen Denkzettel verpassen.»

«Definitiv.»

Unten ging die Eingangstür. Tanner stand auf und Hubi rückte von der Wand weg. Sie lauschten. Sie vernahmen ein helles Knacken. Dann das Knarren der Holztreppe. Dunkle Haare kamen zum Vorschein. Von oben sahen sie den Beginn einer Glatze.

«Der Kanake.»

«Defintitiv.»

Gilbert stand jetzt oben an der Treppe. Tanner und Hubi rückten zusammen und verstellten so den Weg ins Zimmer. Gilbert kaute und betrachtete die beiden gleichgültig. Er hatte Zeit. Tanner machte einen Schritt nach vorne, Hubi folgte. Hubi holte Luft, schielte zu Tanner hinüber und lächelte.

«Hier ist kein Platz für schwule Kanaken.»

Gilbert kramte in der rechten Tasche seines Kittels und zog eine Pistazie hervor. Mit einem leisen Knacken öffnete er sie und schob sich die Nuss zwischen die Lippen. Er trat nahe an Hubi heran. Er war kleiner. Und ehe Hubi realisierte, was vor sich ging, schob Gilbert in jedes seiner Nasenlöcher eine Schale der Pistazie.

Tanner hatte heimlich die Finger in den Schlagring gesteckt. Er holte eben aus, als ihm die Luft wegblieb. Gilbert hatte ihm den Ellbogen ins Zwerchfell gerammt. Dann packte er Hubi an den Ohren und gab ihm einen Kopfstoss, der die Schalen der Pistazie und Hubis Nasenbein knacken liess. Tanner wollte sich hochrappeln, erhielt einen Fusstritt an die Ohren und sackte weg. Gilbert zog sich den Kittel zurecht und trat ein.

Als Tanner die Augen wieder öffnete, starrte er ein Paar Springerstiefel an. Sie gaben Hubi und Tanner Tritte in den Hintern. In den Stiefeln steckte Kälin.

«Nieten. Draussen steht mein VW-Bus. Wenn ich hier rauskomme, will ich ihn glänzen sehen.»

Hubi hielt sich die Nase. Blut verklebte das Gesicht.

«Ich brauche einen Arzt.»

«Und versau mir nicht den Bus. Letzte Chance.»

«Danke Kälin.»

19

Als Cobb den Newsroom betrat, stand Deupelbeiss an seinem Arbeitsplatz. Er hatte die Arme hinter dem Rücken verschränkt und wippte auf den Fussballen auf und nieder. Die Stimmung im Raum knisterte, als hätten sämtliche Outdoor-Aktiven der Welt gleichzeitig die Fleecejacken ausgezogen. Cobb hüstelte etwas, schlenderte hin und setzte sich. Deupelbeiss war kurz davor zu explodieren.

«Was tun Sie da, Cobb?»

«Ich schreibe eine Richtigstellung.»

«Warum nehmen Sie nicht ab, wenn ich Sie anrufe?»

«Sie haben angerufen, Deupelbeiss? Persönlich?»

«Ja, zehnmal, verdammt.»

«Da habe ich aber etwas verpasst. – Was gibt's denn?»

«Es ist wieder eine Leiche gefunden worden.»

«Doch nichts verpasst.»

«Cobb, die Morde haben oberste Priorität.»

«Kümmern Sie sich drum, Deupelbeiss.»

«Dieser Polizist will mit Ihnen reden, sonst mit niemandem.»

Cobb musste lächeln. Er lehnte sich zurück und sah seinen Chef an, dessen Gesicht schweissnass war. Neben Cobb sass die Eule und warf ihm vorwurfsvolle Blicke über die Brillengläser zu. Wie ein Pfarrer einen Jungen fixieren würde, der seinem Vater allzu viel Kummer bereitet.

Cobb drehte den Kopf und schaute in die Runde. Alle starrten ihn an. Dann klingelte das Telefon.

«Ja, Cobb.»

«Hier Bärtschi.»

«Ja?»

«Ich hab Sie für einen echten Kerl gehalten, Cobb.»

«Weiter.»

«Ich schlage heute die Zeitung auf, blättere, und da sehe ich das Interview.»

Cobb drückte die Lautsprecher-Taste. Bärtschis Stimme knarrte in den Raum.

«Verdammt, Cobb, wie kann einer nur so dämlich fragen!»

«Hat es Ihnen nicht gefallen, Bärtschi?»

«Das Interview ist unter aller Sau.»

«Ganz Ihrer Meinung.»

Bärtschi schwieg, die Redaktionskollegen sahen sich verstohlen an. Die Eule schaute zu Deupelbeiss hoch, der schnaubte und fixierte das Telefon.

«Wie möchten Sie, dass ich das verstehe, Cobb.»

«Na, etwa in der Richtung: Cobb macht mit Gysel ein Interview. Cobb gibt Gysel das Interview, um es gegenzulesen. Gysel korrigiert und stellt sich bei der Gelegenheit gleich die Fragen neu, Gysel schickt das Interview an Deupelbeiss mit der Bemerkung, dass er nichts auszusetzen habe, Deupelbeiss tut es in die Zeitung und lässt es so drucken, ohne mit mir Rücksprache zu nehmen.»

Die Redaktion hielt die Luft an.

«Bärtschi? Sind Sie noch da?»

«Was erzählen Sie da?»

«Noch einmal vorn vorne?»

«Nein, ich hab's begriffen. Sieht ihm ähnlich.»

«Gysel?»

«Nein, Deupelbeiss. Wenn es im Gymnasium den Prototypen des Arschkriechers gab, war das Deupelbeiss. Mann, was der den Lehrern in den Hintern kriechen konnte. Ich dachte immer, der stinkt für den Rest seines Lebens nach Scheisse.»

Deupelbeiss entwand Cobb den Hörer und beendete das Gespräch. Er rannte im Stechschritt und mit hochrotem Kopf aus dem Newsroom.

Als er ausser Hörweite war, begann einer zu applaudieren. Leise applaudierte die gesamte Redaktion. Ausser der Eule, die meinte, dass Polizisten zu dienen und nicht zu denken hätten. Denn damit begänne der Niedergang der abendländischen Kultur, wenn auch noch Polizisten eine eigene Meinung hätten.

Zehn Minuten später klingelte das Telefon erneut. Es war Deupelbeiss, der Cobb zu sich befahl. Cobb hängte auf, schrieb die Richtigstellung fertig und versandte sie an verschiedene Redaktionen und an den Verlagsleiter. Er öffnete die Schreibtischschublade, nahm eine angebrochene Packung Zigaretten heraus, einige Kugelschreiber, eine Sonnenbrille, Kaugummis und einen Notizblock. Er verstaute alles in einen Plastiksack.

Als er den Empfangsbereich erreichte, trat ihm Elvira entgegen. Er wollte an ihr vorbeigehen, sie hielt ihn am Arm fest.

«Cobb. Wohin?»

«Raus.»

«Gehen wir heute Abend was essen?»

«Möglich.»

«Um acht im ‹Güterbahnhof›. Sushi.»

«Ist das dort, wo das Servicepersonal nichts verdient und roher Fisch teuer ist?»

«Ja, in etwa.»

«Ich werde dort sein.»

Cobb schob die gläserne Tür auf und stand auf der Gasse. Er atmete tief ein und wieder aus, bevor er sich entschied, die neue Freiheit in einem Strassencafé mit dem Rest der Stadt zu feiern.

Er setzte sich. Der Platz war brütend heiss. Wie Italien. Cobb rührte lange und kräftig Zucker in den Espresso und klaubte eine der verstaubten Zigaretten aus der Packung. Er zündete sie an und lehnte sich zurück. Ein Strassenmusiker schlug die Gitarre, als wollte er den letzten Rest Leben aus ihr herausprügeln. Cobb kannte das Lied. Der Titel fiel ihm nicht ein.

Velofahrer in knallbunten Körperstrümpfen standen wie versprengte Hühner in kleinen Gruppen und schnabulierten Glace. Der bärtige Mann, der immer, sei es im Sommer oder Winter, auf der Bank links aussen sass, hatte seine mageren Beine ineinander geknotet, nippte an einer Zwei-Liter-Colaflasche und saugte gierig an einer Marlboro. Er stand auf, tat ein paar Schritte, blieb stehen, als ob er etwas vergessen hätte, drehte sich um und setzte sich wieder hin.

Cobb bestellte einen zweiten Espresso. Allmählich sackten seine Eingeweide nach unten. Er liess sie sinken und schaute auf den Fronwagplatz, ohne sich um Details zu kümmern. Da waren Menschen, da waren Geschichten. Und jede von ihnen hätte ein Buch gefüllt. Das Buch, das er nie geschrieben hatte.

Zu Hause stellte Cobb sich lange und ausgiebig unter die Dusche. Er fand nichts, womit er sich hätte einseifen können. Egal.

Eiskaltes Wasser schwemmte Deupelbeiss, die Eule, Elvira und die gesamte Redaktion den Abfluss hinunter.

Barfuss ging er ans Telefon. Bärtschi meldete sich.

«Hier Cobb. Wann genau beginnt der Elternabend?»

20

Schwanninger stützte sich auf dem Tisch ab, auf welchem das Modell stand. Mit Hilfe seiner Arme gelangte er zu seinem Sessel und setzte sich hin. Die Arme zitterten, als er versuchte, sich sachte hineingleiten zu lassen. Er verzog das Gesicht, Schweissperlen auf der Stirn. Als er endlich sass, wischte er sich Gesicht und den Hals mit Kölnisch Wasser ab. Gilbert warf Pistazien in den Mund. Er schenkte sich Cola aus einer vollen Flasche in ein Glas und lehnte sich gegen die Wand. Gysel ging auf und ab.

Die Tür ging auf und Kälin trat ein. Gysel blieb stehen.

«Zu spät, Kälin.»

«Wurde aufgehalten.»

Kälin sah kurz zu Gilbert. Sein Blick fiel auf die Flasche Cola. Er packte sie, öffnete den Verschluss und setzte an. Als er sie wieder von den Lippen löste, war sie leer. Er stellte sie zurück auf den Tisch und lehnte sich neben Gilbert. Er blickte ihn an und rülpste. Lang und laut.

«'tschuldigung.»

Gilbert kaute weiter, als würde ihn das alles nichts angehen. Schwanninger versuchte ein Lächeln und bekräftigte, dass Gilbert natürlich eine neue Flasche Cola erhalten werde. Gysel trat vor Kälin hin.

«Männer. Wir sind hier, weil wir alle an einem Strick ziehen. Wir kämpfen für dieselbe Sache. Bis die Aktion beendet ist, verlange ich, dass jedes Geplänkel aufhört.»

Schwanninger drückte sich unter Zuhilfenahme der Arme in eine etwas aufrechtere Position und bekräftigte Gysels Worte.

«Nichts Böses über die Toten. Aber am Beispiel von Wäckerli sehen wir, wo das hinführt. Heute Morgen war sein Notar hier. Ich bin derart erschrocken, dass ich sofort den Herrn für Wäckerli um Vergebung gebeten habe.»

Gysel drehte sich um.

«Zur Sache, Schwanninger.»

«Die Sache ist die, dass Wäckerli die Hälfte seines Vermögens dem Tierheim vermacht hat. Und die andere Hälfte der Gemeinschaft. Er hat die Liebe zu den Tieren der Liebe zu Jesus gleichgestellt. Wäckerli ist ein gutes Beispiel dafür, dass man nicht zwei Herren gleichzeitig dienen kann. Er hätte sich entscheiden müssen. Wenn er in sich gegangen wäre, hätte er sich für Jesus entschieden.»

«Ja, und?»

«Ich will damit nur sagen: Man kann nicht auf sich selbst hören und gleichzeitig dem Herrn dienen. Es ist die Liebe zum Herrn, die zählt.»

Gysel lächelte.

«Das ist nun ein Vergleich, der etwas hinkt. Ich verlange, dass hier alle der Sache dienen. Basta. Ob aus Liebe oder nicht, ist mir scheissegal. Ich hoffe, das ist klar.»

Kälin murmelte. Gilbert kaute. Schwanninger seufzte.

«Meine Herren. Die Sache ist die, dass wir letztlich hier sind, um Jesus zu dienen. Dies ist kein Staat mehr, den Gott sich als Haus aussuchen würde. Dies ist kein Staat mehr, der uns Sündern Heimstatt ist. Denn wir sind in Gott. Der Staat ist allein durch Gott. Und dieses Bewusstsein soll wieder in die Köpfe, Herzen und Seelen der Bürger und Bürgerinnen dringen.»

«Komm auf den Punkt, Schwanninger.»

«Herr Gysel und ich sind angetreten, für diese Sache, und damit letztlich für die Liebe, einzustehen. Wir wollen, dass unser Herr, dass Gott das Ruder des politischen Bootes übernimmt. Wir wollen, dass fortan an den Schulen und an den Universitäten gebetet wird, wir wollen, dass Jesus der Steuermann, der wahre König dieser Nation wird.»

Gysel ging ungeduldig auf und ab. «Grundsätzlich geht es darum, Männer, dass es Kräfte gibt, die das zu verhindern versuchen. Und gegen diese Kräfte treten wir an.»

«Wie Herr Gysel sagt: Wir müssen für die Sache kämpfen, wir müssen den Weg zusammen gehen, wir müssen den Weg des Opfers gehen. Dazu müssen wir alle zusammenstehen. Gemeinsam zusammenstehen.»

Gysel war stehen geblieben. Gilbert kaute. Kälin schnaubte. Gysel ging nahe an Schwanninger heran und bückte sich zu ihm hinunter. Er sah ihn an, Schwanningers Augen versuchten, dem Blick auszuweichen. Er lächelte schief und fischte, indem er die Hand eng am Körper hochnahm, eine Packung Feuchttücher aus der Brusttasche. Gysel nahm sie ihm ab, riss sie auf, hielt das Tuch mit zwei Fingern und betupfte damit Schwanningers Stirn.

«Richtig, Schwanninger, wir alle müssen zusammenstehen. Nur ist das auch ein wenig eine Sache des Vertrauens. Ich frage mich, warum ich mich auf einen Mann verlassen soll, der mir etwas verheimlicht.»

Schwanninger ächzte und versuchte seinen Rücken zu entlasten, indem er die Position veränderte. Dadurch rutschte er etwas tiefer in den Sessel. Jetzt schrie er kurz auf. Ein kalter Stich war ihm ins Kreuz gefahren. Er kämpfte ein Lächeln auf die Lippen.

«Ich weiss nicht genau, worauf du hinauswillst, Gysel.»

«Diese Morde, Schwanninger. Da gibt es etwas, was ich wissen sollte.»

«Diese Morde sind mir ein Rätsel, Gysel.»

«Du machst dir in die Hose, Schwanninger. Stimmt doch. – Gilbert, komm doch mal her.»

«Nein, ich weiss nicht, was es mit den Morden auf sich hat, wirklich nicht.»

Gilbert stellte sich hinter Schwanningers Sessel auf. Er legte den linken Arm um dessen Hals und Brust. Mit der rechten Hand fischte er ein Messer aus der Jacketttasche. Er liess es aufschnappen. Schwanninger keuchte, als Gilbert das Messer vor seinen Augen in Richtung seines Halses bewegte. Gilbert setzte die Spitze des Messers auf den eigenen Arm und schnitt sich damit langsam ins Fleisch. Blut tropfte auf Schwanningers Hemd. Gysel lächelte.

«Gilbert würde gerne den Arm da wegnehmen, weil das Messer Gilbert Schmerzen bereitet. Und dann würde er sich deines Halses annehmen. Soll ich ihm das erlauben?»

«Oh Gott, Gysel, können wir uns unter vier Augen sprechen?»

«Gern, Schwanninger.»

Gilbert zog das Messer aus dem Fleisch und lehnte sich wieder an die Wand. Blut tropfte auf den Boden. Gysel rückte von Schwanninger weg und schaute zu, wie sich dieser aus dem Sessel quälte. Er wartete, bis der Prediger sich zur Tür geschleppt hatte und den Raum verliess. Bevor er selbst verschwand, schaute er zurück und warf Gilbert und Kälin einen warnenden Blick zu.

Eine Fliege stiess gegen die Scheibe. Sonst war im Zimmer nichts zu hören. Bis Gilbert begann, sich den Arm abzulecken. Kälin beobachtete ihn dabei aus den Augenwinkeln. Gilbert erinnerte ihn an einen knochigen Kater, dem niemand viel mehr zutraut, als sich das Fell an der Sonne zu wärmen. Aber Kälin wusste, dass er sich irrte. Er stiess sich von der Wand weg und umkreiste das Modell. In verschiedenen Gebäuden steckte eine Fahne. Darauf standen Worte wie «Sintflut», «Babylon» oder «Kreuzigung». Kälin grunzte.

Er sah sich als Söldner der weissen Rasse. Darauf kam es an, dass die weisse Rasse aufhörte, beschmutzt und verdrängt zu werden. Es mochte stimmen, was Gysel gesagt hatte. Mit einem grossen Streich, einer Revolution, konnten keine Punkte gemacht werden. Es ging darum, intelligent vorzugehen. Dort am Staatskörper zu operieren, wo der Effekt am grössten war. Ginge es nach Kälin, würde er diesen ganzen beschissenen, maroden Staat einfach wegpusten.

Gilbert ging ans Fenster und liess die Fliege frei. Unten sass ein rothaariger Junge und warf Steinchen. Er wollte es eben wieder schliessen, als er einen Schrei hörte. Er lehnte sich etwas hinaus und schaute nach links. Er sah Hubi auf einem Bein hüpfen und Verwünschungen gegen Tanner auspressen, während dieser einen grossen Schraubenschlüssel vom Boden aufhob. Gilbert grinste und schloss das Fenster. Als er Kälin ansah, hatte er das Gefühl, er hätte mit den Mundwinkeln gezuckt.

Die Tür ging auf. Gysel stolzierte voraus, setzte sich auf einen Stuhl und legte die Füsse auf den Tisch. Er zückte sein Handy und wählte eine Nummer. Schwanninger arbeitete sich zum Sessel vor. Gysel schmiss das Telefon auf den Tisch. Es schlitterte weiter und schlug dumpf ans Modell. Schwanninger zuckte zusammen. Er blieb auf den Tisch gestützt stehen.

«Was ist, Gysel, niemand zu Hause?»

«Er geht nicht ran.»

«Haag geht sonst immer ran.»

«Ja, aber jetzt geht er nicht ran.»

Gilbert warf sich eine weitere Pistazie in den Rachen. Kälin glotzte. Gysel stand auf.

«Wir wissen, wer das nächste Opfer sein wird: Haag.»

Kälin blickte hoch.
«Kälin, du sorgst zunächst dafür, dass dieser Cobb ausgeschaltet wird.»
«Stumm?»
«Vorübergehend stumm. Überleg dir was. Irgendwas. Er soll seine Nase wieder in andere Angelegenheiten stecken.»
«Klar, Gysel. Bloss wie?»
«Verdammt, Kälin. Streng dich an. Raus jetzt!»
Kälin murrte und verliess den Raum.
«Und du, Gilbert, kümmerst dich um Haag. – Schwanninger, Sie sehen schlecht aus.»
Schwanninger hatte sich den Schweiss abgetrocknet. Er schaute Gysel an.
«Wenn ihr mich nicht mehr braucht, dann würde ich mich jetzt gerne etwas hinlegen.»
«Gerne, Schwanninger.»
Gysel wartete, bis er ihn die Treppen hinunterstolpern hörte. Dann stellte er sich zu Gilbert.
«Gilbert, ich will, dass du alle Spuren bei diesem Lehrer beseitigst.»
«Egger?»
«Ja, so heisst er. Dann will ich, dass Haag aus dem Weg geräumt wird. Ich will nicht, dass er irgendwo plaudert.»
«Was noch?»
«Haag hat die Buchhaltung auf seinem Computer.»
Gilbert lächelte.
«Ich hole mir die Daten und töte den Computer.»
Gysel lächelte zurück.
«Computer bluten nicht.»
«Haag schon.»

21

Cobb hielt einen Ast in der Hand, der sich gabelte. Er hatte ihn von der Lehrerin erhalten. Alle Väter und Mütter hielten so einen Ast zwischen den Fingern. Er war ihnen als doppeltes Symbol überreicht worden. Einerseits sollte die Gabelung darauf hinweisen, dass die Schülerinnen und Schüler jetzt vor wichtigen Entscheidungen stünden. Andererseits konnte der Ast als Wünschelrute betrachtet werden, welche für die Suche der Jugendlichen nach einem festen Platz im Leben herhalten sollte. Cobb war begeistert.

Bärtschi sass neben seiner Frau Susan und nickte ab und zu weg, während die Lehrerin den Eltern erklärte, dass sie nun, zusammen mit den Kindern, vor wichtigen Entscheidungen stünden. Sie betonte, dass die Kinder bei der Suche nach einer Lehrstelle auf die Unterstützung der Eltern angewiesen waren, dass es Aufgabe und Verantwortung der Erziehungsberechtigten war, die Kinder dem Berufsleben zuzuführen.

Cobb dachte an Marlen, die weit davon entfernt war, zu wissen, was sie wollte. Sie wusste vieles, das sie nicht wollte.

Auch die Möglichkeit, in einem Jahr das Gymnasium zu besuchen, wurde erwähnt. Eine PowerPoint-Präsentation zeigte die verschiedenen Möglichkeiten auf, die sich dem Jugendlichen boten. Und überall zählte eine einzige Sache: Leistung. Das Kind musste genau festgelegte Anforderungen erfüllen. Der Weg in die Leistungsgesellschaft war standardisiert worden. Da täuschte nichts darüber hinweg, auch nicht der wiederholte Hinweis, dass auf die individuellen Stärken und Schwächen der Kinder eingegangen werden sollte.

Als die Lehrerin auf die Klasse als Ganzes zu sprechen kam, steuerte sie sofort auf die Probleme mit Schülern mit Migrationshintergrund zu. Und an diesem Thema blieb sie bis zur Pause hängen.

Die Eltern wurden eingeladen, sich an einem kleinen Imbiss gütlich zu tun. Cobb zog es vor, nach draussen zu gehen, um eine zu rauchen. Bärtschi und dessen Frau Susan folgten ihm. Noch während Cobb in der Zigarettenpackung nestelte, hielt ihm ein Mann das Feuerzeug unter die Nase. Cobb nahm dankend an. Der

Mann tat einen tiefen Zug und sah hinaus in die Nacht. Er sprach ein weiches Deutsch.

«Wenn es so weitergeht, geht mich dieses Schulsystem hier nichts mehr an.»

Cobb antwortete nicht. Der Mann machte eine ausladende Bewegung in die beginnende Dämmerung.

«Hier wachsen meine Kinder auf, hier fühlen sie sich wohl. Doch wenn diese Initiative angenommen wird, wird es für uns ungemütlich. Dann werden wir uns überlegen müssen auszuwandern.»

Susan Bärtschi nippte an einem Becher Kaffee.

«Ach, diese Initiative. Sie brauchen das nicht so ernst zu nehmen, Herr Ertugrul. Diese Initiative ist die Idee einiger Spinner. Auch die Umfragen deuten darauf hin, dass sie an der Urne keine Chance haben wird.»

Ertugrul lächelte.

«Das hatten wir uns auch gedacht, als über die Minarette abgestimmt worden war. Nein, nein. Die Initiative hat realistische Chancen. Es wäre schade um Ihr Land.»

Cobb hörte zu und rauchte.

«Mit dieser Initiative, ich meine die Minarettinitiative, haben Sie den Muslimen einen Bärendienst erwiesen. Ich rede von uns, den gemässigten Muslimen. Den säkulären Muslimen, die an einen Gott glauben und den Staat respektieren. Nun ja, einige haben sich nun radikalisiert. Und diese Konvertiten, diese Wichtigtuer, die sahnen tüchtig ab. Das sind eure eigenen Leute, junge Männer mit fusseligen Bärten, die das Klima verpesten und uns das Leben vermiesen.»

Er schnippte die Zigarette weg und zündete sich eine weitere an.

«Meine Frau mag es nicht, wenn ich zu viel rauche. Hören Sie sich diese junge Lehrerin an. Sie spricht von Migrationshintergrund. Das ist ja ein schönes Wort. Doch es tönt nach Handicap. Meine Kinder haben das Handicap des Migrationshintergrundes. Mensch! Seit Tausenden von Jahren migrieren Menschen von da nach dort. Das ist normal. Was soll das?»

Ertugrul schnippte die Zigarette weg.

«Migrationshintergrund!»

Er lächelte und nahm ein Pfefferminzbonbon in den Mund.

«Ich denke, ich sollte nach oben gehen. Diese Lehrerin mag es nicht, wenn Menschen mit Migrationshintergrund zu spät kommen.»

Er öffnete die Tür und verschwand im Schulhaus. Bärtschi und Susan folgten ihm. Cobb blieb eine Weile stehen. Auch er hatte einen Migrationshintergrund. Und in Boston gab es nicht viel anderes als Migrationshintergründe. Eine Stadt mit Handicap?

Den Rest des Elternabends hätte sich Cobb gerne geschenkt. Es gab die Gelegenheit, Fragen zu stellen. Und beinahe jede Frage hatte mit der Angst der Eltern zu tun, dass ihr Kind keinen Platz in der Welt finden könnte. Cobb stand auf und verabschiedete sich.

Als er aus dem Schulhaus trat, die warme Luft einsog und wieder ausatmete, verscheuchte er die Geister eines theoretisch gelebten Lebens. Verscheuchte die Haltung, dass die Kinder dem grossen Moloch Wirtschaft zugeführt werden müssen. Er setzte sich auf die Mauer, welche das Schulhaus von der Strasse abgrenzte, und hörte den Grillen zu.

Eine Gestalt schob sich durch den Ausgang des Schulhauses. Es war Bärtschi, der auf Cobb zuwackelte und sich neben ihn setzte.

«Geben Sie mir eine Zigarette, Cobb.»

«Sie rauchen?»

«Ich hab nichts zu essen dabei.»

Bärtschi nahm einen tiefen Zug.

«Cobb, Cobb. Die Wirtschaft frisst unsere Kinder. Ich bin Polizist geworden, um mitzuhelfen, den Menschen um mich herum ein sicheres, sorgenfreies Leben zu ermöglichen. Aber die Zeiten haben sich geändert. Ich misstraue dem Staat, der mich anstellt. Er lässt es zu, dass unseren Kindern genau das Wissen vermittelt wird, welches nötig ist, um ein Räderwerk am Laufen zu halten, das dazu dient, einigen wenigen ein sorgenfreies Leben zu ermöglichen. Unsere Kinder lernen die Angst vor dem Versagen, und diese Angst macht gefügig. Sie macht sie zu willigen Konkubinen einer Elite, die nicht davor zurückschreckt, unsere Kinder in den Arsch zu ficken, wenn es ihr passt.»

«Drastische Worte für einen Gesetzeshüter.»

«Hin und wieder bin ich auch einfach Bärtschi.»

Ganz in der Nähe zirpte eine Grille. Ein Auto fuhr vorbei, aus dessen Lautsprechern ein dumpfer Bass dröhnte. Bärtschi drückte die Zigarette aus. Tabak und Glut böselten auf den Asphalt.

«Dieser Egger, der da gehangen hat. Ich weiss nicht, ob sie ihn kennen.»

«Ich habe ihn getroffen. Er ist Lehrer, nicht wahr?»

«Ja. Er arbeitet seit drei Jahren bei der Sekte.»

«Keine voreiligen Schlüsse, Bärtschi.»

«Ich bin zu müde und nenne die Sachen beim Namen: Sekte. Egger war ein Denunziant. Er berichtete Schwanninger, dass Wäckerli Katzen hielt und dass die Kosten für deren Futter wohl eher der Sekte zugeführt werden sollten. Und er denunzierte Kinder, welche Süssigkeiten assen, weil Süssigkeiten nicht auf der Liste der Grundnahrungsmittel standen. Er war sehr unbeliebt.»

«Ein Mörder aus den eigenen Reihen?»

«Wäre verständlich. Dazu kam, dass er in Sachen Frauen sehr unglücklich war. Er soll hin und wieder Frauen aus der Gemeinschaft – aus der Sekte – betatscht haben. Obwohl die alle verheiratet sind.»

Bärtschi betrachtete den Himmel, der allmählich eindunkelte.

«Er hatte sich dafür eingesetzt, dass Mitglieder, die ausserhalb des Sektendorfes lebten, ihre Kinder nicht in den Schwimmunterricht schicken mussten, wenigstens die Mädchen nicht. Den Jungs befahl er, unter der Badehose eine Unterhose zu tragen. Und das da …»

Bärtschi zeigte nach oben.

«Das da soll allein Gott geschaffen haben. In sieben Tagen. Für Egger gab es keine Evolution. Für Egger war das Schöpfungsmärchen Realität.»

Die Tür zum Schulhaus öffnete sich, Susan Bärtschi trat heraus. Der Polizist bedankte sich für die Zigarette und verabschiedete sich von Cobb.

«Na denn, Cobb, ich fahr nach Hause. Irgendwelche Neuigkeiten von Ihrer Seite?»

«Nein. Zurzeit weiss ich nicht einmal, wo meine Tochter sich rumtreibt.»

Cobb setzte sich ins Auto, liess den Motor an und stellte ihn wieder ab. Er öffnete das Fenster, hörte den Grillen zu und trommelte mit den Fingern aufs Steuerrad. Müde war er nicht, und der Himmel wechselte die Farbe von einem violetten Rot in ein tiefes Blau. Die ersten Sterne kamen zum Vorschein. Vielleicht lag die Lösung in Eggers Umfeld. Stotternd kam der Motor wieder zum Laufen.

Als er die Feuerthaler Brücke überquerte, fiel ihm ein, dass er Elvira versetzt hatte. Es war ihm egal. Durchs offene Fenster wehte ein warmer Wind den Geschmack des Rheins herein. Cobb sog den morbiden und zugleich frischen Duft in die Nase und blies die Luft wieder aus. Als er durch das Dorf hindurchgefahren war, wendete er nach der Unterführung und fuhr der Bahnlinie entlang zurück. Lange zu suchen war überflüssig. Als der Motor erstarb, umgab Cobb eine seltsame Stille.

Absperrband verwehrte den Zutritt zum Gebäude. Es war ein altes Haus. Der Verputz war an einigen Stellen abgeblättert, und Ziegel kamen zum Vorschein. Der Garten war von Büschen und Unkraut überwuchert. Eine trockene Buche breitete ihre Äste bis zur Fassade aus und suchte einen Weg am Haus vorbei. Ein alter Weidling zerfiel inmitten von hochgeschossenen Disteln.

Cobb stieg aus und ging um das Haus herum. Hinter ihm ratterte die Regionalbahn in Richtung Konstanz. Dann war es wieder still. Als sich Cobbs Augen an die Dunkelheit gewöhnt hatten, entdeckte er den Kellerabgang. Er drückte die Türklinke, sie gab nach. Leise schlüpfte er ins Innere, und mit einem hartnäckigen Knirschen liess sich die Tür wieder schliessen. Als Cobb nach dem Lichtschalter tastete, berührte er etwas Weiches und zuckte zurück. Er stiess mit dem Rücken an einen Gegenstand und tastete ihn ab. Er fühlte sich ledrig an. Gegen das Kellerfenster zeichnete sich ein gewaltiger Schädel ab. Cobb fummelte in seiner Jacketttasche und zog das Feuerzeug hervor.

Im Schein der kleinen Flamme starrten ihn ein Dutzend Augenpaare an. Er erkannte menschliche Gesichter mit vielen Haaren, Echsen und Vögel. Im Flackern des warmen Lichtes schienen sie sich zu bewegen. Cobb unterdrückte die aufkommende Panik und kriegte den Lichtschalter zu fassen. Eine nackte Glühbirne produzierte ein fahles Licht. Cobb stand inmitten von beinahe lebensgrossen Modellen von Sauriern, einer Art Urmenschen, Vögeln und Haustieren. Die meisten waren unvollständig. Bei einigen fehlte ein Arm, bei anderen ein Bein oder ein Teil des Felles.

Die Wohnung im Erdgeschoss war leer. Einige Fensterscheiben waren eingeschlagen. Die Buche breitete einen ihrer Äste ins Zimmer aus. Als Cobb den Lichtschalter betätigte, raschelte es im Laub. Mäuse. Auch hier spendeten nackte Glühbirnen Licht in den vier Zimmern.

An den Wänden hingen Schwarz-Weiss-Fotografien. Cobb ging näher. Auf einigen konnte er den jungen Egger erkennen. Auf allen Bildern schaute er ernst in die Kamera. Cobb reimte sich zusammen, wer Vater und wer Mutter gewesen sein könnten, und er fragte sich, ob ihn das in dem Fall irgendwie weiterbrachte.

Im ersten Stock gab es Möbel. Ein langes Holzbrett, welches auf den Seiten abgestützt worden war, diente als Tisch. Werkzeug lag darauf, Holz, unzählige Töpfe mit Farben und Gläser, in denen tote Tierembryonen eingelegt waren. Auch zwei tote Vögel lagen da, das Fell eines Eichhörnchens und unzählige Pizzaschachteln. An der Wand über dem Tisch hatte Egger grosse Buchstaben zum Satz «Darwin ist schuldig» gereiht. Cobb hob einen grossen Bogen Papier auf. Es war ein detaillierter Plan, der an ein historisches Museum erinnerte. Er erkannte Zeichnungen, in denen Saurier gemolken wurden, Menschen mit Hunden Treibjagd auf einen Säbelzahntiger veranstalteten, Ochsen zusammen mit Mammuts einen Pflug zogen.

Auf einem Sofa lagen DVDs verstreut, Flugblätter, Zeitungsnotizen und einige Postkarten mit den Bildern nackter japanischer Schulmädchen. Cobb hob eine davon auf und drehte sie um. Es stand nichts darauf. Egger musste sie selbst gekauft haben. Oder im Internet bestellt. Er erkannte den Buchtitel «Intelligent Design». Er blätterte darin. Ein Zettel fiel heraus. Cobb hob ihn auf und las ein schwülstiges Gedicht, in dem sich der Schreiber einer schrecklichen Tat bezichtigte, die aber unter Gottes hellem Licht als das einzig Gute erscheinen werde. Irritiert legte Cobb die Karte weg.

In der Küche stand ein Bildschirm auf dem Tisch. Der Rest des Computers musste von der Polizei beschlagnahmt worden sein. Das Abwaschbecken war gefüllt mit verkrusteten Tellern, Fruchtfliegen besetzten die Trinkgläser. Cobb ging weiter ins Bad. Der Gestank nach Urin schnürte ihm die Kehle zu. Die Badewanne war mit schmutziger Wäsche gefüllt. Cobb schloss die Tür und untersuchte den Kühlschrank. Ein hässlicher Geruch nach verdorbenem Fleisch und verschimmelten Milchprodukten schlug ihm entgegen. Auch diese Tür schloss er wieder.

Ein anderer Geruch setzte sich in seiner Nase fest. Es roch würzig, eigentlich angenehm. Der Hustenreiz überraschte Cobb. Als er sich beruhigt hatte, meinte er, Rauchschwaden aus dem Wohnzimmer in die Küche wabern zu sehen. Als er ins Wohnzimmer blickte, war der Raum tatsächlich mit Rauch gefüllt. Von unten spürte er plötzlich eine heftige Hitze.

Das Haus brannte. Er hustete sich durch den Rauch zur Treppe. Flammen schlugen ihm entgegen. Er wich zurück, die Tischecke stiess ihm in die Nieren, und er fiel hin. Er kroch in die Küche. Dort zog er sich am Abwaschbecken hoch. Teller und Gläser zerbrachen am Boden. Cobb riss das Fenster auf. Aus den geborstenen Scheiben im Parterre explodierten Flammen in die Nacht. Er erinnerte sich an den Ast der Buche, der seitlich am Küchenfenster vorbeiführte. Cobb hielt sich am Fensterrahmen fest und kletterte auf den Sims. Mit einem Sprung setzte er auf den Ast hinüber, rutschte aus, zog sich hoch und kletterte weg vom Brandherd. Als er keuchend den Stamm erreicht hatte, beobachtete er, wie ein schwarzer Pick-up den Motor startete, wendete und ohne Licht davonpreschte.

Cobb fiel mehr, als er kletterte, den Baum hinunter und rannte zum Auto. Er liess sich auf den Fahrersitz fallen, und während er hustete, drehte er den Zündschlüssel. Nach dem dritten Versuch sprang der Motor an. Cobb versuchte zu wenden, schaffte es nicht, würgte den Rückwärtsgang rein, krachte in einen Weidling, ruckelte den Hebel nach vorne und gab Gas.

22

Endlich hatte Schwanninger den Schalter gefunden. Er knipste das Licht an und legte sich mit einem Ächzen vorsichtig zurück. Seine Augen suchten die Zimmerdecke und die Wände ab. Eben noch hatte sie deutlich an seinem Ohr gesirrt, und jetzt war sie weg. Schwanninger kratzte sich über den Augenbrauen und am Hals.

Nach der Sitzung mit Gysel hatte er nicht gewusst, ob er sich erleichtert fühlen sollte oder ob er durch sein Geständnis die Achtung des Politikers verloren hatte. Gysel war ein Glück und eine Last zugleich. Sie teilten dieselben Ideen. Aber jetzt, wo die Aktion bevorstand, wurde Gysel allmählich zu dominant. Schwanninger war froh, wenn er wieder seine Ruhe hatte. Dann konnte er sich wieder um die eine Sache kümmern. Den Bibelpark.

Die Mücke sass in der Ecke beim Fenster. Schwanninger liess sich vom Bett auf den Boden gleiten. Er stand auf allen vieren. Die eine Hand auf dem Nachttisch abgestützt und die andere am Bettrand, kam er langsam hoch. Er rollte die Zeitung, die er vor dem Einschlafen noch gelesen hatte, zusammen und bewegte sich in Richtung Mücke.

Verwundert starrte er auf den roten Fleck an der Wand. Er hatte das Biest bereits mit dem ersten Schlag besiegt. In seinem Rücken ging die Tür langsam auf. Jesus steckte den Kopf herein und fragte, ob alles in Ordnung sei. Schwanninger grunzte und befahl dem jungen Mann, ihn wieder zum Bett zu führen. Dann schickte er ihn wieder hinaus.

Als er wieder lag, konnte er nicht aufhören, sich an Gesicht und Hals zu kratzen. Ausserdem war es zu heiss und zu stickig. Wieder hatte er das Gefühl, keine Luft zu bekommen. Er tastete nach dem Wasserglas und drückte eine Tablette aus der Folie. Kaum hatte er sich wieder hingelegt, klingelte das Telefon.

«Hallo?»

«Hier Haag.»

«Ach. Wir haben Sie vermisst, Haag.»

«Ich will meinen Anteil. Jetzt.»

«Wovon sprechen Sie, Haag?»

«Ich spreche vom Geld, das mir zusteht.»

«Es steht Ihnen zu, wenn die Aktion glücklich beendet ist.»
«Bis es so weit ist, hänge ich kopfüber im Wasser.»
Schwanninger schluckte. Er hatte versucht, die Sache zu verdrängen. Jetzt schwappte die Angst wieder hoch.
«Schwanninger?»
«Ja?»
«Ich will Geld sehen. Morgen. Sonst packe ich aus.»
«Wir haben noch kein Geld, Haag.»
«Wir haben genügend, um meinen Anteil auszuzahlen.»
«Ich kann doch nicht –»
«Sie können, Schwanninger. Oder die Sache mit Ihrer Frau Mama kommt der Polizei zu Ohren.»
«Sauhund.»
«Ja.»
«Ich rufe Sie zurück.»
Schwanninger schmiss den Hörer hin. Er richtete sich langsam im Bett auf. Die Mückenstiche im Gesicht pochten. Schweissperlen traten auf die Stirn. Er nahm das Telefon wieder in die Hand und wählte eine Nummer. Und wartete. Endlich meldete sich Gysel. Schwanninger setzte sich auf die Bettkante. Er informierte ihn über das Telefongespräch mit Haag. Gysel befahl ihm, Haag zuzustimmen und die Geldübergabe für morgen Abend zu organisieren. Er werde sich darum kümmern. Schwanninger wollte wissen, was das heisse. Als er auflegte, klang Gysels Satz in seinen Ohren nach.
«Das willst du gar nicht wissen, Schwanninger.»
Schwanninger seufzte und tippte Haags Nummer ins Telefon.
«Hier ich. Ist in Ordnung. Morgen Abend bringe ich das Geld vorbei.»
«Früher.»
«Früher geht nicht. Morgen Abend.»
«Da findet die Vernissage im Altersheim statt.»
«Egal. Morgen Abend. Nach der Vernissage.»
Er legte auf und liess das Telefon sinken. Seine Lippen formten ein Lächeln. Er war Haag los. Seit fünf Jahren war er ebenso untrennbar wie unfreiwillig mit ihm verbunden gewesen, und in wenigen Stunden würde Haag nicht mehr sein.

Ein Geräusch kam von der Tür. Erschreckt schaute er hoch. Jesus stand da und sah Schwanninger an.

«Was willst du?»

Jesus schwieg.

«Was zum … was stehst du da und sagst nichts?»

«Ich mache mir Sorgen.»

«Ja, das tun wir alle hin und wieder. Und jetzt lass mich schlafen.»

Jesus rührte sich nicht von der Stelle.

«Die Sache gerät ins Stottern.»

Schwanninger seufzte. Er klopfte auf die Bettkante.

«Komm, setz dich.»

Jesus rückte von der Wand weg und nahm neben Schwanninger Platz.

«Hör mal. Eine grosse Sache scheitert nicht dadurch, dass Wolken am Horizont aufziehen. Eine grosse Sache ist … eine grosse Sache eben. Dass jetzt dieser Wahnsinnige aufgetaucht ist und unsere besten Leute kaltblütig ermordet, ist nur eine weitere Prüfung Gottes.»

«Meine Schwester trägt die Schuld.»

«Ja, deine Schwester. Faules Fleisch. Wir haben es rausgeschnitten. Was du als Stottern bezeichnest, sind nichts als unbedeutende Turbulenzen in Gottes grossem Sturm. Und wir sind seine Handwerker. Du, ich, all die tapferen Männer und Frauen, die da draussen leben und sich aufopfern für die eine grosse Sache, für die Sache Gottes.»

«Ich habe manchmal meine Zweifel.»

«Ja, Zweifel haben wir alle. Das ist ein Teil der Schöpfung. Wer nicht zweifelt, findet Gott nimmer.»

Schwanninger dachte daran, diese Formulierung in eine seiner nächsten Shows einzubauen. Er war immer wieder erstaunt, was aus seinem Mund tropfte, wenn er nur lange genug sprach.

«Da draussen, wo seit Jahrhunderten nichts als Gras wächst, wo Kühe dumpf wiederkäuen, da draussen wird in nicht allzu ferner Zeit ein Denkmal Gottes stehen: Der Bibelpark. Das ist, was zählt. Wir erschaffen ein Werkzeug, um Zweifler auf den Weg Gottes zu führen, um der Menschheit eine letzte Chance zu geben, bevor Gottes fürchterliches Gericht die Reinen von den Ungläubigen trennt. – Kannst du übrigens singen?»

Jesus blickte hoch.

«Ja, ich singe nicht übel. Unser Chorleiter, Herr Egger …»

Jesus verstummte.

«Dann will ich dir ein Angebot machen. Du wirst beim Kreuzigungsdrama Gottes Sohn spielen. Ja, unsere Planung ist bereits so weit fortgeschritten, dass wir uns um Details kümmern müssen.»

Jesus stand auf und begab sich ans Fenster. Weit weg ging die Sonne auf und färbte den Himmel blutrot. Schwanninger kämpfte sich hoch und stellte sich neben ihn. Er kostete die Ergriffenheit seines Schützlings aus. Jesus bewegte stumm die Lippen, räusperte sich und setzte neu an.

«Danke, Eure Heiligkeit.»

23

Cobb humpelte in Boxershorts zum Kühlschrank und entnahm dem Gefrierfach eine Packung Spinat. Beim Sprung vom Baum hatte er sich den Fuss verknackst. Den Körper voller Adrenalin hatte er nichts davon gespürt. Den Pick-up hatte er nicht mehr erwischt. Cobb schraubte die Kaffeemaschine zusammen, setzte sich und kühlte das rechte Sprunggelenk.

Marlen war noch nicht wach. Er stand auf, um sie zu wecken. Ein leises Klopfen an der Tür genügte meist. Aber im Zimmer bewegte sich nichts. Cobb klopfte ein zweites Mal. Noch immer keine Reaktion. Er öffnete leise die Tür. Das Bett war leer.

Beunruhigt suchte Cobb in den Taschen seines Jacketts nach dem Handy. Er schaute aufs Display. Eine Nachricht war angekommen. Er las.

Übernachte bei Leila. Bin zum Nachtessen zu Hause. M.

Cobb kratzte sich am Bauch, legte das Handy aufs Sofa, bückte sich und klaubte seine nach Rauch stinkenden Kleider vom Boden auf. In der Küche stopfte er sie in die Waschmaschine, tat Pulver dazu und liess die Maschine laufen. Auf dem Herd röchelte die Kanne. Cobb schenkte sich eine Tasse ein.

Auf dem Gemüsemarkt füllte er zwei grosse Einkaufstaschen mit Tomaten, Gurken, Auberginen, Bohnen und Salaten. Er tat es mit dem Gefühl, seiner Tochter Gutes zu tun. An einem Stand, über dem der Geruch von Knoblauch und Oliven hing, wählte er einen Feta aus und kaufte ein gutes Olivenöl. Anschliessend trat er in einen Buchladen und liess sich griechische Kochbücher zeigen.

Bei einem Kaffee in der Sonne blätterte er das gekaufte Buch durch. Er stand vor der Entscheidung, Souvlaki-Spiesse zu braten, oder eine Mousaka im Ofen vorzubereiten. Er entschied sich für den Auflauf. Den würde er warm halten können. Das war von Vorteil, denn Cobb wusste nicht, wann genau seine Tochter auftauchen würde.

Beladen mit dem Gemüse, mit Fleisch, Milch, Butter und Mehl schleppte sich Cobb die Treppen bis zur Wohnung hoch. Als er alles im Kühlschrank und in den Kästen verstaut hatte, warf er sich aufs Sofa und döste weg.

Den Nachmittag verbrachte er damit, Diagramme zu entwerfen. Er schrieb die Namen «Wäckerli» und «Egger» auf ein Blatt Papier und verband sie mit einer Linie. Über die Linie zeichnete er einen Mann, der kopfüber im Wasser hing. Daneben ein Kreuz. Er schrieb das Wort «Sekte» darunter und verband die Namen der Opfer damit. Auch zur Sekte setzte er ein Kreuz. In der Mitte des Dreiecks stand in Grossbuchstaben «Mörder». Daneben «Pick-up». Zu Wäckerli zeichnete er eine Katze, zu Egger Saurier, Urmenschen und Rauch. Eine Linie verband «Rauch» mit «Pick-up». Er hätte gerne Bärtschi angerufen und ihn gefragt, ob bei Wäckerli ebenfalls ein schwarzer Pick-up aufgefallen war. Aber er hätte zu viel erklären müssen, etwa, warum er bei Egger eingebrochen war. Er zerknüllte den Zettel und warf ihn zu den anderen in den Papierkorb.

Hin und wieder klingelte das Telefon. Cobb liess den Anrufbeantworter die Arbeit erledigen. Elvira beschwerte sich, dass er sie im «Güterbahnhof» versetzt hatte. Deupelbeiss meldete sich, riet Cobb, endlich den Hörer in die Hand zu nehmen, schnaubte etwa dreissig Sekunden lang, bevor er auflegte. Auch Fink, der Journalist, rief an und bot weitere Zehntausend, wenn er Cobbs Story exklusiv drucken dürfte. Er wies darauf hin, dass die Geschichte eine kurze Halbwertszeit habe, Cobb müsse sich also noch heute entscheiden. Cobb blieb sitzen.

Gegen sechs Uhr abends ging er in die Küche. In einer Pfanne zerliess er Butter, rührte Mehl dazu und gab acht, dass nichts anbrannte. Er goss Milch nach und würzte mit Pfeffer, Salz und Muskat. Die Béchamelsosse wurde kalt gestellt. Cobb schnitt Auberginen in Scheiben und briet das Hackfleisch an. Danach schichtete er das Gemüse, einige Tomaten und das Hackfleisch in eine Form. Zuletzt goss er die Béchamelsosse darüber und schob das Ganze in den Ofen.

Nachdem auch der griechische Salat vorbereitet war, setzte er sich zufrieden auf die Terrasse und rauchte eine Zigarette. Er holte sein Handy und rauchte eine zweite. Es war inzwischen halb neun Uhr, und von seiner Tochter hatte er noch nichts gehört. Auch war kein neues SMS eingegangen. Cobb überlegte, ob sie ihn vielleicht auf seiner alten Nummer zu erreichen versucht hatte, verwarf aber den Gedanken wieder. Er rief Bärtschi an.

«Hier Cobb.»

«Ja?»

«Ich habe eine Frage, Bärtschi.»

«Ich auch. Eggers Haus ist abgebrannt.»

«Und nun die Frage.»

«Das war sie.»

Cobb dachte an den schwarzen Pick-up, sagte aber nichts.

«Cobb, irgendwelche Neuigkeiten?»

«Nein.»

«Gut, dann sind Sie an der Reihe, Cobb.»

«Ich suche meine Tochter.»

«Kenne ich.»

«Sie hat ja bei Ihnen übernachtet.»

«Davon weiss ich nichts.»

Cobbs Kopf sirrte von einem Moment auf den andern wie ein wild gewordener Bienenschwarm.

«Was heisst das?»

«Ich frage Leila.»

Cobb hörte, wie Bärtschi den Hörer hinlegte, sich entfernte und mit seiner Tochter sprach. Plötzlich war er wieder ganz nahe.

«Sind Sie noch da, Cobb?»

«Ja.»

«Leila sagt, Marlen hätte sie gestern Nacht nach Hause begleitet. Seither hat sie Ihre Tochter nicht mehr gesehen. Sie war heute auch nicht in der Schule.»

Cobb schwieg. Das Sirren wurde lauter.

«Stimmt was nicht, Cobb?»

«Nein … danke … alles in Ordnung, sie … sie … ich höre sie eben reinkommen. Entschuldigen Sie die Störung.»

Cobb warf Bärtschi aus der Leitung. In der Küche fand er die alte SIM-Karte und setzte sie ein. Das Handy gab mehrmals SMS-Alarm, aber eine Nachricht von Marlen war nicht dabei. Er wechselte wieder auf die Prepaidkarte. Kaum hatte er den Akku hineingedrückt und seinen Zugangscode eingegeben, begann es zu klingeln. Marlens Nummer. Cobb nahm ab.

«Marlen?»

Nichts. Rauschen. Ein Klicken. Wieder nichts. Die Verbindung wurde unterbrochen. Hastig wählte Cobb zurück.

«Hallo? Marlen?»

«Lassen Sie die Hände von der Sache, Cobb, dann passiert ihr nichts.»

Die Verbindung war wieder weg. Cobb drückte die Rückruftaste. Eine weitere Verbindung kam nicht zustande. Wütend warf er das Handy an die Wand, der Akku flog heraus. Cobb sprang auf, bastelte das Telefon wieder zusammen und suchte die Autoschlüssel. Cobb überschlug in aller Eile die Situation. Der Fahrer des Pick-ups hatte Eggers Haus angezündet, um Cobb an der Recherche zu hindern. Warum sollte er nicht Marlen aus ebendiesem Grund entführt haben?

Mit übersetzter Geschwindigkeit raste er über die Landstrasse. Er überholte einige wenige Autos und bog schliesslich in Ottlingen nach rechts ab. Als er eben die Spitze des hölzernen Kirchturmes gegen den dunklen Himmel erkennen konnte, kamen ihm zwei Lichter entgegen. Der schwarze Pick-up raste an ihm vorbei. Cobb trat aufs Bremspedal und riss das Steuer herum. Er holperte über die Wiese und rollte wieder zurück auf den Feldweg.

Wieder auf der Hauptstrasse zurück nach Schaffhausen hatte er den Pick-up aus den Augen verloren. Cobb beschleunigte in einer lang gezogenen Kurve. Die Böschung, die rechts anstieg, versperrte die Sicht auf die nächsten fünfzig Meter. Plötzlich wurde Cobb geblendet. Ein Auto raste ihm auf derselben Spur entgegen. Cobb sah nichts als Licht. Er hielt sich den Arm vors Gesicht und wich nach rechts aus. Der Motor heulte wütend auf, als ihn die Dunkelheit umschlang wie ein feuchter Vorhang.

24

Anna Galati tastete das Drahtgitter ab. Ganz in der Nähe musste die Stelle sein, die sie zuvor, bei Tageslicht, aufgeschnitten hatte. Sie war nervös. Sie erinnerte sich an ihre frühe Zeit in Olten, fünfzehn, zwanzig Jahre her. Fest zum 1. Mai. Tag der Arbeit. Tag der Linken, Guten und Engagierten.

In der Reithalle in Olten gab es wie jedes Jahr ein rauschendes Fest zum 1. Mai. Immer spielte eine Band bis zum Morgengrauen. Sangria floss in Hülle und Fülle. Meist wurde das Fest von einer spanischen Gewerkschaft organisiert, zusammen mit italienischen und Schweizer Gewerkschaftern. Kleine Mädchen in lackierten Schuhen verloren sich zwischen den Festbänken, wurden von Tanten oder Onkeln aufgegriffen und auf die Tanzfläche befördert, wo die Eltern sich der Musik und dem anderen hingaben. Gewerkschaftsfrauen wurden von Künstlern aller Sparten nach vorne gezerrt, während die ersten Ehemänner ihrem Kater entgegendämmerten. Südländische Machos sassen von Sozialdemokratinnen umringt und erzählten Anekdoten aus der Heimat, während die Gattinnen im Hintergrund Paellapfannen schrubbten.

Spät nachts, noch während drinnen der Schweiss dampfte, sass Anna draussen und trank Bier. Wer von ihren Kumpels dabei gewesen war, daran konnte sie sich nicht erinnern, aber daran, dass es für die Jahreszeit aussergewöhnlich warm war. Plötzlich und ohne zu wissen, wie die Sache begonnen hatte, war die Gruppe unterwegs zum Schwimmbad, welches nur einen Steinwurf von der Reithalle entfernt lag. Man hatte beschlossen, über den Maschendrahtzaun hineinzuklettern, um nackt ins Wasser zu springen. Beat Klinghofer oder Klingenberger oder so ähnlich, der Pianist, war auch dabei. Damals wusste sie nicht, dass er der erste Mann sein würde, der in sie eindrang.

Es war prickelnd, dort nackt und unbeschwert herumzuschwimmen, wo sie sonst jüngere Sportlerinnen und Sportler auf die Wettkämpfe vorbereitete. Schon bald kletterten die Ersten auf die Sprungbretter und liessen sich kopfüber ins Wasser fallen.

Galati kroch durch das offene Stück des Maschendrahtzaunes und musste schmunzeln, als sie sich an einen Spargeltarzan erinnerte, der mit den Füssen voraus vom Fünfmeterbrett sprang. Er blieb eine ganze Weile im Wasser, so lange, bis sich seine Hoden vom Aufschlag erholt hatten.

Schon bald zogen sich die anderen wieder an. Anna liess sie gehen und tauchte mehrmals im dunklen Wasser. Als sie an den Rand des Beckens geschwommen war, sass dort Klingenberger oder Klingenhofer. Er hatte einen grossen Krug Sangria und zwei Plastikbecher neben sich stehen. Er half Anna aus dem Wasser und bot ihr einen Becher an. Sie setzte sich, noch immer nackt, zu ihm hin und trank. Sie kicherte, als er nachschenkte. Als er sich nach dem dritten Becher schwer auf sie legte, kippten ihre Ellbogen weg. Er versuchte, sie zu küssen. Sie war zu betrunken, um sich ernsthaft zu wehren. Sie merkte, wie sein Knie zwischen die ihren fuhr, und dann war er in ihr, keuchte einige Momente und stand wieder auf, zog sich an und kletterte über den Zaun zurück in die Reithalle.

Anna hatte sich nach links abgedreht und kotzte eine rote Brühe neben das Schwimmbecken. Sie rappelte sich mit Mühe hoch, taumelte und fiel rückwärts ins Wasser. Es wäre ihr egal gewesen dazubleiben, und sie wusste nicht, wie sie wieder an die Oberfläche gekommen war. Sie versuchte noch einmal zu ertrinken. Es gelang nicht. Langsam begannen ihre Arme zu rudern, der Beinschlag setzte ein, sie holte Luft, atmete ins Wasser aus, holte Luft, atmete aus. Es war der vertraute Rhythmus, und sie liess sich auf ihn ein, bis die ersten Mönche vom nahe gelegenen Kloster neben ihr schwammen, dann einige Sportler und schliesslich die Hausfrauen. Als sie aus dem Wasser stieg, stand die Sonne schon hoch. Sie zog Unterhose und BH an und liess sich in der Sonne trocknen.

In denselben Kleidern, die sie abends zuvor getragen hatte, stand sie vor Klingenbergers oder Klingenhofers Wohnung. Sie klingelte, er öffnete. Sie packte seine Hand, fixierte sie am Türrahmen und schlug die Tür zu, mehrere Male. Klingenhofer war zu überrascht, um sofort zu reagieren. Und als er die Hand zurückzog, waren die Knochen bereits Brei. Seine Hand war zertrümmert: Klingenberger, ein Pianist mit verkrüppelter Hand.

Heute war dieses Prickeln auch da. Sie war bisher gut vorangekommen. Zwei Männer hatten gekriegt, was sie verdienten. Galati ging übers kurz geschnittene Gras zum Schwimmbecken. Sie setzte sich an den Rand und schaute zum Sprungturm hoch. Über ihr war ein Rascheln zu vernehmen. Ein leiser Luftzug bewegte die Blätter der Bäume. Es war seit langer Zeit das erste Zeichen dafür, dass es auch anderes Wetter geben konnte als Hitze und Sonnenschein.

Als Galati die Tasche hochnahm, bemerkte sie, dass sie vergessen hatte, alle Reissverschlüsse zuzuziehen. Sie legte sie auf die Knie und wühlte darin. Sie platzierte zwei Karabinerhaken neben sich. Das kurze blaue Seilstück war bereits zu einer Schlinge verknotet. Ein weiteres langes Seil hängte sie um die Schultern. Aus einer Packung zupfte sie Gummihandschuhe. Galati zog die Sandalen aus und ging die Stufen des Sprungturmes hoch. Oben schlaufte sie das kurze Seilstück ums Geländer und hängte einen Karabinerhaken ein. Daran machte sie den anderen fest, verknotete das lange Seil und klickte es ebenfalls ein. Sie warf es nach unten in Richtung Wasser. Das lose Ende baumelte etwa eineinhalb Meter über der Oberfläche. Galati lächelte zufrieden und zog das Seil wieder nach oben. Ein Lufthauch spielte mit ihrem Haar.

Wieder bei der Tasche angekommen suchte sie darin nach dem Skalpell. Sie kriegte das Brillenetui zu fassen, nahm es hervor und öffnete es. Sie nahm das scharfe Messer heraus, ging einige Meter und legte es unter einen Busch. Daneben kam das Seil. Sie zog die Reissverschlüsse der Tasche zu und warf sie über die Schulter. Bevor sie losging, sah sie übers Wasser. Es lag still und bewegungslos da, nur ab und zu gluckste es, wenn eine kleine Welle in den Abfluss schwappte. Man könnte hineinspringen, losschwimmen, den Kopf frei machen. Wenn das vorbei wäre, würde sie den Ärmelkanal wieder ins Auge fassen. Eins nach dem andern, Zug um Zug.

Sie ging zurück. Während das feuchte Gras die Füsse kitzelte, zog sie die Handschuhe aus und verstaute sie in der Tasche. Als sie beim Maschendrahtzaun angelangt war, blieb sie einen Moment stehen und lauschte. Von weit weg hörte sie einen Automotor, dann sah sie das Licht. Es entschwand und liess sie in der Stille stehen. Als sie sicher sein konnte, dass sie nicht beobachtet würde, bückte sie sich und kroch unter dem Zaun hindurch. Erst jetzt spürte sie den Puls im Hals. Sie überquerte die Strasse und verschwand in einem künstlich angelegten Wald, der zur nahen Klinik gehörte. Ein sanfter Wind spielte mit den Blättern. Als sie eine Weile gegangen war, gelangte sie zu einer Gärtnerei. Hier war es kühler, Wasser tröpfelte aus unzähligen Leitungen, um die Pflanzen am Leben zu halten. Ihr Herzschlag beruhigte sich wieder.

Dahinter befand sich ein Parkplatz. Da stand ihr Wagen. Leise öffnete sie den Kofferraum, schob das Gestänge des Einkaufstrolleys zur Seite und verstaute die Tasche. Als sie sich auf den Fahrersitz setzte, atmete sie tief ein und aus. Sie griff ins Handschuhfach und nahm die Pistole in die Hand. Sie prüfte, ob sich die Signalpatrone im Lauf befand. Die Waffe war gross und würde bestimmt als Argument genügen, Haag zum Mitkommen zu bewegen. Falls er Schwierigkeiten machen würde, müsste sie ihn noch in seiner Wohnung betäuben. Um ihn zu transportieren, hatte sie einen Einkaufstrolley umgebaut, den Stoff weggerissen und Gurten am Gestell befestigt. So konnte sie ihn an den Schultern festzurren und zum Auto schleifen.

Auf dem Beifahrersitz lag ein zerfleddertes Schulheft. Sie öffnete es. Zeitungsausschnitte fielen auf ihren Schoss. Sie hob sie auf und schmunzelte. Es waren Berichte über die zwei Morde, dazu unsägliche Kommentare, die versuchten, die beiden Toten dafür zu instrumentalisieren, endlich härtere Strafen für gewalttätige Jugendliche durchzusetzen. Sie legte die Ausschnitte weg und las einige Zeilen im Heft. Die Finger krallten sich unmerklich am Papier fest, und sie presste die Lippen aufeinander. Diese Männer hatten sich etwas genommen, was ihnen nicht zustand. Und nun bezahlten sie den Preis.

Sie musste sich wieder beruhigen, wieder kalt werden. Galati schloss die Augen und lehnte den Kopf nach hinten. Sie stellte sich die Badi vor, wie sie am nächsten Tag vorzufinden war. Es war nicht einmal sicher, dass der Bademeister der Erste sein würde, der ihn da baumeln sah; vielleicht ein Triathlet, vielleicht eine der älteren Damen, die morgens ihre Bahnen schwammen. Bald wäre der Tatort mit Absperrband abgeriegelt, die Badeanstalt geschlossen, aufgebrachte Badegäste würden wissen wollen, warum man sie nicht ins Wasser liess.

Sie ging den Plan noch einmal im Kopf durch. Dann startete sie den Motor. Es war spät genug, und bis zum Altersheim brauchte sie knapp fünfhundert Meter zu fahren. Sie setzte den Blinker.

25

Cobb öffnete die Autotür und liess sich ins Gras fallen. Er blieb eine Weile liegen und keuchte den Schreck weg. Er rappelte sich hoch und blieb an das Blech gelehnt stehen. Die Blätter der Birken bewegten sich. Obwohl die Nacht lau war, fröstelte er. Er tat ein paar Schritte vom Auto weg die Böschung hinunter und betrachtete die Situation. Es sah gar nicht schlecht aus. Vorausgesetzt, der Motor funktionierte noch und der Rahmen war einigermassen in Form geblieben, sollte es möglich sein, wieder zur Strasse hinunterzufahren. Er ging zu seinem Wagen zurück, setzte sich hinein und liess den Motor aufheulen. Als er sich im Innenspiegel betrachtete, verstand er, warum die Nase höllisch schmerzte. Sie sass wie eine unförmige rote Knolle in seinem Gesicht. Blut klebte daran. Die Augen waren zugeschwollen.

Als er das Auto rückwärts den Hang hinunterrollen liess, vibrierte das Handy. Cobb nestelte in der Innentasche des Jacketts.

«Na, Cobb?»

«Wer ist da?»

«Keine Namen, Cobb.»

Die Stimme sprach undeutlich. Cobb hielt an und stellte den Motor ab. Er musste sich konzentrieren, damit er genug verstand. Der Mann am anderen Ende der Leitung war offensichtlich zugedröhnt.

«Sind Sie noch da, Cobb? Na gut …» Ein Kichern folgte, dann war wieder Ruhe. «Ihre Tochter ist ein hübsches Ding.» Wieder kicherte der Mann. «Wirklich hübsch.»

«Bist du der Arsch im Pick-up?»

«Pick-up? Lustiges Wort, nicht?» Die Stimme wurde langsamer. Dann wieder hatte Cobb das Gefühl, ihr Besitzer gäbe sich einen Ruck. «Hehe … keine Namen. Arsch ist gut. Hat mir eine Pistazie in die Nase … egal.»

«Wo ist meine Tochter?»

«Hier, bei mir. Hübsch. Pick-up. Lustiges Wort. Nö, der ist nicht hier. Der ist zu den Alten gefahren. Hehe … Also, wenn du deine Tochter lebend zurückhaben … dann … lass die Hände … wir fackeln nicht lange … abgefackelt … alles … der war gut …

hehe … wir fackeln nicht lange … und … fackeln alles ab … hehe …»

Eine lange Pause folgte.

«Hallo!»

Keine Antwort. Cobb presste das Telefon ans Ohr. Er hörte ein schwaches Kichern, dann war er aus der Leitung. Auch dieses Mal hatte er mit der Rückruftaste keinen Erfolg. Er schlug aufs Armaturenbrett und liess den Motor an. Zurück auf der Strasse bremste er scharf ab. Er blieb in der Dunkelheit sitzen und überlegte, ob er Bärtschi anrufen sollte. Er verwarf den Gedanken.

Haag. Da war doch was. Er hatte vor vier Monaten diesen Leiter des Altersheimes interviewt. Die Anstalt war ins Gespräch gekommen, weil innerhalb kurzer Zeit auffällig viele Insassen gestorben waren. Haag hatte das auf den harten Winter zurückgeführt. Haag, der Mann im grünen Jaguar, den er bei der Sekte gesehen hatte. Haag war ein Anhaltspunkt, ein ganz schwacher, aber ein Anhaltspunkt. Und um Marlen zurückzuhaben, reichte der dünnste Faden. Cobb steuerte den Wagen zurück in die Stadt.

26

Haag hatte die Vernissage verlassen, als ihm die Künstlerin mit dem sauren Hauch von billigem Weisswein ihre Bilder zu erklären begonnen hatte. Ihr Ehemann, der Präsident des Verwaltungsrates des Altersheims, hatte danebengestanden und seine Zahnkorrekturen zur Schau gestellt. Auf den meisten Bildern waren Pferde zu sehen. Bilder, wie sie in jedem Warenhaus als Poster gekauft werden konnten. Ikea-Kunst. Sie hatte Haag die Technik geschildert, deren Namen er wieder vergessen hat. Es ging im Wesentlichen darum, dass Dias von Pferden auf die Leinwand projiziert wurden, dass sie die Konturen nachzeichnete und die ganze Angelegenheit ausmalte – kolorierte, wie sie es genannt hatte.

Jetzt sass er am Tisch in seiner Wohnung. Neben der Tür stand ein Koffer bereit, in dem das Nötigste gepackt war. Nach dem Treffen mit Schwanninger brauchte er sich keine Sorgen mehr zu machen. Was ihm fehlte, würde er sich kaufen können. Er blickte auf die Armbanduhr. Der Sektenchef war verspätet. Haag spielte mit der Pistole, die auf dem Tisch lag. Sollte Schwanninger Schwierigkeiten machen, würde die Waffe ihn beeindrucken. Vielleicht brächte er Gysel mit. Dann war die Pistole sein Verbündeter. Ausserdem wollte er nicht so enden wie Wäckerli und Egger. Er war vorsichtig und entschlossen, diesen Killer über den Haufen zu schiessen. In der Wohnung brannte jedes einzelne Licht.

Haags Blick schweifte von der Tür zum Koffer. Er sehnte sich nach seiner Familie. Und er war froh, von diesen alten Krüppeln wegzukommen, von ihrem stinkenden Atem, ihrem leeren Blick. Weg auch von ihren Verwandten, die mit ebenso leerem Blick die Rollstühle in die Cafeteria schoben, um die Zeit abzusitzen und um zu warten, bis sich das Warten gelohnt hat. Hier gab es nur Tod und Geld, auf welches die nächste Generation hoffte.

Haag lächelte. Er stellte sich die Töchter und Söhne vor, viele beinahe selbst im Pensionsalter, die auf die Erbschaft bauten und schliesslich mit leeren Händen ausgehen würden. Dafür hatte er gesorgt. Er hatte wöchentlich eine ganze Busladung Seniorinnen und Senioren nach Ottlingen gekarrt, damit sie Schwanninger zuhören konnten, der ihnen Gott versprach, sollten sie sich ihrer –

Schwanninger und der Gemeinschaft – erbarmen. Haag hatte die Insassen in persönlichen Gesprächen beraten, was im Falle ihres Ablebens mit dem Geld zu tun sei. Das war nur möglich, weil er sich das Vertrauen der Insassen erarbeitet hatte. In ungezählten Stunden und mit unendlicher Geduld hatte er den alten Menschen zugehört, hatte ihnen die Hand gehalten und seine Augenbrauen in mitfühlendem Kummer hochgehoben.

Es hatte sich gelohnt. Viele Testamente waren geändert worden. Schwanninger und er waren ein unschlagbares Team. Schade bloss, dass er so ein Arschloch war. Die Alten starben, und die Hälfte ging in Haags Kasse, die andere Hälfte an die Gemeinschaft, also an Schwanninger und sein idiotisches Bibelpark-Projekt. Haag war jetzt reich genug. Mit dieser letzten grossen Aktion konnte er in Mallorca ein Hotel aufmachen, oder auch nicht, es war egal. Er hatte bis an sein Lebensende genügend Geld. Die Hälfte von mehr als rund dreissig greisen Millionären. Auch wenn gut die Hälfte noch vor sich hin vegetierte. Genügend Geld, um auf der faulen Haut zu liegen.

Er stand auf, ging in die Küche. Aus dem Kühlschrank nahm er Nutella und strich es zusammen mit viel Butter auf ein Stück Brot. Er kaute lange und andächtig, als er die Türglocke hörte. Auf dem Weg zur Eingangstür schluckte er den Brei hinunter, nahm die Pistole vom Tisch, entsicherte und öffnete.

***

Gilbert hatte vor der elektronischen Schiebetür des Altersheimes gewartet. Nachts liess sie sich von aussen nur mit einem Schlüssel öffnen. Er beobachtete, wie Menschen in teuren Kleidern aus der Tür traten und in der Nacht verschwanden. Endlich gingen drinnen die Lichter aus. Nach etwa dreissig Minuten verliess eine Tamilin ihren Arbeitsort, und Gilbert schlüpfte unbemerkt hinein.

Nachdem er den Eingangsbereich durchquert hatte, stand er im gedämpften Licht der Cafeteria. Die Wand war voller Pferde, auf den Tischen standen Weissweingläser. In den Schalen lockten Erdnüsse, Salzstängel und Chips. Gilbert riss sich zusammen und ging weiter.

Als er den Flur erreichte, der zu Haags Wohnung führte, blieb er stehen und sah sich um. Er war allein, kaum ein Geräusch. Gilbert langte unter sein Jackett und zog eine Waffe hervor, auf die er den Schalldämpfer schraubte. Er prüfte das Magazin. Es war voll.

Vor der Tür zu Haags Wohnung stand ein Schrank. Gilbert öffnete ihn. Bis auf einige Handtücher war er leer. Er liess die Tür des Schrankes offen stehen, während er klingelte. Dann verschwand er im Schrank.

***

Haag schaute in den Gang, aber da war niemand. Erstaunt trat er ein paar Schritte aus der Wohnung und sah sich um. Leer. Bevor er die Tür ganz geschlossen hatte, rammte der Türgriff seinen Rücken. Er strauchelte und fiel hin. Die Waffe flog ihm aus der Hand und rutschte über den Boden. Bevor er wusste, was passiert war, traf ein Schuh sein Kinn. Haag schmeckte Blut. Als er hochblickte, sah er einen kleinen bleichen Mann, der mit einer Pistole auf ihn zielte. Mit der anderen zog er die Tür zu. Haag kroch rückwärts. Die Mündung der Waffe zuckte zweimal. Es klang, als würde eine Weinflasche sanft entkorkt. Haag schrie auf, die Knie versagten ihren Dienst. Haag zog sich auf den Ellbogen weiter, bis auch die wegsackten. Bevor er um Hilfe rufen konnte, hatte ihm der Mann ein Stück Stoff in den Mund gedrückt. Ein unverständliches Gemurmel suchte sich den Weg, bis ihm der Mann den Lauf der Pistole an die Stirn hielt und ihm mit dem Finger an den Lippen bedeutete, ruhig zu sein.

Die Angst war grösser als der Schmerz. Haag hielt still. Der Mann lächelte und begann zu sprechen.

«Schöner Computer, da in der Ecke. Hat der vielleicht ein Passwort?»

Haag schüttelte den Kopf. Der Mann liess von ihm ab und drückte den Startknopf. Der Bildschirm erwachte zwar zum Leben, der Rechner allerdings tat keinen Wank.

«Also doch, er will ein Passwort. Wie heisst es denn?»

Er wartete die Antwort nicht ab, sondern drückte die Mündung der Pistole in Haags Geschlechtsteile. Haag zog sich zusammen und nickte heftig. Der Mann nahm ihm den Stoff aus dem Mund.

«Die Quelle.» Haag schnappte nach Luft.

Nachdem der Mann seine Antwort bekommen hatte, stopfte er Haag den Mund wieder zu. Er knipste alle Lichter in der Wohnung aus.

Der Mann setzte sich vor den Computer und hängte eine externe Festplatte an den USB-Anschluss. Der Computer begann alle vorhandenen Dateien zu kopieren. Der Mann schaute eine Weile zu, dann kauerte er sich zu Haag hinunter und band die nutzlosen Glieder zusammen. Haag stöhnte, als er auf den Bauch gedreht wurde und die Handgelenke mit Kabelbinder verzurrt wurden. Er blieb so liegen und kämpfte darum, bei Bewusstsein zu bleiben.

Nach einem kurzen Blick auf den Computer schaute der Mann auf die Uhr. Dann wählte er sich in die Systemeinstellung und drückte einige Knöpfe. Jetzt war er sicher, dass sich der Computer nicht in den Ruhezustand schalten würde. Der Mann schnalzte mit der Zunge und liess Haag allein in der Dunkelheit liegen. Haag spürte warme, klebrige Flüssigkeit unter sich und realisierte, dass er im eigenen Blut lag.

Gilbert hatte Zeit. Eine riesige Datenmenge musste auf den externen Speicher übertragen werden. Gysel wollte das so. Der Killer war auf dem Weg zurück in die Cafeteria. Er horchte in die Gänge. Es war still. Als er bei den Pferdebildern angekommen war, nahm er sich eine der Schalen und füllte sie mit den Resten der Vernissage. Mit einer zur Hälfte leer getrunkenen Flasche Cola setzte er sich an einen Tisch und begann, abwechselnd Erdnüsse, Salzstangen und Chips in den Mund zu führen.

Er dachte an den Mann im Zimmer und versuchte sich auszurechnen, was wohl schneller war. Das Blut oder die Datenübertragung. Er war sich nicht sicher. Plötzlich packte ihn ein Hustenreiz. Ein Häutchen einer Erdnuss war im Schlund stecken geblieben. Er versuchte, es mit einem Schluck Cola wegzuspülen. Es blieb seitlich am Zungenansatz hängen. Gilbert räusperte sich und hustete kurz und kräftig, aber der Fremdkörper blieb, wo er war. Auch der Finger, den er tief in den Hals steckte, konnte daran nichts ändern.

Gilbert hielt die Luft an. Er hörte Schritte auf dem Gang. Er schlich sich, den Hustenreiz unterdrückend, nach hinten an die Theke und sprang darüber. In der Küche kauerte er sich hinter einen der Herde und hustete in den Ellbogen. Die Schritte kamen in die Cafeteria. Dort blieben sie stehen. Gilbert wagte nicht zu atmen. Es hätte ihm nichts ausgemacht, die Nachtschwester zu töten. Doch Gysel wollte saubere Aktionen. Das hiess, es sollte nur das Zielobjekt beseitigt werden, mehr nicht. Die Schritte kamen in Richtung Küche. Das Licht ging an. Gilbert biss in den Stoff seines Kittels.

27

Anna Galati hatte die Scheiben hinuntergekurbelt. Haag schien ausgerechnet heute später als sonst zu Bett zu gehen. Statt hektischem bläulichem Fernsehlicht leuchtete es da, wo die Vorhänge nicht völlig zugezogen waren, ruhig und fahl. Anna Galati ging davon aus, dass Haag den Computer angestellt hatte.

Sie wurde ungeduldig, öffnete die Autotür und schloss sie leise. Auf dem Trottoir ging sie einige Schritte auf und ab. Haag lebte im Parterre des Altersheimes. Ein grosszügiger Sitzplatz ging nach vorne hinaus. Sie wusste, dass Haag die Tür ins Freie nachts immer einen Spalt offen gelassen hatte. Seit ihrem Besuch bei Wäckerli war sie allerdings zu gewesen. Auch standen die Tische und Stühle auf dem Sitzplatz anders als zuvor.

Nach ein paar Minuten entschloss sie sich, es trotz aller Ungereimtheiten anzugehen. Sie öffnete den Kofferraum und hob den umgebauten Einkaufswagen auf den Asphalt. Aus dem Handschuhfach nahm sie die Signalpistole und ein neues Paar Gummihandschuhe. Sie überprüfte, ob sich die beiden Spritzen im wasserdichten Beutel befanden, den sie um die Hüfte trug. Auch der Glasschneider liess sich ertasten. Alles war bereit. Sie atmete tief und langsam ein, danach kurz und heftig wieder aus.

Sie sah sich um und rannte über das kurze Rasenstück. Als sie den Sitzplatz erreicht hatte, blieb ihr Fuss hängen. Sie versuchte das Gleichgewicht zu halten, fiel aber hin. Der Einkaufswagen schlug hart auf den Steinplatten auf. Gleichzeitig hörte sie einige Glocken klingen und Büchsen scheppern. Haag hatte sich eine Alarmanlage gebaut. Galati stiess einen Fluch zwischen den Zähnen hervor und verkroch sich hinter den Gartenmöbeln. Sie wartete und rieb sich die brennenden Knie. Die Handgelenke schmerzten. Sie beobachtete die Glastür. Zu ihrem Erstaunen stand sie offen. Sie legte die Signalpistole neben sich auf die Steinplatten und klaubte eine der Spritzen hervor. Sie hielt sie ans dürftige Licht. Es war die richtige. Dann nahm sie die Waffe wieder an sich.

Sie war irritiert, weil nichts passierte. Sie ging davon aus, dass Haag ausgerechnet heute nicht zu Hause war. Trotzdem näherte sie sich vorsichtig der offenen Glastür. Ein Stück Vorhang bewegte sich vom Luftzug. Sie war verunsichert. Nun kam der heikelste Teil. Sie konnte nicht ins Innere sehen, ohne den Vorhang beiseitezuschieben. Dann würde womöglich alles sehr schnell gehen. Sähe Haag die Bewegung, wäre er gewarnt, und sie hätte wenig Zeit, ihn zu überwältigen.

Vorsichtig streckte sie die Hand aus. Sie kriegte den Stoff zu fassen und zog ihn etwas zur Seite. Im fahlen Schein des Bildschirmes sah der Raum unwirklich aus. Und er schien leer. Anna Galati zog etwas weiter und setzte langsam einen Fuss ins Innere. Jetzt sah sie den Computer, der allein vor sich hin leuchtete. Ein merkwürdiger Geruch hing im Zimmer. Galati tat zwei Schritte auf den Tisch zu. Sie ging um den Tisch herum und unterdrückte einen Schrei. Da lag ein Mann in seinem eigenen Blut. Es war Haag.

Jemand hatte ihr einen Teil der Arbeit abgenommen. Die Konturen verschwammen, aus Jägern wurden Gejagte. Galatis Atem versuchte stossweise, die Anspannung loszuwerden. Sie ging rückwärts, den Raum im Auge behaltend, zum Computer und sah auf den Bildschirm. Darauf wurde angezeigt, dass der Kopiervorgang beendet sei. Ihr Blick fiel auf die Festplatte. Was immer in diesem Zimmer geschehen sein mochte, es hatte damit zu tun. Während sie die Signalpistole schützend in den Raum hielt, löste sie die Verbindung zum Computer und liess die Festplatte in den wasserdichten Beutel gleiten.

Sie beeilte sich, auf den Sitzplatz zu gelangen. Dort hob sie den umgebauten Einkaufswagen hoch und trug ihn ins Zimmer. Sie bückte sich zu Haag hinunter. Er lebte, war aber nicht bei Bewusstsein. Sie zwang sich, kein Mitleid zu empfinden. In der Küche fand sie eine Schere und zerschnitt damit die Kabelbinder. Haags Glieder fielen grotesk verdreht auseinander. Sie legte die Signalpistole auf den Fussboden.

Sie drehte Haag auf den Rücken, zwängte die unförmigen Arme durch die Metallgitter des Einkaufstrolleys und band ihn fest. Ihre Hände glitten mehrmals aus. Das viele Blut. Endlich war Haag festgezurrt und zum Transport bereit. Galati ging in die Küche, um sich zu waschen. Sie blieb stehen. Und horchte. Durch die Wohnungstür drang ein Husten. Sie hörte, wie die Türklinke gedrückt wurde. Eine männliche Stimme räusperte sich.

Anna Galati hielt die Luft an. Im Glas des Backofens spiegelte sich ein Mann in einem Anzug. Er griff in eine der Taschen. Sie wich etwas zurück und beobachtete, wie er eine Pistole mit Schalldämpfer auf Haag richtete. Nachdem er zwei Schüsse abgegeben hatte, zielte er auf den Computer, zerschoss zuerst den Bildschirm und danach den Rechner. Verängstigt zog sich Galati tiefer in die Küche zurück und suchte Schutz hinter dem modernen Arbeitsplatz, der einen grossen Teil der Küchenmitte ausmachte.

Sie hörte zögernde Schritte, die sich von ihr wegbewegten. Ein Lichtschalter knipste. Ein Duschvorhang wurde ruckartig zur Seite gerissen. Anna Galati öffnete leise eine Schublade. Sie fand nichts als Geschirrtücher. Die Schritte bewegten sich zur Balkontür. Sie quietschte, als der Mann sie öffnete. Ein leiser Lufthauch verdünnte den Geruch des Blutes.

Die nächste Schublade lag etwas höher. Sie öffnete sie vorsichtig, langte hinein und tastete nach einem hilfreichen Gegenstand. Da waren Reiben drin. Sie verrenkte den Arm und kriegte etwas Metallenes zu fassen. Die Schritte bewegten sich wieder zur Zimmermitte. Leise zog sie den Gegenstand an den Raffeln vorbei. Es schepperte leise. Anna Galati hielt inne und lauschte. Lauernd setzte ein Fuss nach dem anderen auf dem Parkett auf, jeder Schritt kam näher. Galati hob einen schweren, altmodischen Fleischwolf heraus und wog ihn in der Hand. Nun änderte sich der Klang der Fusstritte. Der Mann stand in der Küche. Anna Galati blies die überflüssige Luft leise aus den Lungen. Sie hatte einen Versuch.

28

Das Wildschwein stand mitten auf der Strasse. Cobb bremste ab und versuchte, dem Tier auszuweichen. Kaum hatte er das Lenkrad nach rechts gedreht, tappte das Tier verunsichert in dieselbe Richtung. Cobb fluchte und hämmerte auf die Hupe ein. Endlich machte es sich davon und verschwand im Maisfeld. Cobb drückte das Gaspedal durch. Nachtfalter rasten als helle Flecken auf ihn zu und blieben vor seinen Augen kleben.

Endlich war er beim Kreisel angelangt. Die Strassenbeleuchtung erhellte die Gegend. Cobb überfuhr ein Rotlicht und raste vorbei am Quartier, wo Wäckerli gewohnt hatte, in Richtung Schaffhausen. Nach fünf Minuten Fahrt war er beim Altersheim angelangt. Er stellte den Wagen auf dem Parkplatz neben der Bushaltestelle ab und rannte auf den Eingang des Altersheimes zu.

Er drückte die Nachtglocke. Sein Puls raste. Er drückte noch einmal. Die Gegensprechanlage knarrte, und eine undeutliche Frauenstimme meldete sich. Cobb verstand nur schlecht.

«Wie bitte?»

«Hier Nachtschwester Meister. Was kann ich für Sie tun?»

«Lassen Sie mich rein!»

«Ihr Name?»

«Cobb.»

«Haben Sie Verwandte im Heim?»

«Nein … hören Sie … ich will zu Haag.»

«Sie kommen im Auftrag von Schwanninger?»

Cobb antwortete nicht sofort. Die Gegensprechanlage rauschte.

«Herr Cobb?»

«Ja, von Schwanninger. Ich bin etwas verspätet.»

«Ja, er erwähnte etwas. Allerdings nicht, dass es so spät sein würde.»

«Ich sagte ja, ich bin etwas spät.»

«Moment.»

Die Schiebetür glitt auf. Cobb trat ein. Vor dem Lageplan des Gebäudekomplexes blieb er stehen. Als er sich ein Bild davon gemacht hatte, wo Haags Wohnung liegen könnte, bog er nach links in einen Gang. Klapprige Schritte kamen ihm entgegen. Im schwachen Licht erkannte er eine gedrungene Gestalt. Sie näherte sich in kurzen, schnellen Bewegungen, blieb stehen und stemmte die Hände in die Hüfte.

«Seltsam. Sonst kommt Schwanninger meist selbst.»

«Ja, heute ist er leider verhindert. Gottes Wege sind –»

«Hören Sie mir auf mit dem Scheiss. Wer lange genug hier gearbeitet hat, weiss, dass es keinen Gott gibt. Hier regiert der Gott des Zerfalls. Sie wissen, wo Haag wohnt?»

«Herr Schwanninger hat mir den Weg beschrieben.»

«Ja, ja, rechts und links sind schwer auseinanderzuhalten. Ich zeige Ihnen den Weg.»

Damit watschelte sie voraus, Cobb hinterher. Gemeinsam gingen sie zurück zur Cafeteria und dann nach rechts. Cobb überlegte, wie er sie loswerden konnte.

«Danke, ich denke, von hier aus finde ich ihn.»

«Denken Sie? Nun ja, dass Sie das, was Gott Ihnen scheinbar gegeben hat, auch zum Denken benutzen, ist eine erfreuliche Sache. – Hier geradeaus, dann zweimal nach links und wieder rechts. Die Wohnung ist angeschrieben.»

Cobb bedankte sich und wartete, bis sich die Frau entfernt hatte. Er befolgte deren Wegbeschreibung und stand vor Haags Wohnung. Er überlegte, ob er klingeln sollte, drückte stattdessen die Türfalle. Die Tür war offen. War es möglich, dass Marlen hier war, von den Entführern unbewacht? Er drückte leicht gegen die Tür, sie ging lautlos auf. Er tippte sie an und spähte hinein. Ein groteskes Bild brannte sich auf die Netzhaut. Ein Mann lag auf dem Boden im eigenen Blut, unter den Achseln festgezurrt an eine Art Einkaufstrolley. Der halbe Schädel war weggesprengt, ein offenes Auge starrte ins Leere. Glassplitter bedeckten sein Gesicht.

Plötzlich nahm er rechts eine Bewegung wahr. Er hörte einen dumpfen Aufschlag, sah, wie ein Mensch rückwärtstaumelte und zu Boden fiel. Gleichzeitig hörte er einen Ton, der klang, als würde ein Korken etwas zu heftig aus einer Weinflasche befreit, und das Holz der Tür splitterte neben seinem Gesicht. Während sich Cobb bückte, sah er, wie eine Pistole über das Parkett schlitterte und im Blut stecken blieb.

In der Tür, aus deren Richtung der Mann getaumelt war, erschien ein Schatten. Cobb erkannte langes Haar. Der Schatten hielt sich am Türrahmen fest und stiess sich davon ab. Er sprang über den Mann hinweg und verschwand zwischen den Vorhängen. Cobb holte Luft und schrie.

«Marlen!»

Er schlug die Tür zu und setzte über den Mann. Das linke Bein kam nicht mit. Cobb stolperte. Er fiel. Und als er wieder wusste, wo oben und unten war, blickte er in Haags rechtes Auge. Draussen klingelten Glocken. Er drückte sich mit den Armen von der Leiche weg. Seine Hände entglitten auf dem schmierigen Boden. Gleichzeitig hielt der Mann seine Beine fest. Cobb strampelte und hoffte freizukommen. Er landete immer wieder auf dem toten Körper. Er bemerkte einen Gegenstand vor sich im Blut liegen und hob ihn hoch. Ein Fleischwolf. Er nahm ihn in die Rechte und schlug damit auf den Arm des Mannes ein. Der stöhnte und liess los.

Cobb rappelte sich hoch, rutschte noch zweimal im Blut aus und folgte dem Schatten durch die Vorhänge. Er tastete sich an dem Glas entlang und fand den Ausgang, spurtete zum Wagen, in dem die Frau verschwand, und fiel hin. Wieder hörte er Glocken klingeln. Diesmal hatte er den Ton selbst ausgelöst. Cobb entwand die Füsse dem Drahtseil und rannte los. Der Motor war eben angesprungen. Er kriegte den Griff zu fassen und riss die Autotür auf. Die Frau sah ihn erschrocken an und stiess eine Faust in seine Richtung. Cobb kriegte sie ins Gesicht, warf sich aber quer über den Beifahrersitz. Er lag zur Hälfte auf dem Schoss der Frau und hörte wieder diesen Korken-Ton. Dann einen zweiten. Die Heckscheibe zerbarst. Die Frau drückte aufs Gaspedal. Der Wagen preschte davon.

Als die Reifen um zwei Kurven gequietscht waren, entdeckte die Frau im Rückspiegel, dass ein Scheinwerferpaar hinter ihnen auftauchte. Cobb sah ihre weit aufgerissenen Augen und schaute nach hinten. Da war der schwarze Pick-up, der näher kam. Die Frau starrte krampfhaft nach vorne. Zwischen den Lippen presste sie einen Satz hervor.

«Sie sind von hier?»

«Ja.»

«Dann sagen Sie mir, wie ich fahren soll!»
«Schnell.»
«Die Richtung?»
«Da rechts weg.»
Die Frau riss das Steuerrad herum und bog rechts ab. Cobb sah zurück. Der Pick-up raste vorbei, bremste ab und setzte rückwärts zur Abzweigung. Sie hatten einige Sekunden gewonnen. Die Frau schaltete einen Gang tiefer. Der Motor heulte auf. Cobb schrie gegen den Lärm an.
«Nächste links!»
Es war nicht der Augenblick, sich wegen Entzugs des Führerscheines infolge übersetzter Geschwindigkeit Gedanken zu machen. Aber die Abzweigung hatten sie verpasst. Die Scheinwerfer erhellten eine lange Gerade. Cobb sah in den Rückspiegel. Die Lichter des Pick-ups kamen näher.
«Eine Frage hab ich.»
«Ja?»
«Haben Sie Haag so zugerichtet?»
«Nein, ich mache saubere Arbeit.»
«Sie hängen die Männer ins Wasser.»
«Yep.»
«Jetzt links!»

29

Marlen schwitzte. Bald hatte sie es geschafft, die Arme, die ihr im Rücken zusammengebunden worden waren, nach vorne zu bringen. Dazu hatte sie sich zuerst auf die Seite fallen lassen und den Rücken nach hinten gebogen, bis sie die Hände unter ihrem Hintern vorbeigeruckelt hatte. Anschliessend war sie auf den Rücken gerollt und hatte die Arme bis in die Kniekehlen nach vorne geschoben.

Jetzt kam der schwierige Teil. Sie musste die Unterschenkel und die Füsse oberhalb der Kabelbinder hindurchzwängen. Sie setzte sich hin. Beim ersten Versuch kippte sie zur Seite. Leise fluchend richtete sie sich wieder auf. Sie zog die Oberschenkel so nahe es ihr möglich war an den Rumpf. Die Kabelbinder schnürten das Blut ab. Schweiss tropfte von ihrer Stirn auf den Stoff ihres Rockes. Sie kämpfte um Millimeter, kämpfte gegen den Schmerz, als das Plastik ins Fleisch schnitt, und kämpfte darum, das Gleichgewicht zu halten. Als bloss noch ein Teil der Fersen zum Erfolg fehlte, kippte sie wieder zur Seite.

Sie blieb liegen, keuchte so leise es ihr möglich war und würgte wütende Tränen herunter. Bevor sie sich beruhigt hatte, hörte sie unten die Tür gehen. Der Holzboden stöhnte unter den schweren Schuhen. Marlen robbte etwas weiter vor. Ein Astloch im Bretterboden liess von unten warmes Licht auf den Estrich schimmern. Sie sah hindurch und erkannte den Glatzkopf, der eben unter ihr durchging und sich auf einen Sessel fallen liess. Alles, was sie jetzt noch von ihm erkannte, waren die Kampfstiefel, die er übereinandergeschlagen hatte. Ihr Handy, welches einer der drei Männer benutzt hatte, lag am Boden. Sie hatte zugehört, wie er damit mit ihrem Vater telefoniert hatte. Zuerst hatte sie sich mit Klopfen bemerkbar machen wollen, sah aber ein, dass es lächerlich war, damit Cobbs Aufmerksamkeit zu erregen. Schreien hatte sie nicht gekonnt. Ein Lappen in ihrem Mund machte es unmöglich. Sie hörte, wie der Kühlschrank sein Vakuum verlor. Jemand schepperte darin herum, dann wurde er wieder geschlossen. Ein Schatten flog am Astloch vorbei. Sie hörte das Zischen, als Büchsen geöffnet wurden. Sie sah, wie sich der Glatzkopf nach vorne beugte.

«Prost.»

Eine tiefe, tote Stimme.

«Auf die Sache», erwiderte der Unsichtbare.

Der Glatzkopf bückte sich zum Handy und hob es auf. Er drückte einige Tasten.

«Der Kacker hat den Journalisten angerufen.»

«Wie?»

«Er hat ihn angerufen, der Arsch.»

«Wir hätten ihn mitnehmen sollen.»

«Wie denn, Tanner? Der ist so hackedicht wie ein Schlitzauge nach zwei Bieren.»

Marlen hörte, wie der Unsichtbare grunzte. Der Glatzkopf lehnte sich wieder zurück. Der Unsichtbare trat ins Blickfeld. Sie bemerkte das Blond am Haaransatz, der Rest war dunkel gefärbt. Er sah in Richtung des Schlafenden.

«Scheisstabletten. Passt definitiv schlecht zum Alkohol.»

«Egal, weck ihn auf!»

«Wozu, Kälin?»

«Wir machen ein Spielchen.»

«Sollten wir ihn nicht …»

Er sprach nicht zu Ende. Der Glatzkopf hatte sich hochgewuchtet und stand ihm auf Augenhöhe gegenüber.

«Aufwecken!»

«Ist ja schon gut, Kälin.»

Der Glatzkopf sank wieder in den Sessel. Der gefärbte Haarschopf bückte sich aus dem Blickfeld.

«Hubi, aufwachen. He! Hubi!»

«Schütteln.»

Marlen beobachtete, wie sich der Rücken des Mannes vor und zurück bewegte.

«Hubi, aufwachen. – Es hat keinen Zweck.»

Die Kampfstiefel des Glatzkopfes entfernten sich. Marlen hörte, wie Wasser in einen Eimer lief. Dann näherten sich die Schritte wieder.

«Nur um sicherzugehen, dass er noch lebt.»

Sie sah, wie ein Schwall Wasser in die Richtung flog, in der sie den Mann vermutete, den die anderen Hubi nannten. Sie hörte den Mann prusten, und dann fiel die magere Gestalt auf den Boden. Hubi zappelte und versuchte sein Gesicht zu schützen, dazu kreischte er laut: «Nein, nein, nein!»

Tanner und Kälin lachten. Letzterer gab Hubi einen Tritt.

«Los, Hubi, setz dich hin. Wir haben ein paar Fragen an dich.»

Marlen sah, wie der Mann, den die anderen Hubi nannten, sich aufrappelte und auf dem Boden sitzen blieb. Offensichtlich lehnte er sich an einem Möbelstück an. Der Glatzkopf, Kälin, beugte sich zu ihm hinunter. Er hielt ihm das Handy vors Gesicht.

«Na, Hubi, erzähl mal.»

Hubi stammelte.

«Kälin, das mit dem Handy, es ist, ich kann, ich werde es dir erklären, weil, –»

«Schnauze, Hubi.»

«Ja, Kälin.»

«Weisst du, weshalb du hier bist?»

«Natürlich weiss ich das.»

Kälin erhob sich und setzte sich wieder auf den Sessel. Seine Kampfstiefel wippten unruhig. Der gefärbte Haarschopf blieb stehen.

«Sag uns, warum wir hier sind, Hubi.»

«Weil wir die Schickse da oben haben. Und weil wir die behalten, bis unser Auftrag erfüllt ist.»

«Gefällt sie dir?»

«Ist eine Schickse, mehr nicht, und du weisst ja, was wir mit Schicksen machen, Kälin.»

«Was machen wir mit Schicksen, Hubi?»

«Wir ficken sie durch, ist doch klar.»

«Und wer zuerst, Hubi?»

«Na ist doch klar. Du, Kälin.»

Der gefärbte Haarschopf setzte sich direkt unter Marlen auf den Boden.

«Und dann komme definitiv ich an die Reihe.»

«Alles klar.» Sie hörte, wie Hubi zu lächeln versuchte. «Alles klar, Tanner, ist für mich kein Problem.»

Die Stiefel, die zu Kälin gehörten, stellten sich auf den Boden. Sie sah, wie die Glatze ins Bild rückte.

«Und der Letzte macht dann sauber.»
Marlen begriff schneller als Hubi.
«Was heisst das, Kälin?»
«Entsorgen.»
«Kein Problem, Kälin, echt.»
Blut verschmierte das Holz, als Marlen ihre Füsse zwischen den Armen hindurchzupressen versuchte. Die Kabelbinder schnitten tiefe Wunden in die Handgelenke. Marlen biss sich auf die Lippen. Wieder nichts. Sie ruhte sich auf dem Rücken liegend aus. Sie versuchte leise zu atmen. Sie durfte die Angst nicht gewinnen lassen. Das hatten sie ihr im Training immer wieder beigebracht. Marlen zählte bis vier, während sie einatmete, und bis sechs bei der Ausatmung. So hatten sie es gelernt, bevor sie im Dojo das Training begannen. Sie musste sich konzentrieren, ihre ganze Energie darin bündeln, die Hände nach vorne zu bekommen. Sie hatte es mit Schlägen und Tritten bisher tausendfach geübt. Jetzt galt es ernst. Ihre Haut war übersät mit feinen Splittern, die sich vom rohen Holz gelöst hatten. Unten ging das Gespräch weiter.
«Kälin, eine Frage habe ich noch.»
«Ja?»
«Wann genau kommt das Benzin zum Einsatz?»
«Wenn alle in der Kirche sitzen.»
«Warum leeren wir es nicht zuvor schon aus?»
«Sag du's ihm, Tanner.»
Der gefärbte Haarschopf nickte.
«Hubi, Benzin stinkt und ist flüchtig.»
«Flüchtig?»
«Ja, es verdampft schnell.»
«Alles klar, Tanner. Und wie lange brauchen wir diese Bärte?»
Kälin räusperte sich.
«Bis wir die Sache erledigt haben. Gysel meint, dass es nichts schadet, wenn wir aussehen wie muslimische Fundis. Und die haben Bärte. Weil die Idee ist die, dass der Gysel dem Muslim-Pack die Schuld für das Feuer in die Schuhe schiebt. Einige werden ja irgendwie überleben. Und diese sehen uns, mit unseren Bärten.»
Hubi kam nicht ganz klar.
«Die Bärte, Hubi, dazu Morgenmäntel.»

«Wir spielen Kanaken?»
«Erfasst, Hubi.»
«Und wie merken die das?»
«Wer?»
«Die Überlebenden.»
«Weil wir Sachen rufen wie Allah ben agba, mahad oder so ähnlich.»
«Ach.»
«Ja.»
«Und was heisst das?»
«Irgendwas … Allah ist gross, so was eben, egal.»
Hubi lachte.
«Jetzt ist mir alles klar! Wir zünden die Kirche an, die zum Bersten voll ist, auch dieser Bundesrat sitzt drin. Wir zünden sie also an und sehen dabei aus wie Fundis mit Bärten. Und alle denken, das waren tatsächlich Fundis.»
«Bingo, Hubi, bingo.»
Mit einem stimmlosen Kiai riss Marlen die Füsse durch die Arme hindurch. Das hier war essenzieller als die Übung der Katas. Es ging ums Überleben. Sie hatte mit sich gekämpft und hatte gewonnen. Auf dem Rücken liegend, die Arme noch immer gefesselt, lächelte sie gegen die Ziegel, die über ihr die Wärme speicherten.
Von unten hörte sie die tote Stimme reden.
«Und macht euch auf Gegenwehr gefasst.»
«Gegenwehr?»
«Ja, die Bürgerwehr dieser Sektenheinis wird versuchen, den Anschlag zu verhindern.»
«Davon hast du nichts gesagt, Kälin.»
«Tu ich ja jetzt, Tanner. – Keine Sorge. Die haben nichts als Platzpatronen geladen.»
Während die drei Männer unten lachten und sich gegenseitig zuprosteten, setzte sich Marlen auf und suchte auf dem Estrich nach etwas Brauchbarem. Er war leer, als wäre er geräumt worden. Sie spähte in die Ecken, wo das Dach den Bretterboden abgrenzte. Im Dämmerlicht entdeckte sie einen Gegenstand und robbte leise näher. Sie klaubte mit den Fingern der zusammengebundenen Hände einen Löffel hervor.

Ausgerechnet. Von allen Werkzeugen war dies das nutzloseste. Wie sollte sie damit die Fesseln durchtrennen oder sich verteidigen? Marlen blieb eine Weile sitzen, bis ihr klar wurde, dass die Stelle rund um den Kamin gemauert war. Leise bewegte sie sich dorthin. Als sie mit der Arbeit beginnen wollte, hörte sie die Scharniere der Dachluke jammern. Sie legte sich hin und stellte sich schlafend. Ein Feuerzeug erhellte den Raum. Die Treppe knarrte. Die tote Stimme unten rief «Hubi!». Dann ging die Luke wieder zu. Marlen blieb liegen und horchte. Weitere Büchsen wurden geöffnet. Die Männer lachten. Sie richtete sich auf und begann, den Griff des Löffels am Sandstein zu schleifen.

30

Galati rutschte tiefer in den Sitz und rückte den Innenspiegel zurecht.

«Hören Sie auf, nach hinten zu starren! Sagen Sie mir, wo's langgeht!»

Cobb drehte sich im Sitz um.

«Wie?»

«Wo's langgeht, sollen Sie mir sagen, verdammt!»

Der Pick-up holte auf.

«Was weiss ich. Weiter vorne links runter!»

Der Wagen wurde nach vorne geschoben. Die Stossstangen kreischten.

«Wo vorne?»

Galati gab alles, um den Pick-up hinten zu halten.

«Da vorne!»

«Ich kann nichts erkennen!»

«Es ist noch nicht zu sehen.»

Sie schwenkte hart nach rechts, um dem Verfolger den Weg abzuschneiden. Der Wagen schrammte an einer Wand entlang. Cobb sah, wie der vordere Teil des Pick-ups sich in der Wand verfing und sich einmal um die eigene Achse drehte.

«Wo haben Sie gelernt, so zu fahren?»

«Taxi. Da kommt das Arschloch wieder! Wie weit noch?»

«Bald ist es zu sehen.»

Cobb erschrak, wie schnell die Lichter näher kamen.

«Da vorne, nach der Bushaltestelle.»

Anna Galati machte keinerlei Anzeichen, das Tempo zu drosseln. Als sie auf der Höhe der Bushaltestelle angekommen waren, schaltete sie in den zweiten Gang. Der Motor heulte auf. Sie riss das Steuer nach links in die verkehrsberuhigte Strasse. Der Wagen flog über eine Schwelle. Cobb drehte sich um und sah den Pick-up vorbeirasen. Anna Galati wich einmal nach rechts, dann nach links zwei Blumenkisten aus. Cobb stützte sich mit der einen Hand am Armaturenbrett ab, mit der anderen hielt er sich an der Halteschlaufe. Ein nächtlicher Heimkehrer bemerkte erst spät, dass er nicht der alleinige Herr der Strasse war. Er sprang in eine

Parklücke und riss einige Velos mit, ehe er auf einem Haufen Abfallsäcke liegen blieb. Galati starrte in den Rückspiegel.

«Da ist der Scheisskerl wieder.»

«Vorsicht, verflucht, die Kurve!»

Sie riss das Steuer nach links, der Wagen scherte aus, sie gab Gegensteuer. Der Wagen rutschte mehr durch die Eisenbahnunterführung, als dass er rollte.

«Zünden Sie mir eine Zigarette an.»

«Was?»

«Zigarette! Sind Sie schwerhörig, verdammt?»

Cobb nestelte in seinem Anzug.

«Warum tun Sie das?»

«Ich hänge am Leben.»

«Nein. Das mit den Männern und dem Wasser.»

«Rache. – Wo bleibt die Zigarette?»

Cobb schüttelte die Packung und suchte nach dem Feuerzeug.

«Gleich so weit. – Rache für wen?»

«Meine Nichte.»

«Was ist passiert?»

Cobb zündete die Zigarette an und reichte sie ihr.

«Danke. In den Wasserfall gesprungen. Von der Eisenbahnbrücke.»

Cobb blitzte der rothaarige Junge durchs Gehirn. Die blasse Stelle an der Wand im Wohnzimmer der Familie Beck. Er schaute nach hinten. Ein paar Scheinwerfer schleuderten ihm Licht aus der Unterführung entgegen.

«Was hat der Pick-up damit zu tun?»

«Gehört nicht zum Plan. – Wo weiter?»

«Über die Hauptstrasse und geradeaus.»

«Abwärts?»

«Immer runter.»

Anna Galati gab sich keinerlei Mühe, auf Eventualitäten wie Verkehr zu achten. Sie preschte über die Hauptstrasse, vorbei an einer dunklen Wiese zur Rechten. Sie machte das Licht aus. Cobb keuchte.

«Jetzt rechts.»

Sie fuhren an den Rhein und über die Brücke nach Flurlingen. Anna Galati konzentrierte sich darauf, den Wagen in der Fahrbahn zu halten. Stahlträger sausten am zerschossenen Fenster vorbei. Sie bog nach rechts ab und folgte dem Rheinlauf. Zuerst schien es, dass der Verfolger die Abzweigung verpasst hatte. Bald aber waren die zwei Lichter wieder zu erkennen. Anna Galati fluchte, trat hart auf die Bremse und riss das Steuer herum.

«Endstation.»

Cobb und Galati rissen die Türen auf und rannten in die Dunkelheit. Als sie im Wald angekommen waren, hörten sie die Bremsen des Pick-ups kreischen. Galati trieb Cobb an weiterzurennen. Nach kaum hundert Metern dachte er, die Beine würden unter ihm wegsacken, Cobb spuckte Schleim und gab sich Mühe weiterzukommen. Wo blieb der Adrenalinkick, der Menschen zu Höchstleistungen antrieb? Galati reichte ihm die Hand und zog ihn mit. Er strauchelte hinter ihr her, bis die Lungen streikten. Er erhielt einen Stoss und kippte vom Waldweg hinunter ins Gebüsch. Cobb öffnete den Mund und kämpfte um Luft. Sie lag neben ihm und zischte ihn an, endlich ruhiger zu atmen. Unter ihnen gluckste das Wasser dem Rheinfall entgegen. Cobb hörte, wie ein Fisch sprang. Dann von weiter weg Schritte auf dem Kiesweg. Diese kamen auf sie zu und entfernten sich wieder. Der Killer war an ihnen vorbeigerannt. Cobb wollte aus dem Versteck hervorkriechen, aber Galati hielt ihn zurück. Sie lauschten in die Dunkelheit. Weit weg hörten die Schritte abrupt auf. Galati suchte den Boden ab und kriegte einen faustgrossen Stein zu fassen. Die Schritte kamen wieder näher. Galati richtete sich auf und schleuderte den Stein die Böschung hoch. Sofort blieben die Schritte stehen, bewegten sich dann vorsichtig und entfernten sich in die Richtung, in welcher der Stein einige Äste abgebrochen hatte.

Als Galati Cobb bedeutete weiterzurennen, sah sie, wie er sich ins Gebüsch erbrach. Er wischte sich den Mund ab und hielt sich an den Zweigen fest, um auf den Waldweg zu gelangen. Er rutschte aus und fluchte leise. Sie bedeutete ihm, endlich still zu sein. Dann packte sie ihn wieder am Arm und zog ihn den Weg hoch zum Schloss Laufen.

***

Gilbert stand oberhalb des Waldweges und lauschte. Sie hatten ihn reingelegt, ohne Zweifel. Unten plätscherte der Fluss. Jetzt, wo er stillstand, wurde das Wasser immer bedrohlicher.

Seine Gedanken rauschten vierzig Jahre zurück. Genau wie jetzt stand er oben. Unten war Vater eben dabei, eine Forelle auf einen Ast zu spiessen. Der Rauch des Feuers zog durch die enge Schlucht. Seine Mutter lag mit offenem Bikinioberteil auf einem Stein. Er selbst zerdrückte Ameisen und schaute fasziniert zu, wie andere Ameisen herankrabbelten, um ihre Toten zu bergen. Auch die zerquetschte er mit seinem kleinen Daumen. Es war ein nettes, kleines Ameisen-Massaker. Gilbert sah hoch, als er den Ton hörte. Erst wummerte es, dann explodierte das Wasser. Gilbert sah, wie eine braune Welle die Steine verschluckte, wie kleine Bäume sich in der Schlucht verkeilten. Gilberts Mutter war aufgesprungen. Die Welle prallte gegen sie und riss sie mit. Auch vom Vater war nichts mehr zu sehen. Gilbert rannte dem Wasser nach und schrie nach seinen Eltern, aber da war er längst Waise.

Gilbert suchte in seinen Taschen nach einer Pistazie. Er nahm sie in den Mund und biss drauf. Der kurze, stechende Schmerz holte ihn in die Gegenwart zurück. Er schob das Wasser aus seinem Bewusstsein und rutschte auf den Waldweg zurück. Als er weiter oben auf dem Weg einige kleine Steine davonrollen hörte, lächelte er und setzte sich in Bewegung.

***

Cobb und Galati waren oben auf dem Parkplatz beim Schloss Laufen angelangt. Unter ihnen stürzte der Rheinfall in die Tiefe, die Eisenbahnbrücke hob sich dunkel von der Gischt ab. Der schwarze Himmel verfärbte sich in ein dunkles Blau. Am Horizont tiefes Rot. Cobb stützte sich an einem Baum ab und rang nach Atem. Galati war vorausgerannt und rüttelte am Eingang zum Restaurant. Als sich nichts rührte, packte sie Cobb und zog ihn weiter. Er schrammte sich die Ellbogen an der Schlossmauer auf, zerkratzte sich das Gesicht an den Ästen und stolperte über Wurzeln. Er war eben stehen geblieben und wollte sich weigern weiterzurennen, als neben seinem Kopf der Verputz der Mauer weggesprengt wurde. Ein Projektil war eingeschlagen.

Die beiden duckten sich und kämpften sich weiter. Als sie dem Lauf der Mauer folgend rechtwinklig abbogen, schlug ihnen das Tosen des Rheinfalls entgegen. Wieder spritzten Teile von der Mauer. Galati zog Cobb hinunter zum Rhein.

«Zieh deine Jacke aus!»

«Wie?»

«Jacke ausziehen. Und das Hemd.»

Cobb sah ihren nackten Rücken und den Verschluss des BHs. Mit der Linken war sie damit beschäftigt, das T-Shirt vollends über den Kopf zu ziehen. Cobb liess sein Jackett und Hemd im Gebüsch hängen.

«Jetzt die Schuhe!»

Sie lief bereits barfuss. Cobb weigerte sich. Sie zog ihn weiter hinunter, das Tosen des stürzenden Wassers machte jede Verständigung unmöglich. Sie hatten den Schutz der Burgmauer verlassen. Ein Projektil schlug in den Stamm einer Eiche. Cobb rannte weiter, bis er realisierte, dass der Wald aufgehört hatte.

«Schuhe weg!»

Jetzt gehorchte er. Unter den Füssen spürte er Beton. Die Bäume lagen hinter ihnen. Von rechts oben schien der Rheinfall auf sie zu fallen. Sie rannten auf das Ende einer Kanzel zu, die unterhalb des Wasserfalls über den Fluss ragte. Galati zerrte ihn weiter. Sie schwang sich auf die Brüstung. Cobb kletterte hinterher. Sie schrie ihm zu, dass er springen sollte. Cobb hielt sich an einer Stange fest und wollte sie nie wieder loslassen. Unter ihnen rauschte das Wasser weg. Galati hielt ihn fest und liess sich fallen. Cobbs Hände glitten ab. Gemeinsam stürzten sie und verschwanden in der Gischt.

31

«Was machst du denn da?»

«Wonach sieht es aus?»

«Ich sehe einen nackten Polizeiinspektor, der seine nackten Füsse in einen Eimer Wasser hält.»

«Bingo.»

«Schon lange?»

«Konnte nicht schlafen.»

«Frühstück?»

«Ja gerne.»

Susan ging in die Küche. Bärtschi hörte ein leises Klicken. Die Kaffeemaschine lief warm. Eine Schublade ging auf. Dann der Kühlschrank. Das war der Joghurt. Ein Messer spaltete einen Apfel. Susan bereitete das Müesli zu.

Bis vor wenigen Wochen hatte Bärtschis Frühstück mit einem Croissant begonnen, mit Butter und einigen Scheiben Lyoner. Dazu Kaffee mit Milch und Zucker. Dann vielleicht ein weiteres Croissant. Sonntags auch Speck und Spiegeleier.

Seit dem Arztbesuch hatte sich alles verändert. Der Mediziner hatte besorgt ausgesehen, als er die Tabelle mit den Blutwerten erklärt hatte. Da war ein schwarzer Fleck, und der hiess Cholesterin. Eine Substanz, welche die Blutgefässe verklebt, bis das Blut im Herzmuskel stecken bleibt. Oder die Thrombosen auslöste, welche zum Herzen oder ins Gehirn wanderten und dort die Zufuhr abschnitten. Wenn Bärtschi so weitermache, hatte er gesagt, müsse er jederzeit mit einem Infarkt rechnen. Mit einem schnellen, plötzlichen Tod.

Susan hatte sich ein paar Bücher gekauft und Bärtschis Speiseplan radikal umgestellt. Jetzt gab es morgens Müesli. Dazu lauwarmes Wasser. Und einen kleinen Espresso. Sonntags statt in Butter gebratener Spiegeleier ein weiches Ei, welches er wehmütig löffelte.

Immerhin bestand das Müesli jetzt aus Flocken, wie sie in den Gestellen der Warenhäuser zum Verkauf feilgeboten wurden. Die selbst geschroteten und danach eingeweichten Dinkelkörner schmeckten wie selbst geschrotete und eingeweichte Dinkelkörner. Säuerlich und faul. Bärtschi hatte sich geweigert, noch einen weiteren Bissen zu essen. Selbst seine Tochter hatte davon probiert und alles wieder ausgespuckt. Susan hatte beleidigt über ihrem gesüssten Tee mit Milch gesessen, als Bärtschi den klebrigen Inhalt der Schüssel mittels Klospülung verabschiedete.

Als das Müesli auf dem Tisch stand, setzte sich Leila verschlafen zu den Eltern. Sie verdrückte ein Stück Brot, während sie über Mathe-Aufgaben brütete. Sie kaute und fluchte. Bärtschi schöpfte und löffelte die Schüssel leer, bevor er sprach.

«Um was geht es denn?»

«Lass mich doch in Ruhe.»

Leila klemmte die Hefte unter den Arm und ging ans Telefon. Sie wählte eine Nummer. Nach einer Weile hängte sie wieder auf.

«Freundinnen. Wenn man sie braucht.»

Bärtschi schüttelte seine Füsse trocken und ging in die Küche. Die Kaffeemaschine übertönte den Anruf, der folgte. Leila stand neben ihm und hielt ihm den Hörer hin. Bärtschi sah sie fragend an. Sie zuckte die Achseln.

«Ja. Bärtschi.»

«Hier Straumann.»

«Gute Nachrichten?»

«Leider nein. Eine Leiche.»

«Leichen sichern unseren Job, Straumann. Wieder Kopf unter Wasser?»

«Unappetitlicher.»

Bärtschi trank den Espresso leer und stellte die Tasse wieder unter die Maschine. Dann führte er eine weitere Kaffeehülse ein.

«Wie?»

«Der halbe Kopf ist weg.»

Die Kaffeemaschine meldete, dass Wasser nachzufüllen sei.

«Wo?»

«Wir nehmen an, dass es sich um Haag handelt. Im Altersheim.»

«Haag. Der mit den gehäuften Todesfällen?»

«Ja der.»

«Ich ziehe mich an.»

«Bis gleich.»

«Ja. Bis gleich. Tschau.»

Leila stand im Türrahmen.

«Ich habe gehört, du fährst Richtung Altersheim.»
«Ja. Ins Altersheim.»
«Nimmst du mich ein Stück mit?»
«Du fährst nicht mit dem Velo?»
«Nein. Ist zu heiss. Ausserdem …»
«Ja?»
«Jemand hat es gestohlen.»
«Ach. Hast du es schon der Polizei gemeldet?»
«Paps, kannst nicht du –»
«Vergiss es. Dafür bin ich nicht zuständig.»
«Du bist ein Aas.»
«Ja, vielleicht. Ich ziehe mich jetzt an.»

Nachdem Bärtschi seine Tochter an einer Ampel hatte aussteigen lassen, steuerte er auf die andere Stadtseite. Der Tag hatte hell und heiss begonnen. Jetzt verblasste das Sonnenlicht. Schleier zogen sich am Himmel zusammen. Es wurde dunkler, blieb aber schwül.

Er liess den Wagen bei der Bushaltestelle vor dem Altersheim stehen. Drinnen nickte ein Uniformierter mit feuchtem Gesicht und deutete nach rechts. Bärtschi folgte dem Gang, bis er auf Straumann stiess. Der hatte in seinem beigefarbenen Regenmantel vor einer Tür gewartet. Bärtschi ging in die Wohnung. Die Spurensicherung bewegte sich vorsichtig zwischen den Glasscherben. Auf dem Boden lag ein Körper mit der Andeutung eines Kopfes. Biomasse klebte auf dem Teppich, an den Wänden und an einem zerschossenen Computerbildschirm. Bärtschi war froh, dass er weder Eier noch Wurst gegessen hatte. Beim Anblick dieser Sauerei rülpste das Müesli hartnäckig die Speiseröhre hoch.

Straumann hielt einen Plastikbeutel auf. Ein Mann der Spurensicherung fummelte mit einer Pinzette ein blondes Haar hinein. Bärtschi schaute zu. Straumann nickte in Richtung Küche. Dort sass eine Frau mit dunklen Augenringen. Sie hielt eine Tasse Kaffee in den Händen und starrte den Backofen an. Bärtschi setzte sich zu ihr an den Küchentisch. Sie blickte kurz auf und sah wieder weg. Bärtschi räusperte sich.

«Es tut mir leid, dass wir Sie noch hierbehalten mussten.»
«Hierbehalten?»

«Sie sind doch die Nachtschwester.»

«Ja. Und die Nachtschwester lag bereits im Bett, als der Anruf kam.»

«Warum sind Sie rangegangen?»

«Bin heim gekommen, habe meinen Sohn in die Schule geschickt. Und dann dachte ich, es ist was mit ihm, als das Telefon ging.»

Sie nahm einen Schluck aus der Tasse.

«Aber es war nicht mein Sohn. Es war einer Ihrer Beamten.»

«Ihr Sohn, ich meine, wie alt ist der denn?»

«Was geht Sie das an?»

«Nichts.»

«Eben.»

Sie starrte eine Weile ins Nirgendwo, bevor sie weiterredete.

«Sie denken, warum kann der Sohn nicht für sich allein sorgen. Kann er nicht. Er ist erst neun.»

«Das heisst –»

«Richtig, Herr Kommissar. Während ich hier arbeite, verbringt mein Sohn die Nacht zu Hause.»

Jetzt war es Bärtschi, der ins Leere starrte. Dann stand er auf und schaute aus dem Fenster.

«Frau …»

«Meister. Gabi Meister. Hören Sie, Herr Kommissar. Gestern war hier einiges los. Eine Vernissage. Die Frau Lüginbühl ist gestorben. Diese Hitze macht hier allen zu schaffen. Und dann kam dieser Mann. Haag sagte mir, dass er einen Mann treffen würde. Aber wie konnte ich wissen, dass dieser Mann –»

«Frau Meister. Wie sah er aus, dieser Mann?»

«Eher gross. Etwas untersetzt. Die Haare waren, glaub ich, blond.»

«Eventuell blond?»

«Ich weiss, das tönt doof. Aber ich kann mich nicht erinnern. Ich sehe bloss noch so einen ungemachten Kopf vor mir.»

«Und ein Gesicht mit einer schmalen, langen Nase drin.»

«Vielleicht war sie mal schmal gewesen. Die Nase des Mannes war geschwollen. Geschwollene Nase in weichem Gesicht. Und er trug einen Kittel, dazu Jeans, glaube ich.»

«Danke, Frau Meister. Ihr Sohn kommt wohl bald aus der Schule. Sehen Sie zu, dass sie noch einige Minuten Schlaf erwischen.»

«Das heisst, dass ich jetzt gehen kann.»

«Ja, genau. Vielen Dank.»

Gabi Meister schüttete den Rest des Kaffees in sich hinein und verabschiedete sich.

Bärtschi suchte Straumann und fand ihn draussen auf dem Sitzplatz. Er begutachtete einen Draht, welcher auf Höhe der Fussknöchel gespannt war. Bärtschi beobachtete ihn, wie er dem Draht folgte und vor einigen Blechbüchsen stehen blieb. Straumann rüttelte mit dem linken Fuss am Draht. Die Blechbüchsen schepperten gegeneinander. Er tat die Hände in die Hosentaschen und ging den Draht entlang. Auf der Höhe der Balkontür blieb er stehen und bückte sich. Er legte den Kopf auf den Boden und schielte über den Rasen. Dann trat er vorsichtig über den Draht und ging auf alle viere. Er fuhr mit der Hand leicht über die Halme.

«Und hier ist er hingefallen.»

«Kannst du mir sagen, wer angerufen hat?»

«Eine Frau Suvakovic. Willst du sie sehen?»

«Natürlich.»

«Ich fand, sie sah ziemlich beschäftigt aus.»

«Sag ihr, ich warte in der Cafeteria.»

Straumann bückte sich erneut über die Grashalme. «Und in die Richtung ist auch jemand gefallen.»

«So doof kann einer allein gar nicht sein.» Bärtschi lächelte müde.

«Wie?»

«Fällt zweimal über denselben Draht.»

«Dann sind also zwei gefallen?»

«Schon möglich. Ich brauch jetzt einen Kaffee.»

Die Cafeteria wirkte hell und steril. An den Wänden hingen Bilder. Pferde waren zu erkennen. Pferde, geschmückt mit Zirkus-Pomp, Pferde, die sich vor Sonnenuntergängen bäumten, und Pferde, die einen Strand entlanggaloppierten und Wasser aufspritzten.

Bärtschi sass vor einem Kaffee und schaute in die Runde. Er sah Menschen, die mal ein Leben gehabt hatten. Jetzt sassen sie an den Tischen oder auf Rollstühlen und warteten. Einige kauten still vor sich hin, andere sassen zusammen. So sah in etwa Altwerden aus.

Er erinnerte sich, in der Ablage des Verkaufstresens Croissants gesehen zu haben. Cholesterinbomben, wie seine Frau zu sagen pflegte. War es nicht besser, dem Cholesterin zum Opfer zu fallen, als langsam die menschenwürdigen Funktionen abzugeben, um endlich als sabberndes Etwas in die Grube zu sinken. Bevor Bärtschi in deprimierenden Gedanken versank, stand er auf. Er schnappte sich ein Tablett und einen Teller. Diesen füllte er mit drei Croissants. Abschliessend goss er sich eine grosse Tasse Kaffee ein, mit Milch und Zucker. Er bezahlte an der Kasse und ging zurück an seinen Tisch.

Ein älteres Semester sass jetzt da vor einem Teller mit Brot, Butter und Konfitüre. Bärtschi grüsste und biss in den von Butter getränkten Teig. Nach dem zweiten Bissen sah der Mann hoch und lächelte. In gebrochenem Deutsch begann er zu reden.

«Der Chef ist uns vorangegangen.»

«Wie bitte?»

«Ja, ja, Sie wissen, was ich meine.»

Der Alte trank den Kaffee leer und knallte die Tasse auf das Tablett. «Wäre interessant zu wissen, wer jetzt die ganzen Säcke fährt. Egal. Ich tu mir das nicht an.»

Bärtschi lächelte und kaute.

Der Alte stand auf und beugte sich zu Bärtschi hinunter. «Na denn. Machen Sie's gut. Ich werde mich bestimmt gut amüsieren, ohne den lieben Gott.» Er schlurfte davon, blieb stehen und kam zurück. «Den Gott, den die brauchen, den können sie sich wohin schieben.» Er kicherte und machte sich vom Acker. Einer Frau hinter dem Tresen winkte er zu und rief: «Viva Italia!»

Niemand nahm Notiz. Bärtschi sah sich um und klaubte sich das Messer des Alten. Er stach in die weiche Butter und schmierte sie auf ein Croissant. Ein herrlicher Bissen. Während er kaute, kam eine schwarzhaarige Frau auf ihn zu. Sie setzte sich, wischte den Teller des Alten zur Seite und lächelte Bärtschi an.

«Da bin ich.»

«Schön. Frau Suvakovic?»

«Sie wollen bestimmt wissen, wie ich auf Herrn Haag aufmerksam geworden bin.»

«Ja, genau.»

«Nun, Herr Haag pflegte morgens um neun Uhr vom Jogging zurückzukommen. Heute war das nicht der Fall. Also bin ich nachschauen gegangen.»

«Weil er einmal nicht joggen war?»

«Ja. Er hat nämlich jedes Mal die verschwitzte Wäsche vor die Tür gelegt. Damit sie gewaschen wird.»

«Und heute lag da keine Wäsche.»

«Nein.»

«Und da sind Sie reingegangen, um die Wäsche abzuholen.»

«Nein. Ich habe geklopft. Und als niemand antwortete, bin ich reingegangen.»

«Und da sahen Sie ihn liegen?»

«Ja.»

«Und?»

«Und was?»

«Der Anblick.»

«Ach der. Ich arbeite seit zwölf Jahren bei der freiwilligen Feuerwehr. Was wir schon aus Unfallwagen gezogen haben, davon machen Sie sich kein Bild.»

«Nein. Lieber nicht.»

Bärtschis Handy vibrierte in der Hosentasche. Er nahm ab.

«Hier Lienhard. Bin im Freibad. Am Sprungturm hängt ein Seil mit einem Karabiner dran. Und da liegt noch mehr Seil rum.»

«Interessante Entdeckung, Lienhard.»

«Der Bademeister hat angerufen.»

«Bin unterwegs.» Bärtschi tat das Handy weg. «Noch etwas, Frau Suvakovic.»

«Ja?»

«Haags Ehefrau. Welche Haarfarbe hat sie?»

«Dunkel. Dunkle Haare.»

32

Schwanninger wäre gern allein gewesen. Schon seit zwei Tagen kam er nicht mehr dazu, in Ruhe das Modell des Bibelparkes zu liebkosen. Und ihm war schwindlig. Er überlegte, ob Gysel oder dieser Gilbert den Notfallarzt anrufen würden, wenn er kollabierte. Und er zweifelte, ob Jesus die Intelligenz besass, zum Telefonhörer zu greifen. Eher würde sich diese Niete hinknien und beten. Der Führer der «Christlichen Gemeinschaft des universellen Daseins» stützte sich mit den Händen am Rand der Sitzfläche seines Stuhles ab, um sein Kreuz zu entlasten. In seinem Rücken brannte Capsaicin. Natürlich linderte die Creme die Schmerzen. Aber die Hitze trieb ihm den Schweiss aus der Haut. Und die Tabletten gingen zur Neige. Es war die Hölle. Er griff zu einem Pflanzensprüher und blies sich Wassertröpfchen ins Gesicht. Die Idee war ihm im Morgengrauen gekommen. Er hatte den Verschluss geöffnet, einige Tücher mit Kölnisch Wasser reingestopft und die ganze Angelegenheit mit Wasser aufgefüllt. Obwohl es inzwischen lauwarm geworden war, fühlte er sich etwas erfrischt. Jetzt setzte er den Pflanzensprüher ab und versuchte schockiert dreinzuschauen.

«Nein. Wie konnte das passieren?»

Gilbert zerdrückte Salzstangen und bröselte sie über das Modell. Jesus faltete die Hände. Gysel blieb stehen. «Eben hat ihn die Polizei gefunden.»

«Todesursache?»

«Er hat – wie soll ich sagen? – er hat den Kopf verloren.»

Schwanninger wuchtete sich hoch und stützte sich am Tisch ab.

«Meine Herren. Es ist die Aufgabe der Polizei, den Bürger zu schützen. Zu schützen vor diesem Abschaum, der nichts Besseres zu tun hat, als ehrliche Bürger nachts in ihren Betten aufzusuchen. Gestalten, welche die Wehrlosigkeit unbescholtener Menschen ausnützen, ihre Friedfertigkeit, die über deren Mitgefühl hinwegsehen und sie kaltblütig – ich wiederhole: kaltblütig! – ermorden. Wenn die Polizei, und mit ihr das gesamte politische Establishment, nicht fähig ist, ihrer Aufgabe nachzukommen, so ist die Zeit gekommen, dieses Establishment mit Gottes Zorn hinwegzufegen. Meine Herrn, die Zeit ist gekommen, die Zeit ist reif, es ist Zeit, zu handeln. Und zwar nicht übermorgen, nicht morgen. Die Zeit ist reif, heute und jetzt.»

Jesus sah ihn mit feuchten Augen an und klatschte in die Hände, bevor er sich bekreuzigte. Gilbert bröselte weiter. Gysel sah aus dem Fenster. Schwanninger fuhr fort.

«Die Kräfte, welche solches Tun nicht nur billigen, sondern durch ihr Wegsehen auch noch fördern, haben nichts anderes verdient, als dass der Zorn Gottes über sie hereinbreche, dieser Zorn, den Gott selbst unseren Händen und Taten anvertraut hat.»

Jesus schluchzte. Gysel drehte sich vom Fenster weg und starrte Schwanninger an. Der liess die Luft gräuschvoll ab, die er eben eingesogen hatte, um sich endgültig in Rage zu reden, und setzte sich hin. Gysel machte zwei Schritte auf ihn zu.

«Schwanninger. Danke. Es reicht. Anstatt unsere Luft für Gottes pathetische Neigungen zu vergeuden, sollten wir uns überlegen, wie wir die Sache heute ohne Haag zu einem glücklichen Ende bringen. Haags Rolle war, die Alten hierherzufahren. Bisher waren wir zwei, Schwanninger, diejenigen, die sich um die Planung gekümmert hatten. Nun, die Planung ist abgeschlossen. Es braucht uns da nicht mehr. Deshalb werden wir beide die Rollstühle und Gehhilfen samt den Greisen hierherkarren.»

«Denk an meinen Rücken, Gysel.»

«Denk an den Bibelpark, Schwanninger.»

Gilbert erhob sich und verliess wortlos den Raum. Schwanninger klopfte auf den Tisch. Von den Dächern des Modells rieselte es.

«Wo geht er hin?»

«Er hat seine Order.»

«Order. Von wem?»

«Er hat gestern geschlampt. Jetzt geht er aufräumen.»

«Wer ist das eigentlich, dieser Gilbert?»

«Ein Schulkollege.»

«Vom Internat?»

«Ja.»

«Und?»

«Nichts und. Die Eltern sind irgendwo abgesoffen. Er hatte dabei zugesehen. Er lebte am Wochenende bei einer Tante, die regelmässig kulturelle Anlässe auf ihrem Anwesen organisierte. Gilbert brachte am Montag jeweils die aufgebrochenen Packungen mit Apérogebäck mit. Es half ihm allerdings nicht viel.»

«Inwiefern?»

«Wenn einer sich abreagieren wollte, kam Gilbert dran. Bis einem der Jungs einmal der Zeigefinger fehlte. Seit da hatte Gilbert Ruhe. Die Jungs behandelten ihn mit Respekt.»

«Alle Achtung.»

«Ja. Er hat dann Kunstgeschichte oder etwas in der Richtung studiert. Soviel ich weiss, ist er damals ins Geschäft eingestiegen.»

«Geschäft?»

«Ein Auftrag finanzierte ein Semester an der Uni, inklusive Auto und Wohnung. Seit der Sache mit dem Finger blieben wir Freunde.»

«Ach.»

«Ja. Ich hatte ihn geröstet, den Finger, und gemeinsam zwangen wir den Jungen, ihn aufzuessen.»

«Mitsamt der Knochen?»

«Die hat Gilbert zermalmt.»

Jesus sass da und starrte die beiden an. Schwanninger bemerkte den jungen Mann. Er lächelte in seine Richtung und sprühte sich etwas vom verdünnten Kölnisch Wasser ins Gesicht. Jesus bekreuzigte sich und zwang ein Lächeln aufs Gesicht. Schwanningers feuchtes Gesicht strahlte ihn an.

«Gottes Werkzeuge sind uns Unwissenden ein Rätsel, nicht?»

Jesus nickte.

«Zu dir. Wie laufen die Vorbereitungen?»

Der junge Mann stand auf. Der Zettel in seiner Hand vibrierte.

«In einer halben Stunde werden die Waffen an die regionale Widerstandsgruppe der Christlichen Miliz verteilt. Ich werde ihnen die Munition eine halbe Stunde vor dem Beginn der Rede aushändigen. Davor werde ich mich um den Gast kümmern.»

Gysel lehnte sich an die Wand.

«Er ist Mitglied der Landesregierung. Wird er entsprechend betreut werden?»

Jesus' Gesicht wurde rot.

«Ich werde ihm, wie mit Herrn Schwanninger abgesprochen, die Pläne des Bibelparkes vor Ort erklären. Also, nicht die Pläne, sondern den Standort, wie er da draussen steht, wie es abgesteckt ist, meine ich.»

«Ja, das wird ihn interessieren.»

Ein Schaben an der Tür liess die drei Männer einen Moment lang schweigen. Jesus stand auf und öffnete vorsichtig die Tür. Er sah, wie ein Rotschopf die Treppen hinunterrannte. Jesus schrie hinterher und rannte los.

Gysel schlenderte zur Tür und schloss sie. Er ging zurück ans Fenster und sah hinaus. Er lächelte. In weniger als zehn Stunden würde das Land so weit sein, die Initiative mit Handkuss anzunehmen. Das war erst der Anfang. Mit Hilfe der «Christlichen Gemeinschaft des universellen Daseins» und vor allem mit Hilfe der Christlichen Miliz konnte er damit rechnen, dass die Schweiz endlich auf den politischen Kurs einschwenken würde, den er immer verfolgt hatte. Weg mit allem, was schwach ist. Die reine Stärke, die Perfektion, sollte durch reines Tun dieses Land zu einem leuchtenden Stern inmitten all dieser Relativität, die die Welt war, führen. Sein Land würde zu einer Maschinerie, die durch Taten statt durch Diskussionen, durch straffe Regeln statt durch verlogenes soziales Engagement vorwärtskommen würde, eine Insel, die zu beneiden war, ein gelobtes Land, welches sich dank eigener Kraft und Anstrengung abheben würde vom stinkenden Abschaum des restlichen Globus. Ein leuchtendes Bespiel für die, die an die Überlegenheit der weissen Rasse glaubten.

Ein fernes Donnergrollen holte Gysel zurück in die Gegenwart. Er konnte es sich nicht leisten, jetzt abzuschweifen. Die nächsten paar Stunden entschieden über Erfolg und Misserfolg der Mission. Er kramte in der linken Innentasche des Kittels, wählte eine Nummer und klopfte nervös mit Zeige- und Mittelfinger auf den Tisch. Im Modell rieselte es.

«Hier ich. Wie läuft's?»

Gysel hörte eine Weile zu und trommelte weiter mit den Fingern.

«Alles bestens, Kälin? Du sagst, es sei alles bestens? Aus deiner Sicht also klappt alles bestens. Schwachkopf. Ihr habt die Tochter und denkt, jetzt ist Feierabend. Ist es aber nicht. Cobb hört nicht auf, seine Nase in unsere Angelegenheiten zu stecken. Er war diese Nacht bei Haag, als Gilbert ihm einen Besuch abstattete. Und er hatte eine Frau dabei. Die beiden besitzen die Festplatte mit Haags Daten drauf. Es ist eben nicht alles bestens. Gilbert wird sich um die beiden, Cobb und die Frau, kümmern. Ihr macht jetzt Schluss mit der Tochter und kommt her. Vergesst das Benzin nicht.»

Ohne eine Antwort abzuwarten, schmiss er Kälin aus der Leitung. Er wählte eine neue Nummer.

«Deupelbeiss? Hören Sie. Dieser Cobb behindert unsere Arbeit. Er gefährdet die Abstimmung. Würden Sie die Freundlichkeit haben, ihn auf eine andere Geschichte anzusetzen.»

Gysel hörte einen Augenblick zu.

«Ach, fristlos. Das ist natürlich bitter. – Vielen Dank auch.»

Schwanninger war inzwischen in sich zusammengesunken. Er erinnerte Gysel an eine Qualle, die an Land gespült worden war. Der Chef der «Christlichen Gemeinschaft des universellen Daseins» langte in die Tasche seiner Hose und zog eine Folie Ponstan hervor. Er drückte drei Tabletten in die Hand und führte die Hand an den Mund. Die weichen Lippen saugten sie ein. Schwanninger goss mit einer Cola nach. Er versuchte, Gysels Blick standzuhalten.

«Gilbert hat es besudelt. Er hat mein Modell besudelt.»

«Schwanninger, reiss dich zusammen. Ich fahre jetzt in die Stadt und werde dieses Interview im Radio hinter mich bringen. Bin rechtzeitig zurück, um die Alten abzuholen. Ruf mich an, wenn Kälin auftaucht.»

Gysel ging zur Tür hinaus, ohne sich weiter zu verabschieden. Schwanninger überliess sich der Schwere der Betäubungsmittel und Schmerztabletten und liess den Kopf auf die Brust sinken.

Er schreckte hoch, als sich die Luft geräuschvoll den Weg am Schlund vorbei in die Lungen suchte. Er blinzelte etwas. Vor dem Fenster erkannte er Umrisse. Schwanninger rieb sich mit Daumen und Zeigefinger die Augen. Und sah wieder hin. Vor ihm stand Jesus mit einem Gewehr im Anschlag.

«Was tust du da? Wie bist du hereingekommen?»

«Durch die Tür.»

«Ich habe dich nicht gehört.»
«Training. Die Christliche Miliz bietet eine gute Ausbildung.»
«Es scheint so.»
Schwanninger richtete sich auf.
«Und jetzt, mein Sohn, lass dieses Ding wieder sinken.»
Jesus gehorchte. Er trat einen Schritt näher.
«Ich möchte Ihnen danken.»
«Wie bitte?»
«Ich danke Ihnen.»
«Wofür?»
«Dafür, dass Sie sich aufgeopfert haben.»
«Aufopferung ist alles, mein Sohn.»
«Sie haben sich aufgeopfert, um dieses verdorbene Fleisch zu retten.»
«Ach, du sprichst von –»
«Von diesem Weib. Sie haben sich mit ihr vermählt, damit sie ins Himmelreich eingehe.»
«Das hast du schön gesagt. Deine Schwester –»
«Dieses Weib war das Himmelreich nicht wert. Und doch haben Sie –»
«Jeder ist das Himmelreich wert, mein Sohn, jeder. Man muss es nur wollen, und der Herr muss sehen, dass der Wille Früchte trägt.»
«Gut, dann …»
Jesus wandte sich zur Tür.
«Einen Moment noch. Kannst du mit dem Ding da umgehen? Mit Gottes Hilfe, meine ich.»
«Ja.»
«Falls dieser Mann hier auftaucht, dieser Journalist.»
«Cobb?»
«So heisst er. Hab ein Auge auf ihn. Er hat unsere Gemeinschaft verhöhnt.»
«Und damit gegen Gott gefrevelt.»
«Auch das hast du schön gesagt. Schick ihn zur Hölle.»
«Mit Gottes Hilfe.»
«Danke, Jesus.»

33

Für seinen Geschmack und seine Lungenkapazität war er etwas zu lange unter Wasser gewesen. Oben und unten waren eins, ringsum Tosen und Schaum, in allem nichts als Dunkelheit. Panisch hatte sich Cobb an der Frau festgehalten. Sie drohten zusammen abzusaufen. Dann hatte sie ihm eins auf die Nuss gegeben, und der Schlag hatte ihm wieder Klarheit verschafft. Sie hatte ihm befohlen, sich auf den Rücken zu legen. Er folgte und spürte einen festen Griff ums Kinn und wie ihre starken Schwimmzüge ihn vorwärtsbrachten, vorwärts ans rettende Ufer.

Er war barfuss über die Kieselsteine gestolpert, hingefallen. Zitternd hatte er sich der Hosen entledigt. In Unterhosen, barfuss und entkräftet trottete er hinter der Frau her, den weichen Uferweg entlang, vorbei am Schlössli Wörth, die Stufen an den Seiten des Rheinfalles hoch. Sie liessen das Schloss Laufen, den Ort des nächtlichen Treffens mit dem Killer, hinter sich und entfernten sich vom Rauschen des Wasserfalles in Richtung Neuhausen.

Auf der Höhe der Brücke, über die sie vor einigen Stunden geflüchtet waren, blieb die Frau stehen. Sie drehte sich zu Cobb um und nickte mit dem Kopf zum Bahnhof hin.

«Was dagegen, wenn ich mir Zigaretten holen gehe?»

«Nein.»

Daran hatte Cobb auch immer wieder gedacht. Daran und an seine Tochter. Diese Irren hatten sie gefangen, und er musste sie dort rausholen. In jedem Fernsehkrimi war so was eine Angelegenheit von einer Stunde. Cobb stand mit einer gebrochenen Nase da, einer Beule, mit Schürfungen an Ellbogen und Knien und mit nassen und zerrissenen Hosen im Arm. Seit mehr als zwölf Stunden versuchte er seine Tochter «da rauszuhauen», ohne dass er eine Ahnung hatte, wo sie denn rauszuhauen wäre.

Er war frustriert. Vorsichtig setzte er auf dem Naturweg einen Fuss vor den anderen, um ja nicht auf einen spitzen Stein zu treten. Er setzte sich auf eine Bank und wartete. Er wollte jetzt auch rauchen. Rauchen und seine Sinne zusammenbringen.

Anna Galati setzte sich neben ihn und verstaute das Kleingeld im wasserdichten Beutel, den sie um die Hüfte hängen hatte. Sie trug Unterhose und BH und sah einigermassen hinreissend aus, fand Cobb, der ein Bein anzog, um einen Teil seines Bauches zu verbergen. Sie bot ihm eine Zigarette an und kramte ein Feuerzeug aus dem Beutel. Er nahm einen tiefen Zug.

«Ich sitze also neben der Frau, die Männer kopfüber ins Wasser hängt.»

Anna Galati antwortete nicht. Sie stand auf und ging auf den Fluss zu. Sie rauchte die Zigarette hastig zu Ende und zündete sich eine neue an. Dann drehte sie sich zu Cobb.

«Vor drei Monaten klopfte Magda bei mir an, mein Patenkind. Sie wollte weg, weg von dieser Schwanninger-Sekte, weg von meinem Bruder. Heimlich hatte sie sich für die Prüfung an die Schule für Gestaltung in Basel angemeldet. Dazu musste sie Arbeiten einsenden. Sie hatte gezeichnet und gemalt, was das Zeug hielt. Obwohl das in der Sekte verboten ist. Ich hatte sie gefragt, wie sie das vor der Familie verheimlichen konnte. Sie hatte sich ein Versteck unter dem Bett gebaut. Dort lagen die fertigen Arbeiten. Das Wasser, welches sie brauchte, um die Farben zu verdünnen, schmuggelte sie in einer PET-Flasche in ihr Zimmer. Das Papier hatte sie aus der Schule mitgenommen. Sie hatte die Arbeiten eingesandt und meine Adresse als Kontakt angegeben. Tatsächlich. Nachdem sie zwei Nächte bei mir übernachtet hatte, kam die Bestätigung. Sie war zur Prüfung zugelassen. Ich gab ihr das Geld, damit sie den Zug nach Basel nehmen konnte. Kurz, mein Patenkind hatte die Prüfung bestanden. Um sich für den Vorkurs anzumelden, brauchte sie ihre Papiere. Sie fuhr zurück nach Ottlingen. Seither habe ich sie nicht mehr gesehen.»

Cobb stand auf und bat um eine weitere Zigarette.

«Weil sie ins Wasser gegangen ist.»

«Weil sie ins Wasser gegangen ist. Gut recherchiert, Herr Journalist.»

«Der kleine Junge hat mich darauf gebracht.»

«Josef. Mein Bruder hat seine liebe Mühe mit ihm.»

«Dafür dürfte er sich an Jesus erfreuen.»

«Jesus?»

«Der Ältere.»

«Ach der. Der ist ein Arsch. Früher war er ein mitfühlender, netter Junge. Heute ist er ein bösartiges Werkzeug dieses schmierigen Fettsacks.»

Cobb hatte sich wieder auf die Bank gesetzt. Galati setzte sich zu ihm und zündete eine weitere Zigarette an. Cobb sah aufs Wasser.

«Was haben die Männer mit dem Tod Ihres Patenkindes zu tun?»

«In Basel hatte Magda sich tätowieren lassen. Einen kleinen, hübschen Delphin. Das hat mein Bruder natürlich nicht gerne gesehen, er hat sie vor den Rat der Weisen gezerrt.»

«Der Rat der Weisen?»

«Bestehend aus Schwanninger, Wäckerli und Egger. Haag war zufällig anwesend. Er ist nicht eingeschritten.»

«Wobei?»

«Zuerst gab es eine kleine Show, die sich Teufelsaustreibung nennt. Dann wurde sie betäubt. Irgendwer, vermutlich Egger, schnitt ihr die Tätowierung aus dem Fleisch. Als sie wieder zu sich gekommen war, musste sie das sogenannte Ritual der seelischen Reinigung über sich ergehen lassen. Die symbolische Vermählung mit dem Chef.»

«Schwanninger?»

«Ja. Schwanninger. Er hat sie vergewaltigt. Die anderen haben ihm dabei geholfen. Nicht einfach zugeschaut, es geschehen lassen, nein, sie hatten sie festgehalten, damit dieser bleiche, wabbelige Schweinehund sein beschissen widerwärtiges Geschäft erledigen konnte. Egger hat sich einen runtergeholt.»

«Das hat Ihnen Ihr Bruder erzählt?»

«Nein. Als sie tot war, bin ich hingereist. Ich dachte, ich sollte meinem Bruder beistehen. Aber nichts. Hart wie Stein. Ich bin auf ihr Zimmer gegangen und wollte mir weitere Zeichnungen von ihr ansehen. Ich stiess auf ihr Tagebuch. Ich las, was ich lieber nie hätte wissen wollen. Mein Bruder hat zugelassen, dass seine Tochter vergewaltigt wurde. Er hat weggeschaut, seinen Scheissgott vor Augen. Er soll daran zerbrechen. Seine Hölle hat bereits begonnen. Die anderen sollen sterben, wie Magda gestorben ist. Im Wasser.»

«Mit schmerzendem Oberarm.»

«Und mit der Angst.»

«Wie kommt man zu so einem Bruder?»

«Mein Vater war Posthalter. Zusammen mit der Post hat er religiöse Zettel in die Briefkästen verteilt. Mein älterer Bruder ist in seine Fussstapfen getreten. Bevor er sich in Ottlingen niederliess, betätigte er sich als Hardcore-Missionar.»

«Im Sex-Milieu?»

«Nein, Afghanistan.»

«Oh.»

Cobb stand auf und zuckte zusammen. Ein Kieselstein hatte sich in die Sohle des linken Fusses gebohrt.

«Verdammt. – Hier trennen sich unsere Wege. Sie nehmen sich Schwanninger vor, ich werde meine Tochter suchen gehen.»

«Wo ist sie?»

«Ich weiss nicht. Schwanningers Leute haben sie entführt.»

Galati lächelte stumpf.

«Cobb. In Unterhosen wollen Sie davonziehen, um Ihre Tochter zu retten?»

«Egal.»

«Sie brauchen einen Plan. Ich brauche einen Wagen. Weiter geht's.»

34

Durch die Ritzen zwischen den Ziegeln bemerkte Marlen, dass es hell geworden war. Sie blies Sand aus der Furche und setzte den Stiel des Löffels wieder an. Sie hatte leise schleifen müssen, um die Männer nicht aufzuwecken. Sie prüfte hin und wieder die Schärfe der Klinge.

Sie hielt inne, als sie von unten Geräusche hörte. Schwere Schuhe bewegten sich über den Holzboden in die Küche. Der Kühlschrank wurde geöffnet. Sie hörte, wie eine Folie aufgerissen wurde, das Schnippen eines Feuerzeugs, das Scheppern einer Bratpfanne. Als das Öl in der Pfanne leise explodierte, machte sie sich wieder am Löffel zu schaffen. Der Geruch von Speck und Eiern drang zwischen den Holzbalken nach oben. Als die Pfanne vom Herd genommen wurde, bewegte sie den Löffel nur langsam hin und her. Eine Gabel stocherte unten in der Pfanne. Ein Handy ertönte. Jemand fluchte, die Pfanne wurde zurück auf den Herd gestellt.

«Ja. Hier Kälin.»

Sie hörte das Feuerzeug.

«So weit läuft alles nach Plan. Die Kleine da oben verhält sich ruhig.»

Zigarettenrauch drang nach oben. Marlen hörte, wie Kälin einige Male grunzte. Eine Gabel stocherte in der Pfanne. Kälin verabschiedete sich mit vollem Mund. Sie hörte ihn noch dreimal den Rauch der Zigarette ausblasen. Dann ging die Tür, die Holztreppen knarrten. Marlen rollte sich zusammen und blinzelte. Den Löffel hielt sie in ihren Armen versteckt. Sie stach sich aus Versehen mit der Spitze der Klinge in den Unterarm. Sie beobachtete, wie die Dachluke geöffnet wurde. Ein Kopf mit Bart zeichnete sich gegen das helle Licht ab.

Kälin stand jetzt auf dem Dachboden und schloss die Luke. Sie sah ein paar Kampfstiefel, die auf sie zukamen. Sie blieben vor ihr stehen. Marlen versuchte ruhig zu bleiben. Schwerfällig stellte Kälin ein Knie vor ihr auf dem Boden ab. Es roch nach alter, modriger Kleidung, nach Rauch, Schweiss und Alkohol. Sie öffnete die Augenlider ein wenig und sah das Muster eines Kampfanzuges, einen Gürtel und daran ein Messer baumeln.

Als sie spürte, wie ein Finger über ihren Rücken fuhr, zuckte sie unmerklich zusammen und biss auf die Lippen, um nicht loszuschreien. Ihre Hände krampften sich um den Löffel, sie spürte die Spitze des Stieles an der Innenseite des Unterarmes. Kälin keuchte leise. Sie roch den Speck und die Eier. Kälin stiess es säuerlich auf, als die Hand versuchte, um ihre Seite zu gelangen, und sich dem Busen näherte. Sie stellte sich weiter schlafend, während sie sich auf den Löffel in ihrer Rechten konzentrierte.

Jetzt hatte die Hand ihren Busen erreicht. Das Keuchen wurde lauter. Sie zwang sich zu warten. Die Hand drückte zu. Es tat weh. Sie biss die Zähne zusammen. Endlich spürte sie Kälins Atem an ihrem Ohr vorbeischnauben. Ihr Körper zog sich kurz zusammen, dann stiess sie die Hand kräftig nach oben, dahin, wo sie Kälins Gesicht vermutete.

Der Mann grunzte kurz und sackte zusammen. Er lag mit seinem ganzen Gewicht auf Marlen. Sie wand sich unter dem massigen Körper hervor. Als sie neben ihm sass, kippte Kälins Kopf zur Seite. Blut sickerte aus dem Auge, in dem der Stiel verschwunden war. Der Löffel sah aus wie eine schlecht sitzende Augenklappe. Marlen kämpfte gegen die Übelkeit, als sie Kälins Messer aus der Scheide zog. Sie wandte sich ab, zerschnitt die Kabelbinder und rieb sich die Hand- und Fussgelenke.

Die Scharniere der Luke jammerten, als Marlen sie öffnete. Sie setzte vorsichtig einen Fuss auf die Treppe. Das Holz ächzte leise. Marlen hielt die Luft an und stützte ihr Gewicht auf den Holzdielen des Dachbodens ab. Den zweiten Schritt platzierte sie am Rand der Stufe. Lautlos gelangte sie fünf Treppen weiter. Sie lächelte. Die Haustür stand leicht offen. Langsam übertrug sie ihr Gewicht auf die Füsse. Sie kribbelten. Die Bretter quietschten. Marlen blieb stehen und lauschte. Sie hatte noch zwölf Stufen vor sich.

Sie spürte einen Luftzug. Die Haustür ging langsam auf. Ansonsten bewegte sich nichts. Marlen ging einen weiteren Schritt nach unten. Das Holz gab knarrend nach. Unten rechts stand die Tür zum Zimmer, wo die anderen beiden Männer schliefen, offen. Sie roch altes Bier, abgestandenen Rauch und Speck. Die Haustür schlug leise gegen das Holz der Wand. Marlen zwang sich, nicht loszurennen. Die nächsten zwei Absätze gaben kaum einen Ton von sich. Noch neun Stufen.

Langsam änderte die Tür nach draussen die Richtung. Sie knarrte leise in den Angeln. Entsetzt sah Marlen zu, wie sie Tempo zulegte und mit einem lauten Knall ins Schloss fiel. Sie hörte, wie sich einer der Männer auf die Füsse stellte. Eine Büchse fiel um.

«Kälin?»

Schritte. Marlen sprang die restlichen Treppen hinunter. Als sie die Tür aufwuchtete, trat der Mann aus dem Raum. Er kriegte ihre Haare zu fassen. Sie wirbelte herum und biss ihn ins Handgelenk. Er schrie auf. Sie knallte ihm die Tür ins Gesicht. Der Geschmack von Blut begleitete sie über den Kiesplatz. Sie spuckte, rannte an einem VW-Bus vorbei und warf sich ins Gebüsch. Sie blickte hastig zurück und sah, wie zwei bärtige Männer aus dem Haus torkelten. Sie riss sich von den Dornen los und stolperte zwischen jungen Buchen hindurch, als ein peitschender Knall die Luft zerriss.

35

«Schlüssel Nummer vierundzwanzig bitte.»

«Scht!»

Krümel fielen auf die Theke der Rezeption. Der Mann dahinter kaute weiter und hielt ein Radio ans Ohr. Ein Finger drückte auf die Krümel, welche sich vom Sandwich gelöst hatten, und führte sie zurück in den Mund. Die Hand suchte eine PET-Flasche, fand sie und hielt sie an die Lippen. Grosse, laute Schlucke spülten die Krümel in den Magen. Der Mann setzte die Flasche ab und rülpste leise. Endlich stellte er das Radio auf die Theke und stützte sich mit schweren Armen ab. Er sah Cobb und Galati an.

«Da haben wir's. Oben im Freibad haben sie Sachen entdeckt. Karabinerhaken und so Zeugs. Seile auch. Der Mörder wollte wieder zuschlagen. Aber es ist ihm nicht gelungen. Und im Altersheim haben sie eine Leiche gefunden. Übel zugerichtet. Man schreckt heute vor gar nichts zurück. Wenn Sie mich fragen, hat das eine mit dem anderen zu tun. Genau wie dieses Feuer vor zwei Tagen, als dieser Stall vom Lehrer abgebrannt ist. Hängt alles zusammen. Soll ja ein Perverser gewesen sein. So einer von der religiösen Sorte, der's mit den Mädchen treibt. Oder mit den Buben. Egal. Anstelle der Polizei würde ich mal bei den Pädophilen nachforschen, diesen Kinderfickern. Der im Altersheim war sicher auch so einer. Kümmert sich um die Alten und fickt die Kinder. Mir soll's recht sein. Gut fürs Geschäft. Seit gestern ist das Haus voll mit diesen Presseleuten. Bezahlen gute Preise. Im Voraus. Immerhin. Schlüssel vierundzwanzig?»

Galati nickte. Der Koloss legte den Schlüssel hin.

«Sie waren also schon schwimmen. Ist gesund. Normalerweise lasse ich niemanden in Unterhosen nach oben. Aber will mal eine Ausnahme machen. Bei der Hitze. Ist schon die zweite Flasche Cola heute Morgen. Ohne Flüssigkeit geht nichts. Na denn, schönen Tag noch.»

Cobb murmelte auch was von einem schönen Tag. Galati nahm den Schlüssel an sich. Sie ging am Lift vorbei zur Treppe. Nach ein paar Schritten blieb Cobb plötzlich stehen und lauschte. Von oben hörte er eine helle, gequälte Stimme telefonieren.

«Was soll das heissen, Frau Kunz? Cobb arbeitet nicht mehr bei Ihnen? Wo arbeitet er denn jetzt? Fünfhundert, wenn Sie mit der Information rausrücken. Hallo! Frau Kunz? Hallo! – Blöde Schlampe.»

Cobb drückte sich in einen Türrahmen und bedeutete Anna Galati, sich vor ihn hinzustellen. Im nächsten Augenblick hastete ein schmächtiger Mann mit blondierter Igelfrisur an ihnen vorbei. Fink. Sie hörten, wie er den Schlüssel auf die Rezeption knallte.

«Haben Sie ein Telefonbuch?»

«Also, wenn Sie mich fragen, hängt alles zusammen.»

«Ja, sagten Sie bereits gestern. Und?»

«Was?»

«Telefonbuch?»

«Von Schaffhausen?»

«Was sonst. – Sie haben WLAN?»

«Was?»

«Wireless … Internetverbindung?»

«Ich denke schon. Hier das Telefonbuch.»

«Passwort?»

«Das braucht keins.»

«Ich meine vom Internet.»

«Da muss ich meinen Neffen fragen.»

«Mal sehen … Cavaliere … Celli … Christen … hier ist es: Cobb.»

«Wollen Sie telefonieren?»

«Nein. Ich schreib mir die Adresse raus.»

«Hier ein Kugelschreiber.»

«Ich tippe das in mein iPhone.»

«Was?»

Galati fragte Cobb, ob er den Mann kenne. Cobb nickte und erfuhr, dass er das Zimmer neben ihr gemietet hatte.

Nachdem sie die Tür aufgeschlossen hatte, setzte sich Cobb zu den Seilen und Karabinerhaken aufs Bett. Galati öffnete den Schrank und nahm Kleider heraus. Cobb betastete seine Hose. Sie war beinahe wieder trocken. Die Frau verschwand im Badezimmer. Cobb stand auf und balancierte sich in die Hosenbeine.

«Im Kasten gibt's T-Shirts», rief Galati aus dem Badezimmer.

Cobb sah nach und zog sich ein schwarzes T-Shirt über den Kopf. Er ging ans Fenster und sah in die Gasse hinab. Marlen war weg, und unten ging das Leben seinen gewohnten Gang. Seltsam. Unbegreiflich.

Cobb wollte eben vom Fenster zurücktreten, als er auf dem Sims links ein Paar Schuhe stehen sah. Er versuchte, sie mit der Hand zu erreichen. Der Abstand war zu gross. Er sah sich im Zimmer um und stellte einen Stuhl ans Fenster. Jetzt konnte er die Schuhe beinahe greifen. Er lehnte sich weiter hinaus und kriegte den einen zu fassen. Er warf ihn hinter sich ins Zimmer, atmete durch und ging wieder ans Werk. Er dehnte sich, so weit er konnte, und erwischte den zweiten Schuh mit den Fingerspitzen. Er zog ihn etwas näher heran.

Unten verliess Fink das Hotel. Cobb rutschte auf dem Stuhl aus. Der Oberkörper zog ihn nach unten. Mit dem Schuh in der einen Hand stützte er sich an der Mauer ab. Die andere suchte Halt im Fensterrahmen. Es half nichts, er rutschte weiter. Cobb malte sich eben aus, wie gross die Chancen wären, den Sturz zu überleben, als ihn ein Paar Hände an den Füssen packte und zurück ins Zimmer zog. Galati stellte die Füsse auf den Boden und richtete sich auf.

«Das Zimmer hat eine Tür, Cobb.»

Cobb hielt den Schuh in die Höhe.

«War einkaufen.»

«Wie steht's mit dem Plan?»

«Ich brauche ein Auto.»

«Ein Auto ist kein Plan.»

«Kann ich telefonieren?»

«Da.»

Sie deutete auf den Nachttisch. Cobb nahm den Hörer ab und wählte eine Nummer.

«Elvira? Tut mir leid wegen Sushi neulich. Meine Tochter hatte Probleme in der Schule, konnte nicht weg … Telefonieren? Habe eine neue SIM-Karte. Da war deine Nummer nicht drauf … Es tut mir leid, sag ich ja. Ja. Echt. Wie läuft's so? … Ach, die Eule hat den Fall übernommen. Na denn, hoffentlich kann er Polizeimeldungen lesen. – Kleine Frage: Brauchst du heute Vormittag deinen Wagen?

Nur ganz kurz. Wie? Hör mal … ist dringend … ich … – Leck mich. Genau. Du mich auch.»

Cobb knallte den Hörer hin und fluchte.

Anna Galati ordnete die Seile. «Der schwarze Pick-up ist die falsche Fährte.»

Cobb starrte vor sich hin. «Ach.»

«Der wollte nichts anderes, als Haag kaltmachen.»

«Hat er gut hingekriegt.»

«Und er wollte das da.»

Galati kramte in ihrem Beutel und hielt Cobb die Festplatte hin.

«Schauen Sie da rein, wenn Sie ihre Tochter gefunden haben.»

Cobb lächelte.

«Eins nach dem anderen.»

Galati tat die Harddisk zurück in den Beutel. Sie stand auf und streckte sich.

«Sie haben zwei Stunden Vorsprung.»

Cobb sah hoch.

«Auf wen?»

«Mich.»

36

Marlen rannte in die breite Mulde. Sie rechnete mit dem Schwung, der sie auf der anderen Seite wieder hochbefördern würde. Laub und Geäst stoppten sie. Sie fiel hin, rappelte sich hoch und stieg über die dürren Zweige, die unter ihr wegbrachen. Die spitzen Enden schürften die Haut an den Unterschenkeln. Marlen zog sich hoch und schob sich auf allen vieren weiter. Erleichtert spürte sie die lehmige Erde unter ihren Händen. Sie richtete sich auf und kletterte aus der Mulde, zog sich an einem jungen Ahorn hoch und hetzte auf eine Baumschule zu. Bevor sie zwischen den jungen Tannen verschwand, sah sie einen der Männer am Rand der Mulde auftauchen.

«Sie ist definitiv da durchgerannt.»

«Tanner, nicht so schnell. Mein Fuss.»

«Da vorne, bei den Tannen.»

Marlen duckte sich, um unter den grünen Zweigen durchzukommen. Trockene Tannennadeln klebten am Blut ihrer Unterschenkel. Kaum ein Licht drang bis zum Boden. Abgestorbenes Geäst verfing sich in ihrem Rock, zerkratzte die Haut, hielt sie an den Haaren fest, peitschte in die Augen. Sie hielt die Arme schützend vors Gesicht und brach durchs Gehölz, knickte Zweige und stolperte über Wurzeln. Sie blieb kurz stehen, um zu lauschen. Sie hörte Flüche, Verwünschungen und Gejammer. Sie duckte sich und hastete weiter. Endlich wieder Licht. Sie hielt darauf zu, bis sie aus den Tannen hinaus war.

Nachdem sie einen Waldweg überquert hatte, sprang sie über ein vertrocknetes Bachbett, zwängte sich durch Haselstauden an den Rand einer Lichtung. Der Abstand zu den Verfolgern hatte sich vergrössert. Sie gab sich einige Sekunden, um wieder zu Atem zu kommen. Die Luft war schwer und feucht. Über den Bäumen auf der anderen Seite der Lichtung türmten sich Quellwolken. Das Laub zitterte leise.

Marlen verliess den Schutz der Bäume und sprintete über die Lichtung. Sie trampelte Klee nieder, Löwenzahn, Hahnenfuss und Schafgarbe und hinterliess eine Schneise in der Magerwiese. Sie warf Blicke zurück. Die zwei Männer waren noch nicht an der

Lichtung angekommen. Die Füsse stiessen auf der ausgedörrten Wiese ab. Die Muskeln in den Oberschenkeln brannten. Der Puls klopfte hart am Hals. Sie fixierte die Bäume auf der anderen Seite. Die Arme schwangen vor und zurück.

Das Wühlloch eines Wildschweines stoppte den Flug. Ehe sie wusste, was los war, rollte sie über die Wiese und blieb liegen. Schmetterlinge flogen davon. Das Summen von Bienen. Marlen richtete sich wieder auf und fiel hin. Der Knöchel des rechten Fusses schwoll an. Sie stand auf dem linken Bein und versuchte, das rechte zu belasten. Es tat weh, aber es ging. Langsam.

Ein gellender Knall hallte über die Lichtung. Marlen sah hoch. Die Männer traten aus dem Wald und gestikulierten heftig. Der Kleinere der beiden zielte in ihre Richtung. Sie duckte sich und humpelte auf die Bäume zu. Auch vom nächsten Schuss war nur Lärm zu hören. Als sie zurückblickte, riss der Grössere dem Schützen die Pistole aus der Hand und rannte los. Die Brennnesseln brannten an den Beinen, die Dornen kratzten die wunde Haut, als sie zwischen den Sträuchern verschwand.

Der Wald war licht. Marlen humpelte auf einige junge Buchen zu und zog sich an einer hoch. Als sich der geschmeidige Stamm bog, hielt sie sich am nächsten, dickeren fest und kletterte höher, bis sie die ersten Äste eines ausgewachsenen Baumes erreichte. Ihr Gewicht steuerte auf eine Gabelung nahe dem Stamm zu. Sie wechselte von der Buche zu einer Eiche und kletterte einige Meter höher. Von da sah sie Tanner durchs Gebüsch brechen und hörte ihn fluchen. Er drehte sich zur Lichtung und schrie dem anderen etwas zu. Er blieb stehen und schien zu lauschen. Marlen duckte sich hinter den Stamm.

Das Laub raschelte. Als Marlen hinuntersah, legte der andere Mann mit einem Bein eine Schleifspur durchs Laub. Er liess sich neben Tanner auf den Boden fallen.

«Das tut verdammt weh, Tanner.»

Er betrachtete seinen Fuss. Tanner spuckte zu Boden.

«Sie ist definitiv irgendwo in der Nähe.»

«Glaubst du, Tanner?»

«Hubi, jemand, der so auf die Schnauze gefallen ist, kann nicht weit gekommen sein.»

«Ich sehe jedenfalls nichts.»

«Dann halt mal die Klappe.»

Marlen zog sich zurück. Ein Eichelhäher rief rau aus der Höhe. Weiter weg pochte ein Specht auf einen Stamm ein. Ein leichtes Rauschen der Blätter begleitete den hellen, gurgelnden Gesang einer Amsel. Am Rande der Wahrnehmung grollte der Himmel leise.

«Schiess mal in den Wald. Vielleicht schreckst du sie damit auf.»

«Das ist definitiv Kälins Pistole. Wo hast du die her, Hubi?»

«Die lag neben dem Sofa. Dachte, ich schnappe sie mir. Wo steckt er eigentlich?»

«Wer?»

«Kälin.»

«Was weiss ich.»

Marlen beobachtete eine Mücke, die auf ihrem Arm landete. Sie fühlte einen feinen Einstich.

«Tanner, gehen wir zurück und fragen Kälin.»

«Was denn?»

«Wie es weitergeht. Ist der Boss. Was geht uns die Kleine an.»

«Die wäre mich definitiv gerne etwas angegangen, Hubi.»

Hubi lachte.

«Weiss, was du meinst, Tanner.»

«Scheissdauerlauf vor dem Frühstück. Konnte noch nicht mal pinkeln.»

«Hilf mir auf, Tanner, ich hab auch Druck.»

«Schau, wie du zurechtkommst, Hubi.»

Marlen hörte das Gras rascheln. Sie wagte sich vor und sah Tanner ins Laub urinieren. Hubi kam mühsam hoch, rutschte aus und hielt sich an Tanner fest. Der Strahl wackelte. Tanner fluchte, konnte aber sein Geschäft nicht unterbrechen. Endlich stand Hubi und nestelte an der Öffnung der Hose. Tanner schüttelte ab und gab Hubi einen Stoss. Er suchte das Gleichgewicht zu halten und hüpfte auf einem Bein hin und her.

«Jetzt hab ich mich nass gemacht, Tanner.»

Aber Tanner war schon auf die Lichtung getreten. Hubi zog den Reissverschluss hoch und hinkte hinterher. Marlen liess genügend Zeit verstreichen. Als sie sicher war, dass sie allein war, setzte sie sich etwas bequemer hin. Das Fussgelenk pochte. Trotzdem musste sie weiter. Sie fühlte sich durch das, was sie nachts gehört hatte, verpflichtet, so schnell wie möglich nach Hause zu kommen.

Sie kletterte etwas weiter auf den Ast hinaus, erwischte eine junge Buche, erwischte eine zweite und liess sich sanft von Baum zu Baum zu Boden gleiten. Sie setzte den Fuss sachte auf und zuckte zurück. So würde sie nicht weit kommen. Mit ihrem ganzen Gewicht bog sie einen jungen Baum zu Boden, bis er nachgab. Sie drehte die Fasern des Stammes und riss daran. Als sie rückwärts zu Boden fiel, hielt sie eine improvisierte Krücke in der Hand. Sie riss die vorstehenden Zweige und das Ende ab und humpelte los. Sie wusste, sie war irgendwo auf dem Juraausläufer, der Randen heisst. Wollte sie zurück in die Stadt, muss sie sich immer abwärts halten.

Sie mied die Waldwege und hielt nur kurz an Kreuzungen, um der ungefähren Richtung der Wegweiser zu folgen. Einmal drückte sie sich an einen Baum, als sie einen Motor durch die Stille dröhnen hörte. Sie sah einen VW-Bus in Tarnfarben vorbeibrausen. Er hinterliess eine feuchte Spur. Marlen roch Benzin. Sie fasste den Stock fester und versuchte, mit grossen Hopsern weiterzukommen.

Sie erkannte eine Lichtung mit Feuerstellen. Hier waren sie oft hergekommen, früher, als sie noch eine Familie waren. Sie erinnerte sich schwach und folgte mehr der Intuition als einer Richtung. Mit der andauernden leichten Belastung wich der Schmerz aus dem Fussgelenk etwas. Marlen blieb stehen und versuchte ohne Stock ein paar Schritte zu gehen. Kurze Zeit später warf sie den Stock ins Unterholz. Ein Donnerschlag aus dem Nichts liess sie zusammenzucken. Dann rannte sie los. Erst sachte, dann ohne Rücksicht auf die Verletzung.

Der harte Teer schmerzte. Sie lief weiter, vorbei an den ersten Einfamilienhäusern. Dicke Regentropfen verdampften auf dem Asphalt. Sie blieb vor einer Ortstafel stehen. Merishausen. Sie hetzte weiter. An der Hauptstrasse sah sie nach links. Ein Bus fuhr eben an die Haltestelle. Sie schrie ihm hinterher und spurtete los, so gut es ging. Gemächlich setzte der Fahrer den Blinker und fuhr davon. Marlen humpelte aus. Wasser strömte aus ihren Haaren, als sie dem Bus nachsah.

Autos rauschten mit eingeschalteten Lichtern an ihr vorbei. Im Vorgarten eines Hauses sah sie Velos stehen. Sie ging näher. Nicht eines war angekettet oder abgeschlossen. Sie riss an einem Lenker und steuerte das Rad aus dem Garten. Auf dem Trottoir schwang sie sich auf den Sattel. Wasser lief ihr in die Augen. Sie rumpelte vom Bordstein und verlor beinahe die Herrschaft. Ein Auto wich aus und hupte grosszügig. Sie zeigte dem Fahrer den Mittelfinger und trat in die Pedalen. Der Regen kühlte den Schmerz.

37

Nachdem Bärtschi die Fahndung nach Cobb, dessen Tochter und einer blonden Frau hinausgegeben hatte, war er zum Freibad gefahren. Vor dem Eingang hatten missmutige Stammgäste gewartet. Ein Rentnerpaar tat seinen Unmut bei der Frau an der Kasse kund, ein Triathlet im Radfahrerkostüm hüpfte von einem Bein aufs andere, um den Puls zu halten. Einige ältere Damen mutmassten lautstark über Motiv und Täterschaft der «Strickmorde», wie sie die Medien nannten. Andere regten sich über einen Elektriker auf, der sich mit einer Werkzeugtasche Platz verschaffte. Bärtschi hatte sich zwischen den Wartenden durchgezwängt. Im Bad traf er einige uniformierte Beamte. Er hatte ihnen erklärt, dass die Spurensicherung nach Abschluss der Arbeiten im Altersheim im Freibad auftauchen würde. Dann war er zurück in die Stadt gefahren.

Er stand in der Fussgängerzone. Die Passanten schauten verärgert ins Wageninnere. Bärtschi versuchte, die bissigen und wütenden Kommentare zu ignorieren. Schaffhauser reagieren bisweilen empfindlich darauf, wenn ihnen der Platz in der Altstadt von motorisierten Fahrzeugen streitig gemacht wird. Vor allem morgens, wenn Lastwagen, welche die Geschäfte anliefern, die Gassen blockieren. Bärtschi wusste nur zu gut um die aufgeheizte Stimmung.

Eben tauchte ein dunkler Schatten neben Bärtschi auf. Das Wageninnere vibrierte im Takt des Dieselmotors, ein riesiger Reifen kam neben dem Fenster zum Stillstand. Ein Pfiff der Hydraulik beendete das Manöver. Jetzt war es Bärtschi, der fluchte. Der Lastwagen hatte sich zwischen ihn und den Hauseingang, wo Cobb wohnte, gestellt. Er versuchte, die Tür zu öffnen, sie schepperte gegen die Radkappe. Bärtschi versuchte, sich aus dem Auto zu quetschen, gab aber auf. Er kletterte auf den Beifahrersitz und gelangte so nach draussen. Der Chauffeur hatte die hintere Ladeklappe geöffnet. Mit einem Gabelwagen ratterte er über die Pflastersteine. Bärtschi sah ihm nach, bevor er sich zum Eingang begab und klingelte.

Als er keine Antwort erhielt, öffnete er die Haustür und mühte sich die Treppen hoch. Vor der Wohnungstür klingelte er noch einmal. Wieder keine Antwort. Er drückte die Türklinke. Die Tür ging auf. Bärtschi löste den Sicherungsgurt vom Holster seiner Waffe und verschwand in der Wohnung.

Vor der Garderobe lagen Kleider am Boden. Bärtschi nahm die Waffe in die Hand. Er gab der Tür zur Küche einen Schubs. Die Kästen standen offen, die Fliesen voller Scherben, Früchte, altem Brot. Zucker verklebte die Ablage. Aus dem Wohnzimmer knarrte das Leder eines Sofas. Bärtschi hielt den Atem an. Er hielt die entsicherte Waffe vor der Brust, und seine Füsse suchten einen lautlosen Weg durch die Kleiderklüngel. Die Tür zum Wohnzimmer stand offen. Durch den Spalt in der Türangel beobachtete er einen Mann, der in einen Fotoapparat starrte. Bärtschi atmete leise aus. Er stürzte ins Zimmer und richtete die Waffe auf den Mann.

Der Fotoapparat fiel zu Boden. Der Mann glotzte Bärtschi an und rührte sich nicht. Bärtschi sprach als Erster.

«Polizei. Legen Sie sich langsam auf den Boden.»

«Da ist kein Platz.»

Die Stimme des Mannes klang dünn und unangenehm. Erst jetzt bemerkte Bärtschi die umgeschmissenen Stühle, die verstreuten Bücher, CDs und ausgeräumten Gestelle.

«Aufs Sofa. Langsam. Auf den Bauch.»

Der Mann befolgte die Anweisungen. Bärtschi schob mit dem Fuss den Salontisch zur Seite. Illustrierte fielen zu Boden. Er tastete den Mann ab. Erleichtert liess er die Waffe sinken und untersuchte sein Portemonnaie.

«Aha. Viktor Fink. Journalist.»

«Kann ich mich wieder hinsetzen?»

Durchs Polster des Sofas tönte die Stimme angenehmer. Bärtschi murrte zustimmend. Fink richtete sich auf.

«Kann ich das wiederhaben?»

«Was suchen Sie hier, Herr Fink?»

«Darf ich Ihren Namen erfahren?»

«Natürlich. Bärtschi.»

«Ich recherchiere.»

«Verwüsten Sie öfters Wohnungen, wenn Sie recherchieren?»

«Das war ich nicht.»

«Wie meinen Sie das, Herr Fink?»

«Wie ich es sage. Ich bin hier reingekommen, und da hat es bereits so ausgesehen.»

«Hatten Sie eine Einladung?»

«Die Tür stand offen.»

«Also Hausfriedensbruch.»

«Ich bitte Sie. Als Vertreter der vierten Gewalt habe ich die Pflicht, den Bürger zu informieren.»

Fink bückte sich und hob den Fotoapparat auf. Bärtschi stellte einen Stuhl auf die Beine und setzte sich darauf.

«Über unaufgeräumte Wohnungen, Herr Fink?»

«Nein. Über die Strickmorde.»

«Ach. Geben Sie mal her.»

«Den Fotoapparat?»

«Natürlich.»

«Nein.»

Bärtschi erhob sich und setzte sich neben Fink aufs Sofa.

«Herr Journalist. Ich hatte einen anstrengenden Morgen. Ich mag mich nicht streiten. Geben Sie mir den Fotoapparat, ohne dass ich Ihnen wehtun muss.»

«Sie haben kein Recht …»

Es knirschte. Fink hielt sich die Nase. Blut tropfte auf die Kleidung und aufs Sofa. Bärtschi hielt den Fotoapparat in den Händen und beendete den Standby-Modus. Er riet Fink, das Badezimmer aufzusuchen, während er die Fotos betrachtete. Sie zeigten Ausschnitte aus der Wohnung, den Eingang der Zeitungsredaktion, das bis auf die Grundmauern abgebrannte Haus Eggers, Weidlinge, Wäckerlis Haus und Wäckerlis dralle Nachbarin. Sie schaute dumpf aus der Wäsche und zeigte auf den Eingang von Wäckerlis Haus. Ein Bild dieser letzten Serie hatte er bereits in der Boulevardzeitung gesehen. Zusammen mit der Überschrift «Strickmorde – Nachbarin packt aus». Was folgte, waren eine Reihe Mutmassungen über Wäckerlis Privatleben. Dreckige Wäsche. Bärtschi löschte die Bilder und warf die Kamera Fink entgegen, als er ins Wohnzimmer trat.

«Herr Fink, es hat mich gefreut.»

«Ich werde mich bei Ihrem Vorgesetzten beschweren, Herr Bärtschi.»

«Beschweren Sie sich, Fink, beschweren Sie sich. Aber gehen Sie mir aus den Augen.»

Fink holte Luft. Bärtschi stand auf und trat einen Schritt näher. Der Journalist quäkte Worte des Protests und räumte das Feld. Bärtschi lächelte, als die Tür ins Schloss fiel. Er bückte sich und hob ein Fotoalbum auf. Er bemerkte einige leere Stellen und blätterte durch Bilder, die Cobb mit einem Kleinkind zeigten, eine Frau mit demselben Kind. Cobb, der die Frau küsst. Weiter hinten Aufnahmen von hohen Gebäuden, eines Flusses, sie zeigten chinesische Geschäfte, gekochten Hummer und Männer mit Getränken in Papiertüten. Bärtschi legte das Album weg und drückte den Knopf des Telefonbeantworters. Er hörte einer wütenden Frau zu, die versetzt worden war, erkannte das Quäken Finks und die vertraute Stimme seiner eigenen Tochter. Keinerlei Hinweise. Die Spurensicherung würde die Wohnung durchsuchen müssen. Später.

Bärtschi ging auf die Terrasse hinaus. Es war eigentümlich dunkel geworden. Weltuntergangsstimmung. Unten in den Gassen war die Beleuchtung angegangen. Gelbe Wolken standen still am Himmel. Weit weg leuchtete ein Blitz. Bärtschi zählte und kam auf einundzwanzig Sekunden, bis er die Ahnung eines Donners vernahm. Die Welt stand still, die Untersuchungen bei Haag hatten noch keine weiteren Ergebnisse hervorgebracht, Cobb blieb verschwunden. Bärtschi kriegte Hunger.

38

Der gute alte Handwerkertrick. Nachdem sich Gilbert durch die wartenden Badegäste gedrängelt hatte, konnte er die Frau an der Kasse davon überzeugen, dass im Restaurant des Freibades die Kühlbox repariert werden musste. Jetzt stand er neben den Garderoben und sah sich um. Er musste näher an den Sprungturm herankommen. Im Geräteschuppen stellte er den Handwerkerkoffer ab und steckte die Pistole in den Gurt. Als er eine Harke vom Bügel an der Wand nahm, entdeckte er ein paar rote Crocs. Auch ein orangefarbenes T-Shirt hing über einen Bügel. Aufschrift «Badeaufsicht». Perfekt. Das T-Shirt stank und schlabberte an seinem schmächtigen Körper. Aber es versteckte die Waffe. Die Platzwunde an der Stirne bedeckte er mit einer Schirmmütze.

Gilbert harkte sich rückwärts vorbei an Bambusstauden auf den Sprungturm zu. Beim Restaurant flogen Spatzen auf, die auf ihre tägliche Ration Krümel warteten. Eine Tamilin wischte die Tische ab und schien das Treiben nicht zu beachten. Gilbert drückte sich an Büschen und Tischen vorbei, bis er stehen blieb und sich mit dem T-Shirt den Schweiss vom Gesicht putzte. Als er zum Sprungturm hochsah, fielen ihm zuerst die dunklen Wolken auf, die sich hinter dem Juraausläufer türmten.

Auf dem Sprungturm war ein Mann in Uniform damit beschäftigt, mit einem Lot und einem Massband die Höhe zu messen. Dazu musste er sich aufs Sprungbrett stellen. Er hielt sich am Rand der Brüstung fest und bewegte sich unsicher. Gilbert fühlte mit ihm. Das da unten war Wasser. Wasser war der Tod.

Ein anderer kam die Treppen hoch, entnahm einer Tasche einen Fotoapparat und drückte ein paar Knöpfe. Dann hielt er die Linse auf den Karabiner gerichtet. Gilbert drehte sich weg, um nicht im digitalen Archiv der Polizei Schaffhausens zu landen. Er wurde auf einen Typen im Regenmantel aufmerksam, der einen Mann zusammenstauchte, der locker Gilberts T-Shirt ausgefüllt hätte.

«Dass Sie ein Handy haben und eine Freundin, die beim Radio arbeitet, berechtigt Sie nicht automatisch, diese Freundin auf deren Handy anzurufen.»

«Ich dachte, das wäre –»

«Eine Sensation? Natürlich ist das eine Sensation. Eine derart sensationelle Sensation, dass wir alle Arschlöcher hier rumlungern haben, die Zeitungsseiten und Sendegefässe füllen.»

Der Polizist im Regenmantel liess den Mann stehen und scheuchte eine Handvoll Journalisten weg vom Schwimmbecken zurück auf die Wiese. Mikrofone wurden ihm vor den Mund gehalten, Kameras schwebten über den Köpfen. Während dieser Polizist die Journalisten in Schach hielt, rollte ein Beamter ein rotweisses Markierungsband ab und spannte es zwischen die Meute und den mutmasslichen Tatort. Gilbert fühlte, wie seine rechte Schulter berührt wurde. Er wirbelte herum und sah einen Mann, der ihn an einen Vogel erinnerte.

«Eulacher. Vom Tagblatt. Können Sie mir sagen, was hier los war?»

«Hau ab, Arschloch.»

«Ich muss doch bitten.»

Gilbert platzierte den Ellbogen in die Seite des Journalisten. Der krümmte sich und rang nach Luft. Ein Beamter wurde auf ihn aufmerksam und stellte sich vor ihn hin.

«Gilt auch für Sie, Eulacher. Los, hinter das Markierungsband.»

Eulacher keuchte. «Der Mann hat –»

«Nichts hat er. Hier sind die Weisungen der Polizei zu befolgen.»

Gilbert hatte sich davongeharkt. Er hielt auf zwei Männer zu, die vertraulich miteinander zu sprechen schienen. Als sie ihn bemerkten, bückte er sich und bearbeitete den Boden unter einem Busch. Sein Blick fiel auf etwas Blaues. Er zog es heran. Es war ein Seil. Gilbert ging auf alle viere und suchte weiter. Plötzlich zuckte seine Hand zurück. Vom Ringfinger lief Blut. Er duckte sich unter die Äste. Metall blitzte auf. Gilbert zog es hervor und lächelte. Ein Skalpell. Er brach einen Ast ab, kürzte ihn auf die Masse eines Korkens und steckte die Klinge hinein. Dann liess er das Werkzeug in der Hosentasche verschwinden.

Als er sich erhob, sah er, wie die beiden Männer ihre iPhones in den Händen hielten und Applikationen verglichen. Er nutzte die Gelegenheit, um sich rückwärts vom Tatort zu entfernen. Er harkte so lange, bis sein Rücken den Zaun berührte, der um die

Badeanstalt gezogen war. Er behielt die Harke in der Hand und folgte dem Maschendraht. Er blieb immer wieder stehen, um sich zu vergewissern, dass er allein war. Dann ging er weiter, während die Augen von oben nach unten wanderten.

Als er eine Ausbuchtung im Draht entdeckte, bückte er sich und zog daran. Er gab bereitwillig nach. Die Öffnung war gross genug, dass ein Mensch untendurch schlüpfen konnte. Gilbert griff scheinbar in die Luft und hielt ein blondes Haar zwischen Daumen und Zeigefinger.

«Bingo.»

Er bog einige lange Grashalme beiseite. Seine Finger tasteten, und die Augen suchten nach weiteren Hinweisen. Er zupfte ein Stück Plastik aus den Grasbüscheln und lächelte. Ein Fahrausweis. Anna Galati. Blond.

Flink robbte Gilbert unter dem Zaun hindurch. Auf der Strasse zog er das T-Shirt über den Kopf und warf es unter einen Busch. Beim Pick-up angekommen, zog er ein neues Hemd an und setzte sich auf den Beifahrersitz. Er langte nach hinten und legte ein Netbook auf den Knien ab. Er tat einen Stick in den USB-Slot und loggte sich ins Netz. Er brauchte nicht lange zu suchen. Da war sie. Aus Olten.

Er lehnte den Kopf zurück und dachte kurz nach. Dann tippte er weiter. Auf dem Bildschirm erschienen die Kontaktadressen sämtlicher Hotels in Schaffhausen. Der Killer griff zum Handy und wählte die erste Nummer.

39

Galati lag auf dem Bett. Sie starrte an die Decke. Die Augen folgten den kleinen Rissen, den dunklen Flecken und wanderten weiter zum Lampenschirm. Eine Glühbirne hing von grünen Zotteln umrundet im grünen Stoff. Drei Fliegen zeichneten unablässig Muster in die träge Luft. Ihr Blick blieb an ihnen hängen, bis die Augenlider schwer wurden. Bevor sie wegdöste, setzte sie sich auf und rieb das Gesicht. Sie brauchte einen Kaffee.

«Bei der Hitze?»

Der Portier legte ein Schinkensandwich auf die Boulevardzeitung und erhob sich. Aus dem Radio schepperte der Sommerhit. Im Hintergrund wurden Kaffeebohnen gemahlen. Der Musiktitel neigte sich dem Ende zu. Während der Portier die Tasse auf den Tresen stellte, meldete sich der Moderator. Er telefonierte live mit einem Wetterexperten. Gemeinsam schwafelten sie darüber, ob der Sommer nun zu Ende gehe. Der Portier hob das Schinkensandwich an die Lippen und biss ab.

«Mir soll's recht sein. Bei der Hitze zu arbeiten, ist die Hölle.»

«Danke für den Kaffee.»

«Keine Ursache.»

Sie hatte die Tasse ausgetrunken und stand unter der Dusche. Kaltes Wasser prasselte auf den Scheitel, rann übers Gesicht, über Nacken und Schultern, kühlte Brust und Rücken, floss über Hüfte und Beine und füllte die Wanne. Als sie überzulaufen drohte, nahm Anna Galati die Ferse vom Abfluss und sah zu, wie das Wasser dem Sog nachgab. Sie liess das Badetuch hängen und setzte sich aufs Bett. Die Fliegen unterbrachen ihren Tanz und landeten auf der nassen Haut. Sie schlug nach ihnen, bis drei tote Tiere auf dem Boden lagen.

Als die Haut trocken war, bückte sie sich und hob den wasserdichten Beutel auf. Sie kontrollierte die Spritze, die für Haag gedacht gewesen war und jetzt Schwanninger galt, wiegte die Harddisk in den Händen und stand auf, öffnete die Tür zum Wandschrank, schob einige Kleider beiseite und nahm den Laptop hervor.

Während sie darauf wartete, dass der Computer startete, ging sie ans Fenster und sah hinaus. Die Gasse, die sonst in der Hitze flirrte, war dunkel. Ihr fiel auf, dass die Fussgänger ein höheres Tempo einschlugen als die vergangenen Tage, als die Sonne alle Hetze schmolz. Die Hälse wurden kürzer und verschwanden zwischen den Schultern. Aus den Augenwinkeln nahm sie einen grellen Streifen am Himmel wahr. Sie zählte leise bis fünfzehn, bis sie ein fernes Grollen vernahm.

Der Computer verlangte nach einem Passwort. Galati tippte, hängte die Harddisk an und öffnete sie. Auf dem Bildschirm erschienen Haags Arbeit, Dateien seines Privatlebens und ein Ordner mit dem Titel «Universelles Dasein». Zwei Mausklicks und er war offen. Sie scrollte durch und tippte den Ordner «Buchhaltung» an. Sie sah Zahlen, Buchungstexte und Daten. Am Ende eines Dokumentes bemerkte sie vordatierte Eingänge von hohen Geldsummen. Mit einem Schulterzucken suchte sie weiter und entdeckte die E-Mails.

In der Liste der Posteingänge tauchte der Name Wäckerli auf. Im letzten Mail vom zehnten August war eine Datei mitgesendet, von dem Abend bevor sie ihn in die Wanne hängte. Das Fenster knarrte in der Angel, kühle Luft fuhr ihr über den Rücken, in der Gasse schepperte eine Blechbüchse. Galati stand auf und schloss das Fenster. Sie öffnete die Datei, überflog den Text und las Wortfetzen wie «Presseerklärung», «Brandanschlag», «muslimische Fundamentalisten» und «verurteilen». Der Satz «Als Christ und Schweizer ist man ab sofort auch in der Heimat nicht mehr sicher» war fett und unterstrichen. Das Dokument war auf den heutigen Tag datiert. Fünzehnter August.

Galati öffnete die Buchhaltung. Sie suchte die vordatierten Geldbeträge. Sie waren alle mit einem Stern und einer Zahl markiert. Sie suchte weiter und entdeckte die Entsprechung. Da standen Namen von Menschen, dahinter die Worte «geschätztes Vermögen», dann wieder Zahlen, davon viele mit fünf Stellen und mehr.

Sie stand auf und schüttelte eine Zigarette aus der Packung. Die Presseerklärung. Hatte nicht so ein Wisch bei Wäckerli auf der Treppe gelegen? Je öfter sie im Zimmer auf und ab ging und den Qualm der eigenen Zigarette aufwirbelte, desto grösser wurde die

Gewissheit, dass sie in einer Angelegenheit mordete, die unversehens grösser war als ihre persönliche Rache. Sie sah auf die Uhr. Cobb war nun seit knapp einer Stunde unterwegs. Er hatte keine Ahnung davon, dass er auf der Suche nach seiner Tochter in eine Sache hineingeraten war, die ihn selbst das Leben kosten konnte. Galati drückte die Zigarette aus. Sie würde ihr Wort brechen.

Sie räumte die Seile und die Karabiner in eine Sporttasche und hängte den Beutel mit der Spritze um die Hüfte. Sie tastete die Hosentasche ab. Geld war da. Sie ignorierte, dass sie den Führerschein nicht finden konnte, und schwang die Tasche über die Schultern. Mit ein paar grossen Sprüngen liess sie die Treppe hinter sich und wetzte gegen den Ausgang.

«He, Sie!»

Der Portier wischte sich den Mund ab.

Galati wirbelte herum.

«Ja?»

«Kommen Sie aus Olten?»

«Ja, warum?»

«Hab ich mir gedacht. Es hat jemand angerufen.»

«Und?»

«Hat gleich wieder aufgehängt. Keine Nachricht, nichts.»

40

Cobb gab sich dem Wasser hin. Zum zweiten Mal an diesem Tag stand er in durchnässten Kleidern da. Er hatte den städtischen Bus zum Altersheim genommen. Unmittelbar nachdem er ausgestiegen war, hatte ihn ein Windstoss beinahe zu Fall gebracht. Als der Bus aus der Haltestelle gefahren war, wirbelten schwere Regentropfen den Staub auf. Sein T-Shirt saugte das Wasser in grossen Flecken auf. Bevor er sich nach einem Unterstand umsehen konnte, hatten sich die Tropfen in Fäden verwandelt, dann war es, als stände er in einem Aquarium.

Er fand seinen Wagen an derselben Stelle, wo er ihn am Abend zuvor abgestellt hatte. Die Hände in den Hosentaschen sah er sich um. Die Strassenbeleuchtung ging an. Er bemerkte, wie ein Uniformierter um sein Auto schlich, stehen blieb und den Kragen hochschlug. Cobb duckte sich und suchte Deckung hinter einem Kleinbus. Durch die nassen Scheiben beobachtete er den Polizisten, der missmutig seine nassen Füsse betrachtete. Er bewegte sich nicht von der Stelle.

Der Parkplatz verwandelte sich in eine Fläche mäandernder Bäche. Einer floss genau unter dem Kleinbus durch und umspülte Cobbs eben eroberte Schuhe. Die nackte Haut klebte am Leder, das Wasser war warm. Insekten taumelten durch die Luft, wurden vom Regen erwischt und zu Boden gedrückt. Zigarettenstummel, Bonbonfolien, Zahnseide, eine Kunststoffverpackung für Hamburger, der Deckel einer Colaflasche, Gefieder und Laub flossen an Cobbs Füssen vorbei. Blütenstaub löste sich auf und bildete gelbliche Blasen, die in Richtung der Kanalisationsdeckel schwammen.

Ein greller Blitz erhellte die düstere Szene, als hätte ein Gott mit schrägem Sinn für Humor einen Schnappschuss aufgenommen. Synchron duckten sich Cobb und der Uniformierte, die Schultern zuckten wie zum Schutz nach oben, die Augen weit aufgerissen, als gleichzeitig der Donner krachte. Cobb war sich nicht sicher, ob die Fensterscheiben des Altersheimes wirklich zitterten. Ihn durchfuhr der Knall wie ein kaltes Schwert. Durch die Scheiben des Kleinbusses beobachtete er die Umrisse des Polizisten, der in Richtung Gebäude rannte. Cobb wagte einen Blick am Wagen vorbei. Tatsächlich, der Uniformierte hatte unter dem Vordach Zuflucht gesucht.

Der Stadtbus fuhr an die Haltestelle. Die Türen öffneten sich, und einige Alte stiegen aus. Sie öffneten mit Mühe und Not die Regenschirme und tappten dem Eingang entgegen. Wie ungelenke graue Vögel wackelten sie hin und her, um vorwärtszukommen. Cobb fluchte Verwünschungen und wartete, bis auch der Letzte von ihnen im Eingang verschwunden war.

Er schlich sich von nassem Blech zu nassem Blech, bis er bei der Fahrertür seines Autos angelangt war. Der Uniformierte sah in den Himmel. Cobb langte nach oben und öffnete die Tür. Langsam zog er sich zum Sitz hoch. Wieder schepperte der Himmel. Cobb zog die Tür zu. Die Drähte unter dem Lenkrad stellten ihn vor ein Rätsel. Welche beiden musste er kurzschliessen, um den Wagen zu starten? Er entschied sich für einen roten und einen blauen. Er wollte sie eben aus der Fassung reissen, als ein Fetzen Erinnerung auftauchte. Die Saugglocke. Sie lag noch bei den Einkäufen unter den Vordersitzen verstaut. Er hatte sie gekauft, nachdem er den Wagen aus der Garage geholt hatte.

Sein Arm bewegte sich an der Handbremse vorbei nach hinten. Den Polizisten im Auge, tastete er nach dem Plastiksack und zog ihn hervor. Er legte sich flach auf den Sitz, um den Inhalt zu untersuchen. Die Hand erfühlte den Stiel der Saugglocke, den Gummi und daneben das zackige Metall des Ersatzschlüssels. Er zog ihn hervor und steckte ihn ins Zündschloss. Noch immer tief im Sitz hängend warf er einen Blick in Richtung des Polizisten. Der öffnete eben einer Frau in einem durchsichtigen Plastikmantel die Tür. Cobb drehte den Zündschlüssel und liess den Wagen leise aus dem Parkfeld gleiten. Die verschwommenen Scheiben erhellten sich, und ein dumpfer Knall folgte. Cobb drückte kräftiger aufs Gaspedal. Noch immer stand der Polizist unter dem Vordach.

Ein Kleinlaster näherte sich, blinkte und fuhr in die Einfahrt des Parkplatzes. Dort blieb er stehen. Cobb zischte Verwünschungen aus, als er auf der Bremse stand und zusah, wie der Laster umständlich in ein Parkfeld zirkelte. Er sah in den Rückspiegel. Der Uniformierte hatte den Unterstand verlassen und ging auf den Platz zu, wo Cobbs Auto gestanden hatte. Er blieb stehen und sah sich um. Cobb riss das Steuer herum und mähte beinahe den Fahrer des Kleinbusses nieder, der eben mit Paketen bepackt aus dem Parkfeld trat. Im Rückspiegel sah Cobb, wie die Pakete ins Wasser fielen, wie der Mann fluchte, wie der Polizist in seine Richtung starrte und sich dann in Bewegung setzte. Ohne den Blinker zu setzen, bog er in die Strasse ein. Im Rückspiegel beobachtete er den Polizisten, der noch einige Meter hinterherrannte und dann stehen blieb. Er riss ein Handy hoch und tippte. Der Fahrer des Kleinlasters war ihm gefolgt. Jetzt stand er neben ihm und fluchte Cobbs Wagen hinterher.

Cobb machte das Licht an. Er lachte und schrie die Anspannung gegen die Windschutzscheibe. Der Wagen scherte aus, als er nach rechts abbog. Cobb gab Gegensteuer und schlitterte über die Kreuzung. Als er den Wagen wieder unter Kontrolle hatte, überholte er einen Velofahrer und entschuldigte sich leise dafür, dass er dabei durch eine grosse Pfütze pflügte. Sein Herz schlug für die Umweltbewussten, aber jetzt hatte er keine Zeit für Sentimentalitäten.

41

Kaum war der Motor gestartet, unterbrach das Radio das Musikprogramm mit einer Fahndungsmeldung. Gesucht wurde eine Frau. Blond. Hinweise an den nächsten Polizeiposten. Eine vage Beschreibung. Trotzdem. So kurz vor dem Ziel wollte sie nichts aufs Spiel setzen. Sie mied die Hauptverkehrswege und fuhr auf Nebenstrassen. Kein Risiko. Eine Polizeikontrolle reichte. Natürlich, sie konnte irgendeine blonde Frau sein. Auf dem Weg in den nächsten Supermarkt. Aber das Nummernschild würde auffallen. Die Tasche mit den Seilen, den Karabinerhaken und den Werkzeugen würde sie verraten. Im Innern ihres Ohrs spulte der Dialog mit der Verkehrspolizei ab.

«Den Führerschein, bitte.» – «Aber natürlich.» – «Sie sind nicht aus der Gegend?» – «Nein, Verwandtenbesuch.» – «Dürfen wir mal in Ihren Wagen schauen?»

Lächeln, freundlich bleiben.

«Nein, nichts dagegen.» – «Sie klettern?» – «Ja, richtig, ich klettere.» – «Ist das eine Gaspistole?» – «Nein, das ist eine Signalpistole. Für den Notfall im Gebirge.» – «Im Gebirge. Aha.» – «Ja, im Gebirge.» – «Steigen Sie bitte aus.» – «Ich …» – «Routinekontrolle.»

Wo eigentlich war der verdammte Führerschein?

Galati hatte die geteerte Strasse verlassen und schleuderte über den Kistenpass, der Schaffhausen mit dem Klettgau verbindet. Der Gewitterregen hatte die Naturstrasse in einen Bach verwandelt. Galati fluchte. Die Scheibenwischer taten ihre Arbeit, so gut sie es vermochten. Es reichte nicht. Galati richtete sich auf und starrte angestrengt auf die verschwommenen Konturen von Wald, Wiesen und Äckern. Unter einem Baum hatte sich eine Handvoll Kühe versammelt. Die Karosserie ächzte, als die Räder in einer Folge von Löchern versanken. Hellbraunes Wasser spritzte zur Seite und an die Windschutzscheibe. Galati lehnte sich weiter nach vorne, um den Wagen sicher lenken zu können. Sie schlitterte mehr als sie fuhr an einer Hütte vorbei, erkannte eine Linkskurve zu spät und musste abbremsen. Das Auto scherte aus und grub die Räder in eine Wiese. Galati schaltete einen Gang tiefer, gab Gegensteuer und brachte die Reifen wieder in die Rinnen des Naturweges.

Plötzlich hörte das Rumpeln auf. Sie fuhr auf einer asphaltierten Strasse bergab. Der Regen prasselte weiter aufs Blech, der Motor dröhnte gleichmässig. Galati lehnte sich zurück. Entspannt atmete sie aus, als sie im Rückspiegel verschwommen einen schwarzen Schatten bemerkte. Sie drehte sich um und starrte durch die kaputte Heckscheibe. Der Schatten raste näher und stiess an die Stossstange ihres Wagens. Der machte einen Satz vorwärts. Galati riss das Steuer herum, um nicht an den Abgrund gedrängt zu werden. Der rechte Fuss stiess das Pedal gegen die Fussmatte. Schemen von Bäumen flogen an ihr vorbei. Die Knöchel ihrer Finger traten weiss hervor. Sie versuchte sich in der Mitte der Strasse zu halten, um nicht an den Rand gedrängt zu werden. Wieder wurde sie von hinten gerammt. Sie hörte die Karabinerhaken gegen die Rücksitze kläffen. Die Strasse wurde breiter. Der Pick-up beschleunigte und fuhr neben ihr her. Von drinnen lächelte sie der bleiche Mann an, bevor er das Lenkrad herumriss. Die Reibung liess das Blech aufkreischen. Verzweifelt versuchte sie das Lenkrad auf Kurs zu halten. Von unten kamen ihr zwei Lichter entgegen. Der Pick-up liess von ihr ab. Und noch während Galati einen Gang höher schaltete, waren die zwei Lichter an ihr vorbeigerast.

Der Wald hörte auf. Sie fuhr an einem Ortsschild vorbei. Einfamilienhäuser säumten die Strasse. Riesige Blumentöpfe standen als verkehrsberuhigende Massnahme im Weg. Sie wich ihnen aus und raste an Schildern vorbei, die auf spielende Kinder hinwiesen. Hastig vergewisserte sie sich im Rückspiegel über den Verbleib des Pick-ups. Er folgte ihr unauffällig und in angemessenem Abstand. Vor ihr bog soeben ein Auto aus einer Garageneinfahrt. Galati schaltete einen Gang runter, überholte und kehrte vor dem nächsten Blumentopf in die Fahrbahn zurück. Sie entfernte sich vom Hupkonzert. Nach einem weiteren Blick in den Rückspiegel lächelte sie. Der Pick-up drängelte noch immer hinter dem Wagen, kam aber nicht vorbei.

In der nächsten Kurve war sie ausser Sichtweite ihres Verfolgers. Sie fuhr statt ins Dorf rechts hoch in Richtung Wald. Sie hörte ein Hupsignal, das schnell näherkam. Ihr Verfolger hatte richtig geraten.

«Schweinehund!», zischte sie.

Die Strasse mündete in einen abschüssigen Feldweg. Weiter vorne bemerkte sie eine Weggabelung. Galati nahm etwas Tempo weg und liess den Pick-up näherkommen. Als er nahe genug war, beschleunigte sie gerade so viel, dass er Schritt halten konnte. Bei der Weggabelung riss sie das Steuer herum und raste an einem Bach entlang gegen die Bäume zu. Der Pick-up fuhr geradeaus, bremste und versuchte zu wenden. Als Galati nach vorne schaute, steuerte sie eben in eine Mulde. Der Bach war hier über das Ufer getreten und hatte sie aufgefüllt. Sie versuchte auszuweichen. Es gelang nicht mehr. An der tiefsten Stelle blieb der Wagen stecken. Sie versuchte ihn freizubekommen. Wasser spritzte durch die kaputte Heckscheibe, während sich die Räder tiefer in den Schlamm gruben. Galati öffnete die Fahrertür, watete durchs Wasser und rannte die paar Schritte in den Wald. Sie hielt sich an jungen Buchen fest und zog sich höher. Sie rutschte aus, fiel hin, kämpfte sich auf die Beine und floh weiter. Als sie ausser Sichtweite war, blieb sie stehen und versuchte den Atem anzuhalten. Sie hörte Äste brechen und hastete weiter.

Hier draussen war das Unwetter keine abstrakte Sache mehr. Es war mit allen Sinnen fühlbar. Die nassen Rinden der Bäume warfen die Blitze zurück. Donner brachte die Luft zum Zittern. Galati rutschte auf dem nassen Laub aus, hangelte sich an Ästen nach oben, fiel wieder hin. Rappelte sich hoch und ignorierte das Brennen in den Lungen. Ihre Fingerspitzen gruben sich in die Erde, sie zog sich weiter, bis sie sich endlich aufrichten konnte. Sie rannte auf einem flachen Stück vorwärts. Die Muskeln in den Beinen gehorchten, ohne dass sie sie spüren konnte. Wasser rann in die Augen und trübte die Sicht. Egal. Ihr Körper wuchtete sich durchs Dickicht, strauchelte, fiel hin, kämpfte sich wieder hoch.

Die Mündung einer Pistole stoppte sie. Dahinter ein Lächeln in einem fahlen Gesicht. Eine Platzwunde zierte die Stirne. Galati liess sich zurückrutschen. Sie versuchte, auf die Beine zu kommen, strauchelte rückwärts, während der Mann ihr folgte. Er trieb sie den Hang hinunter. Der Bach rauschte. Alles, was sie war, konzentrierte sich auf die Mündung der Waffe, wartete darauf, dass sie losging und die Kugel die Eingeweide zerriss. Das

Rauschen wurde lauter, sie trat auf glitschigen Felsen und wagte einen Blick zur Seite. Der Bach floss keine zwei Schritte neben ihr. Sie waren in der Schlucht angekommen. Weit oben hallte der Donner wider. Sie sah hoch. Der Bach hatte sich über die Jahrtausende in die Felswand gegraben. Äste und Baumstämme hatten sich wegen des Unwetters verkeilt und hielten ihn zurück. Hier würde der Knall eines Schusses zwischen den Wänden, im Regen und im Laub versacken.

Sie rammte rückwärts gegen einen Baum. Der Killer hielt ihr den Lauf unters Kinn, drückte dagegen und hob ihren Kopf. Galati keuchte und blickte in seine Augen. Keine Antwort. Sie sah ein Stück Stahl aufblitzen. Das Skalpell. Der Mund des Mannes versuchte warm zu lächeln, während seine Augen kalt die kleinste ihrer Regungen registrierten.

«Man lässt eine Waffe nicht achtlos rumliegen», flötete er wie in einem billigen Film. «Sie kann in falsche Hände gelangen.»

Sie zuckte zusammen, als sie das kalte Metall auf ihrer Wange spürte. Es glitt mit der stumpfen Seite langsam zum Mund, fuhr über die Lippen, hinunter zum Hals.

«Ein hübsches Spielzeug.» Er lächelte. Sie spürte den Druck des Laufes und streckte sich höher. Das Metall glitt über den Hals, glitt an der Schulter vorbei zwischen ihren Brüsten hindurch. Durch den Stoff des T-Shirts spürte sie, wie das Skalpell tiefer rutschte und zwischen ihren Beinen haltmachte. Das Gesicht des Mannes kam näher. Sie meinte, ein leises Keuchen zu vernehmen.

«So. Langsam kommen wir zur Sache.» Sie spürte, wie die Hand mit der scharfen Klinge den Rücken hinauffuhr, wie plötzlich die Spannung um ihren Busen nachliess. Das Skalpell hatte den Träger des BHs zerschnitten. Er drückte sein Becken gegen ihres. Jetzt ritzte die Klinge die Haut der Wirbelsäule entlang nach unten. Das Keuchen wurde deutlicher. Plötzlich barst etwas über ihnen. Sie sah an ihm vorbei.

Irritiert folgte er ihrem Blick. Gilbert sah eine braune Brühe auf sie zufliegen. Das Wasser, welches sich oben gestaut hatte, hatte genügend Kraft gesammelt, um die Äste zu brechen, die Stämme zur Seite zu wuchten und ungehindert dem Gesetz der Schwerkraft zu folgen. Und mit dem Wasser schossen Geröll, Holz, Laub und

Lehm auf sie zu. Noch bevor er an den Tod seiner Eltern denken konnte, hatte ihn die braune Masse verschluckt. Ganz kurz sah er einen blonden Haarschopf neben sich auftauchen. Das Wasser wirbelte ihn herum und drückte ihn gegen undefinierbare Gegenstände. Seine Panik war ein stummer Schrei in der Plörre.

42

Cobb hielt den Wagen an und liess ihn zurückrollen. Zwischen ihm und einem Vorhang aus Wasser lag die Sektensiedlung. Es war an der Zeit, einen Plan zu schmieden. Er schaltete den Motor aus und trommelte aufs Lenkrad. Nach der Begegnung mit dem Killer war es ratsam, nicht direkt in die Siedlung zu rasen und aus dem Wagen zu springen, um sich Schwanninger vorzuknöpfen. Cobb setzte in den Wald zurück und parkierte am Strassenrand. Zu Fuss ging er noch einmal an den Waldrand. Zwischen ihm und der Siedlung erstreckte sich eine weite Wiese. Dahinter erkannte er die Visiere, welche den Bibelpark andeuteten. Kühe standen aneinandergedrängt unter einem Baum. Dahinter war Wald. Bis dort konnte er gelangen, ohne entdeckt zu werden.

Das nasse Laub dämpfte die Schritte. Der Regen toste aufs Blätterdach. Grosse, dicke, warme Tropfen fielen herunter. Cobb war zu nass, um sich noch darum zu kümmern. Hin und wieder wischte er sich das Wasser aus Gesicht und Augen, um einen Blick auf die Siedlung zu werfen. Er erkannte Licht in den Fenstern der Häuser. Zwischen der Kirche und dem Haupthaus waren Festbänke aufgestellt. Girlanden lagen im Matsch, Ständer mit Plakaten und Wahlslogans waren vom Wind in den Dreck gedrückt worden. Ein Banner mit der Aufschrift «Von Christen für Christen», welches zwischen der Kirche und einem Baum gespannt war, flatterte lose im Wind. Plötzlich blieb Cobb stehen. Zwischen den Haselnusssträuchern, die den Waldrand säumten, nahm er eine Bewegung wahr. Als er sich geduckt hatte und weiter auf die Stelle starrte, entdeckte er den Rotschopf aus der Vorzeigefamilie Beck. Er beobachtete ihn, wie er den Schutz des Waldes verliess, sich auf den Boden legte und durch die nasse Wiese auf die Siedlung zurobbte. Hin und wieder stand er auf, zielte mit einem Ast wie mit einem Gewehr auf das Haus seiner Eltern. Cobb sah, wie sich die Backen des Jungen blähten, als er aus seinem Mund Schüsse rattern liess, bevor er sich wieder ins Gras warf. Nach einigen Scheinangriffen blieb er aufrecht, schritt durch die Wiese und schlug auf die langen Stängel der Disteln ein, bis sie geknickt am Boden lagen. Dann blieb er stehen und sah sich um, bis er sich unvermittelt wieder fallen liess und im hohen Gras verschwand. Cobb wartete eine Weile, um zu sehen, ob er wieder auftauchte. Aber von dem Jungen war nichts mehr zu sehen.

Nach einem kläglichen Versuch, eine Zigarette anzuzünden, warf er sie ins Laub und ging weiter durch den Wald, bis er auf der Höhe der Baumarkierungen angelangt war. Er trat auf die Wiese und tat es dem Jungen gleich, indem er sich ins Gras legte und vorwärtsrobbte. Als er einen Apfelbaum erreicht hatte, richtete er sich auf. Sollte er zuerst in der Kirche suchen? Oder gleich zu Schwanninger vordringen, um ihn in die Mangel zu nehmen? Wo zum Teufel hatten sie Marlen versteckt? Unentschlossen duckte er sich und zog sich durchs tiefe Gras. Beim elektrischen Zaun der Kuhweide musste er sich eine andere Taktik überlegen. Der Boden der Weide war kahl und matschig. Die Hufe der Tiere hatten im Schlamm tiefe Löcher hinterlassen, die sich mit Wasser füllten. Kuhfladen zerronnen zu wässrigen Tellern. Den nächsten Schutz bot der Apfelbaum, unter den sich die Kühe gestellt hatten. Cobb rannte los.

Die Viecher preschten auseinander, als Cobb den Baum erreichte. Er musste sich anlehnen, um zu Luft zu kommen. Die Tiere reckten die feuchten Nüstern in seine Richtung. Neugierig näherten sich die grossen Augen. Während die Kühe sich beruhigten und Vertrauen schöpften, keuchte Cobb weiter und betrachtete die Markierungen für den Bibelpark. Unwillkürlich überlegte er sich, ob er inmitten der Sintflut ausruhte oder Jesus auf dem Weg zur Kreuzigung im Weg stand. Die Kühe hatten mit Wiederkäuen begonnen und standen trübselig unter dem Apfelbaum, der kaum Schutz vor den Wassermassen bot. Cobb schubste zwei Viecher zur Seite und stolperte mehr, als dass er rannte, der Siedlung entgegen.

Er duckte sich hinter das Fundament eines Hauses und sah durchs Fenster eines weiteren Gebäudes. Das Licht flackerte unruhig, und Cobb wurde klar, dass die Räume mangels Elektrizität mit Kerzen erleuchtet wurden. Da, wo er die Waschküche vermutete, sah er einen Schatten, der sich rhythmisch bewegte. Er konnte die Augen nicht davon lassen, bis er die Bewegung interpretieren konnte. Da drinnen schrubbte eine Frau Wäsche über ein Waschbrett. Ohne sich aufzurichten, rannte er drei Häuser weiter und kauerte sich im Schutz einer Hecke hin. Hier war der Feldweg aufgerissen, und Rohre waren in den Boden eingelassen. Einige Kabel schwammen im Wasser, welches sich die vergangenen zwei Stunden im Graben gesammelt hatte. Schützengraben der Elektrifizierung. Er liess sich hineingleiten und watete durchs Wasser aufs Zentrum der Siedlung zu. Kurz vor der Kirche war der Graben zugeschüttet. Das Rohr, welches unterirdisch weiterführte, war zu eng und mit Wasser gefüllt.

Cobb kletterte hinaus und presste sich gegen die Rückwand der Kirche. Das Holz war nass und hatte zu quellen begonnen. Aus einer gebrochenen Dachrinne plätscherte das Wasser aus rund zwölf Metern Höhe auf den lehmigen Boden und hinterliess ein hässliches Loch. Cobb schmiegte sich an der Holzwand entlang zu einer Tür und prüfte, ob sie sich öffnen liess. Fehlanzeige. Nachdem er sich umgesehen hatte, hangelte er sich an einem hohen Fenster hoch und schaute hinein. Drinnen brannten Kerzen, und Frauen in gebückter Haltung verteilten Gebetsbücher.

Er schlich die Längswand entlang. Vorsichtig spähte er um die Ecke. Vor dem Eingang stand Jesus. Der Regen schien ihm nichts auszumachen. Er hatte die Arme gekreuzt und starrte missmutig über den Platz, musterte die nassen Festbänke und die Girlanden. Deren Farbe war verschwunden und hinterliess rote Kleckse auf dem lehmigen Boden. Jesus wandte den Kopf in Richtung Waldstück, wo auch Cobbs Wagen abgestellt war. Ein VW-Bus in Camouflage schoss zwischen den Bäumen hervor, versuchte auf der rutschigen Fahrbahn Spur zu halten, raste auf die Siedlung zu, bremste zu spät ab und schleuderte unkontrolliert weiter. Zwei Tische krachten in andere Festbänke, die in den Matsch kippten. Unbeeindruckt korrigierte der Bus den Kurs, hielt auf Schwaningers Domizil zu und kam dort zum Stehen. Die Türen wurden aufgerissen. Cobb sah zwei Männer mit Bärten aussteigen. Einer rannte auf die Eingangstür zu, blieb dort stehen und schrie den anderen an. Cobb verstand kein Wort, der Regen wusch jeden Sinn fort. Der andere humpelte hastig hinterher und fuchtelte mit den Armen.

Bevor die beiden das Haus erreicht hatten, war Jesus zu den

umgekippten Festbänken gerannt und trat auf sie ein. Wütend wuchtete er sie hoch. Einige kippten wieder weg und blieben im Lehm liegen. Er blieb verzweifelt in diesem Chaos aus Holz und Metallteilen stehen und kratzte sich am Hinterkopf. Plötzlich sah er auf und entdeckte den Rotschopf. Er rief ihm etwas zu. Der Junge zeigte ihm Zunge und Mittelfinger und rannte davon. Jesus nahm die Verfolgung auf.

Cobb nutzte die Chance und rannte im Schutz der Festbänke auf Schwanningers Anwesen zu. Er versteckte sich hinter dem VW-Bus und warf einen Blick zurück. Benzingeruch drang aus den Ritzen des Blechs. Jesus war noch nicht wiederaufgetaucht. Cobb mied die Eingangstür und rannte um das Haus herum. Neben einer Regentonne lag eine Holzleiter.

Cobb sah nach oben und erkannte ein erleuchtetes Fenster. Er zuckte zusammen, als sich gleichzeitig mit einem grellen Blitz der Donner in seine Eingeweide bohrte. Cobb stellte die Leiter an und rutschte bereits auf der ersten Sprosse aus. Er stieg ab, zog die vom Lehm glitschig gewordenen Schuhe aus und warf sie weg. Die Füsse schmerzten auf dem Weg nach oben. Endlich sah er ins Innere des Zimmers. Schwanninger sass hinter dem Modell des Bibelparks. Die Hände hatte er zittrig auf der Stuhllehne abgestützt. Er sah müde und verschwollen aus. Seine Augen folgten Gysel, der im Zimmer auf und ab ging und einen Vortrag zu halten schien. Schwanninger nickte mechanisch, wobei sich sein Kinn jedes Mal kurz im Fleisch seines Halses versteckte. Sein Blick schweifte immer wieder zum Modell und blieb daran hängen. Dann nickte er wieder. Cobb überlegte, ob es jetzt Zeit wäre, zu handeln. Bruce Willis würde jetzt die Scheibe einschlagen, ins Zimmer springen und mit vorgehaltener Waffe die Herausgabe seiner Tochter erzwingen. Cobb aber war nicht Bruce Willis, und er hatte auch keine Waffe. Auch wenn das Adrenalin in seinen Adern explodierte, begriff er, dass seine Chancen grösser waren, wenn er Schwanninger allein in die Mangel nehmen konnte. Marlens Leben hing von seinem eigenen ab. In diesem Moment hätte er sich in den Arsch beissen können, dass er Bärtschi nicht informiert hatte.

Gysel war eben an Schwanninger herangetreten, stützte sich

auf der Stuhllehne ab und sah den Sektenführer bedrohlich an, als er plötzlich den Kopf hob und zur Tür starrte, wo die zwei Bärtigen standen. Er richtete sich auf, ging hin und verliess das Zimmer. Cobb sah, wie Schwanninger erleichtert aufatmete. Er nestelte in der Tasche seines rosa gemusterten Hemdes, zog eine Packung hervor und riss sie auf. Mit einem Erfrischungstuch fuhr er sich über Gesicht und Hals. Er hievte sich mit zittrigen Armen aus dem Stuhl, stützte sich auf dem Tisch ab, hob ein Dach hoch, legte es sachte beiseite und lächelte ins Innere des Gebäudes. Das Gewicht des Oberkörpers verlagerte sich auf die linke Hand. Er hob die Rechte, streckte Zeigefinger und Mittelfinger in die Höhe und zappelte mit ihnen hin und her. Er lächelte verzückt. Dann blickte er verstohlen zur Tür, bevor er die beiden Finger ins Modell tauchte und mit ihnen darin spazieren ging.

Cobb hörte, wie die Türen des VW-Busses gingen. Er hatte lange genug gewartet. Gysel war nicht mehr erschienen. Mit schmerzenden Füssen stieg er die Leiter hinunter und hob einen Stein hoch. Wieder oben angelangt holte er aus, warf ihn durch die Scheibe, half mit dem Ellbogen nach, öffnete das Fenster von innen und liess sich ins Zimmer fallen. Schwanninger beobachtete ihn einen schwebenden Augenblick lang mit aufgerissenen Augen. Dann holte er Luft und quietschte wie ein Ferkel, dem man bei lebendigem Leib einen Bratspiess durch den Körper trieb.

43

Marlen lehnte das Velo an einen der gläsernen Abgänge, die zum Parkhaus unterhalb des Herrenackers führten. Trotz der Schmerzen im linken Fuss fing sie zu kichern an. Sie stellte sich Bärtschi vor, den brummigen, gutmütigen Vater ihrer besten Freundin, wie er sie zum Velodiebstahl verhörte. Ihre Gedanken schweiften zurück, ihr Gesicht wurde starr. Sie hatte einen Mann umgebracht. Sicher, es war Notwehr gewesen. Trotzdem ging der Tod eines Menschen auf ihr Konto. Marlen verscheuchte die Gedanken. Sie stützte sich an den Hauswänden ab, um ihren Fuss zu entlasten. Die nassen Haare hingen ins Gesicht und klebten an den Schultern. Passanten unter Regenschirmen sprangen über Pfützen und kleine, schmutzige Bäche, die von der Kanalisation nicht geschluckt werden konnten. Marlen kümmerte sich nicht um die Wasserfälle, die aus der Höhe über die verstopften Dachrinnen fielen. Es war bloss Wasser. Etwas mehr, als das Gewitter zu bieten hatte, aber immer noch Wasser. Eine Verkäuferin schimpfte hinterher, als ihre Hände eine hellrote Spur an den Schaufenstern eines Brillengeschäftes hinterliessen. Es kümmerte sie nicht. Irgendwo würden heute Menschen in den Flammen umkommen. Sie wusste davon, und es lag an ihr, das zu verhindern. Sie musste telefonieren.

Im Treppenhaus zog sie sich am Geländer nach oben, bis sie vor der Wohnungstür stand. Erst jetzt realisierte sie, dass sie ausser dem Kleid, das sie anhatte, nichts auf sich trug. Auch keine Schlüssel. Sie drückte die Türfalle und war erleichtert. Cobb musste zu Hause sein. Sie öffnete die Tür.

«Hallo!»

In der Stille hörte sie das Wasser von ihrem Kleid auf den Holzboden tropfen. Sie schaute hinunter und sah den linken Fuss an, der auf die doppelte Grösse angeschwollen war. Marlen knipste das Licht an und rief ein weiteres Mal nach Cobb. Keine Antwort. Irritiert sah sie zurück zur Tür, die noch immer offen stand. Sie zog sie zu und suchte den Boden nach einem Hinweis ab, nach einem Zettel oder einem Post-it. Nach einer Notiz von Cobb, wo draufstand, wo er zu finden war. Da lag nichts. Sie stützte sich an der Wand ab und humpelte ins Wohnzimmer. Sie blieb unter der

Tür stehen und hielt die Luft an. Die Stehlampe lag am Boden, die Glühbirne zersplittert, die Schubladen lagen ausgekippt vor den Kommoden, CDs waren über die ganze Fläche verstreut, Bücher zerfetzt. Das schnurlose Telefon lag in einer Ecke. Langsam ging sie hin, hob es auf und wählte Cobbs Handynummer. Sofort ertönte die Mitteilung, dass die gewünschte Rufnummer nicht erreichbar sei. Sie solle es später probieren.

Später sind alle tot.

Sie wählte 1818, die Auskunft, und liess sich mit der Redaktion verbinden. Die Stimme der Dame am Empfang wurde eisig, als sie Cobb verlangte. Mit dem schnippischen Hinweis, dass Cobb nicht mehr dort arbeite, hängte sie auf. – Wie lange war sie weg gewesen? War die Welt noch die, welche sie kannte, bevor die drei Männer sie verschleppt hatten? – Draussen vor dem Fenster blitzte die Fassade des gegenüberliegenden Hauses grell zurück. Ein Donnerschlag liess die Fensterscheiben zittern. Das Licht im Gang flackerte und ging aus. Stromausfall. Marlen wählte eine weitere Nummer, das Telefon war tot. Sie schmiss es gegen die Wand.

Fröstelnd humpelte sie in ihr Zimmer. Ihre Kleider, die Bücher, Stofftiere und Bettdecke lagen verstreut herum. Ein Poster war mit einem scharfen Gegenstand in der Diagonalen zerschnitten. Sie bückte sich, klaubte einige Kleidungsstücke auf und zog sich um. Wenn sie Bärtschi nicht anrufen konnte, dann musste sie ihn zu Fuss erreichen. Ganz gleich, was ihr Fuss dagegen einzuwenden hatte. Vorsichtig führte sie ihn durch ein Hosenbein, verlor das Gleichgewicht und fiel hin. Fluchend und mit feuchten Augen arbeitete sie ihn liegend Stück für Stück vor, bis sie nicht mehr weiterkam. Die Hose war zu eng. Sie zog den Fuss wieder heraus und schnappte sich eine Trainingshose. Endlich war der Fuss durch und kam auf der anderen Seite als geschwollenes Stück Fleisch zum Vorschein. Erst jetzt spürte sie das Pochen. Sie zog ein T-Shirt über und stützte sich am Pult ab, um aufzustehen. Sie zwang sich, den Fuss zu belasten, und humpelte der Wohnungstür entgegen.

Auf dem obersten Treppenabsatz blieb sie stehen und horchte. Unten ging die Haustür auf, dann knarrte die Treppe.

Sie haben mich gefunden. Sie haben die Wohnung durchsucht, sind dann runtergegangen und haben den Eingang beobachtet.

Marlen stolperte zurück, zurück in die Wohnung. Auf einem Fuss hüpfte sie ins Badezimmer und schloss die Tür ab. Dann merkte sie, wie bescheuert das war. Sie drehte den Schlüssel zurück, stieg in die Wanne und zog den Duschvorhang. Sie war allein mit dem Pochen, dem Schmerz, und sie hielt den Atem an, um besser zu hören. Auf dem Rand des Waschbeckens erblickte sie eine Schere. Schnell schnappte sie danach und zog sie zu sich heran. Sie hielt sie vor ihrer Brust, bereit zuzustossen, wenn jemand dem Vorhang zu nahekäme.

Die beiden Männer aus dem Wald.

Marlen zog sich in die Ecke zurück, stiess mit dem Schulterblatt hart gegen die Halterung für Seifen und zuckte zusammen. Sie versuchte den Fuss zu entlasten, indem sie auf den Rand der Badewanne sass. Der Po rutschte ab. Also stellte sie sich aufs gesunde Bein. Sie schielte am Rand des Vorhanges vorbei, konnte aber die Tür nicht sehen. Das war schlecht. Sie musste sich auf die Ohren verlassen.

***

Bärtschi war nass und zufrieden. Die Kebab-Bude lag keine fünf Minuten weg. Er hatte sich einen Dürüm rollen lassen. «Mit allem», und, ja, mit einer doppelten Portion Fleisch. Scharf. Er hatte ihn vepacken lassen – «zum Mitnehmen» – hatte aber der Versuchung nicht widerstehen können. Inzwischen war die Alufolie aufgerissen, und der offene Teig gab den Geruch von fettigem Fleisch, Zwiebeln und billiger Joghurtsauce frei. Die Cola schlenkerte in der Tasche an seinem Oberschenkel, als er die Treppe hochstieg. Die Atemluft zischte durch die Nasenlöcher, als er auf einem Bissen Dürüm – «mit allem, scharf» – rumkaute. Er kam oben an und öffnete die Tür, indem er mit dem Ellbogen auf die Falle drückte. Die nassen Flecken auf dem Fussboden entgingen ihm, weil ein Zwiebelstück aus dem Verband von Fleisch, Sauce, Tomaten und etwas Grün rutschte. Während er mit dem Rücken die Tür zudrückte, hielt er die Zwiebel zwischen den Zähnen fest. Eine Tomate glitt mit, einige Fleischstücke lösten sich, Bärtschi fasste nach, und schliesslich war sein Mund voll von der Masse. Kauend bog er ins Wohnzimmer ein und setzte sich auf den Sessel. Noch immer kauend betrachtete er das Wasser, welches an den Fensterscheiben hinunterrann. Dahinter zuckten grelle Blitze. Bärtschi fand es einigermassen düster. Als er aufgestanden war und versuchte, mit dem Ellbogen das Licht anzuknipsen, geschah nichts. Stromausfall. Da konnte man nichts machen. Wieder im Sessel zog er die Colaflasche aus der Hosentasche, klemmte sie zwischen die Knie und öffnete mit der Linken den Verschluss. Mit ein paar Schlucken spülte er den Brei in seinem Mund die Speiseröhre hinab. Zufrieden fühlte er, wie Fleisch, Salat, Tomaten, Zwiebeln und all das andere Zeug in seinem Magen angekommen waren. Bärtschi lächelte und spülte etwas Cola nach, um den Weg für den nächsten Bissen frei zu machen. Er stellte das braune Getränk neben sich auf den Boden und löste etwas Alufolie vom Teig, welcher das Fleisch umgab. Er riss ein Stück ab, knüllte es zusammen und liess es in der linken Hosentasche verschwinden. Dann drehte er den Dürüm und suchte nach einer geeigneten Stelle, wo er seine Zähne reinhauen könnte. Endlich öffnete er den Mund und biss zu. Der Teig gab nicht sofort nach. Bärtschi zerrte ein wenig. Das Alu platzte. Er fühlte, wie die Sauce über seine Finger lief, tat den finalen Biss und versuchte kauend das klebrige Zeugs von den Fingern zu lecken, als er zu spät auswich und die Sauce den Schritt seiner Hose bekleckerte. Mit den Lippen an der undichten Stelle, stützte er sich mit der sauberen Hand an der Lehne ab und stand auf. Einige Tropfen landeten auf dem Holzboden. Das Alu riss an einer zweiten Stelle. Bärtschi kämpfte wie ein Seemann auf einem lecken Schiff. Es half nichts. Als er den vollen Mund mit einem grossen Schluck, einem lauten Glucksen und mit grosser Anstrengung am Erstickungstod vorbei in den Magen entleert hatte, sah er das Ausmass der Bescherung. Nicht nur die Hose war voll, auch sein Hemd zierte eine weisse Spur, die quer über den Bauch verlief. Irgendwie würde er das seiner Frau erklären müssen. Bärtschi verschlang auf dem Weg ins Badezimmer den letzten Rest.

***

Marlen hörte Schritte näherkommen. Sie gab sich Mühe, die Schmerzen, die ihr Fuss verursachte, zu ignorieren und biss sich auf die Lippen. Sie machte sich bereit, auf ihrem Konto eine weitere Tötung abzubuchen. Sie öffnete die Schere, um mit nur einer Klinge zustossen zu können. Dadurch würde der Widerstand der Haut und des Fleisches verringert. Gleichzeitig hatte sie die Waffe besser in der Hand. Marlen versuchte nicht zu atmen und starrte auf den Vorhang. Bei der kleinsten Bewegung, wenn sich ein Schatten näherte, würde sie zustechen. Auch wenn sie damit nur einen der beiden Männer aus dem Wald neutralisiert hätte. Besser als keinen. Die Tür ging auf. Die Gelenke und Sehnen ihrer Hand traten hervor. Sie hörte, wie das Wasser lief. Dann wurde Klopapier aus der Halterung gezogen. Sie hörte, wie das Papier über einen Stoff rieb. Mit einem feuchten Ton landete etwas in der Kloschüssel. Dann ging die Spülung. Wieder hörte sie Wasser aus dem Hahn plätschern. Als es aufhörte, war eine Zeit lang Ruhe. Sie hörte den Mann atmen und war selbst nahe daran, zu ersticken. Vor ihren Augen bewegte sich der Schatten auf eine Weise, die keine Schlüsse zuliess. Marlen hob die Schere, um im geeigneten Moment zustossen zu können. Der Schatten kam näher, sie erhöhte die Spannung in ihrem Arm. Dann entfernte er sich wieder. Sie hörte eine Kehle glucksen, als der Mann Wasser trank. Schliesslich entfernten sich die Schritte, und die Tür fiel ins Schloss. Marlen stand in der Dunkelheit, die Schere über den Kopf erhoben. Schliesslich liess sie sie sinken und kauerte sich in der Badewanne zusammen. Sie verschluckte ihr Schluchzen.

***

Bärtschi stocherte mit den Fingernägeln zwischen den Zähnen und liess sich im Sessel nieder. Der Regen peitschte an die Fensterscheibe. Hin und wieder zuckte ein Blitz und liess die Wassertropfen grell aufleuchten. Ansonsten war dahinter alles grau und düster. Er grapschte sich eine Zeitung vom Boden und schlug sie auf, las die Schlagzeilen und hielt das Papier etwas weiter weg, um die Fotos einigermassen zu erkennen. Für mehr reichte es nicht. Die Lesebrille lag im Auto. Und derart interessant war der Inhalt des Käseblattes nicht, als dass es sich gelohnt hätte, sie zu holen. Er liess die Zeitung sinken. Die Hand fasste nach der Cola. Bärtschi nahm einen Schluck und hielt die Flasche geöffnet vor seinem Bauch fest. Es war wieder so weit. Er wartete. Irgendwann musste Cobb auftauchen. Bärtschi konnte nichts tun, als – nichts zu tun. Aber er hatte dieses Gefühl in sich, dass sich schon in früheren Fällen eingestellt hatte. Windstille. Äusserlich kam die Sache nicht vom Fleck. Es schien, als seien alle Fragen offen und keine einzelne davon könnte je beantwortet werden. Es gab nichts zu tun, als sich mit dieser Tatsache abzufinden. Das war die Oberfläche. Stillstand. Aber irgendwo arbeitete der Fall weiter. Für sich. Die Menschen, die daran beteiligt waren, taten Dinge. Ganz einfach deshalb, weil das Leben weitergeht. Und es waren Dinge, welche die losen Enden der Fragen in die Hand nahmen und zu einem Muster knoteten. Der Fall arbeitete unsichtbar weiter, während er nichts zu tun brauchte, als in einem Sessel einer fremden Wohnung zu sitzen und dem Regen zuzuschauen.

Er versuchte, die Augen offen zu halten, trank die Cola aus und starrte die nassen Scheiben an, nahm die grelle Beleuchtung wahr, die von zwanzigtausend Volt angetrieben aufblitzte. Nachdem er aufgehört hatte, bei jedem Donnerschlag zusammenzuzucken, schlossen sich die Augen, und Bärtschi grunzte zufrieden der Auflösung des Falles entgegen.

44

«Warum müssen wir das tun? Ausgerechnet wir!» Schwanninger hielt sich am Riemen oberhalb des Beifahrersitzes fest. Es war ein kläglicher Versuch, sein Kreuz vom Gewicht des Körpers zu entlasten. Die Nase war geschwollen. Cobbs Geschenk.

«Egger ist von uns gegangen, weil er dir geholfen hat, Becks Tochter zu ficken, Schwanninger. Haag ist auch nicht mehr. Es gibt niemand anderen als uns zwei.» Gysel schaltete einen Gang runter und fuhr den Kleinbus des Altersheimes nun zum dritten Mal an der Buche vorbei, welche die Hälfte der Strasse blockierte.

«Wir haben Tanner und Hubi, wir haben Jesus und Beck. Die können auch fahren.»

«Tanner hat uns hingebracht, damit wir mit diesem schicken Altersheimlaster die erste Ladung in die Siedlung bringen konnten. Hubis Fuss muss noch bis zum Ende der Sache durchhalten. Jesus ist ein Trottel, und sein Vater, nun ja.»

«Immerhin verteilt der Junge die Waffen an die Bürgerwehr.»

«Der richtige Mann für den Job. Der wird nichts davon merken, dass sie mit Platzpatronen geladen sind.»

«Und wo ist eigentlich dieser –?»

«Kälin ist tot.»

Gysel beschleunigte. Wasser rauschte ausserhalb des Blechs und spritzte in weiten Fontänen in die Wiesen, der Wagen schwamm über die Strasse. Schwere Tropfen schlugen gegen die Windschutzscheibe. Schwanningers rechte Hand verkrampfte sich um den Griff, seine linke versuchte zusätzlich, Körpergewicht wegzunehmen, indem er sie neben sich ins Polster grub. Gerne hätte er jetzt das Gesicht mit Kölnisch Wasser benetzt. Aber dazu fehlte ihm eine Hand. Er starrte auf die Fahrbahn. Als ein Schatten darüberhuschte, quietschte er laut auf.

«Beruhig dich, Schwanninger. War eine Katze.» Gysel schaute auf den angespannten Fettsack und lächelte ihn beinahe liebevoll an. «Ich verstehe nicht, warum du kein Vertrauen in mich hast. Die Sache mit dem Journalisten haben unsere Männer doch prima hingekriegt.»

Meine Männer, wollte Schwanninger antworten. Stattdessen

lächelte er schief. «Ich hoffe, sie haben ihn über den Jordan geschickt.»

«Nichts da. Warum sich die Hände unnötig schmutzig machen. Er liegt mitten im Ort des Geschehens. Ein paar Meter tiefer, aber mittendrin. Er ist sozusagen live dabei, wenn's losgeht. Schade bloss, dass er darüber nicht wird berichten können.»

«Weiss er davon?»

«Hab's ihm gesteckt.»

«Und dann?»

«Dann hat ihm Tanner den finalen Schlag versetzt.» Gysel lehnte sich entspannt zurück und summte ein Lied. Schwanninger starrte weiter hinaus in den Lichtkegel und versuchte sich abzulenken. Er zählte innerlich die Vermögen der Senioren zusammen, die bereits in der Siedlung angekommen waren. Die Testamente waren mit Haags Hilfe gemacht. Haag war tot. Das Geld war seins, ganz allein seins. Abgesehen von kleinen Rechungsfehlern würde es reichen. Tatsächlich, es würde reichen. Hier im Kleinbus des Altersheimes klarte sein Geist auf. Er war am Ziel. Mit diesem Eigenkapital konnte er weiteren Geldgebern mit Überzeugung gegenübertreten. Und für den Rest würde er sich auf sein Mundwerk verlassen. Der Traum wurde wahr.

Gysel bremste hart in einer Rechtskurve. Schwanningers Hand entglitt der Griff, und er landete mit seinem ganzen Gewicht auf dem Fahrer. Gysel rammte ihn mit der Schulter weg, Schwanninger schrie auf und langte mit zitternden Händen nach der Packung in der Brusttasche.

Vorsichtig drückte er drei Tabletten in seine Hand und kaute sie in Ermangelung von Wasser so lange, bis er sie schlucken konnte. Gysel beschleunigte wieder.

«Weisst du, Schwanninger, das ist erst der Anfang. Wir bauen eine Front gegen das Böse. Dazu braucht es Hingabe, Geduld, Disziplin und Durchhaltewillen. Man wird uns auslachen, man wird uns verspotten, wir werden weitermachen. Bewaffnete Bürger sind die Keimzellen eines neuen Zeitalters. Menschen, die es nicht hinnehmen, sich der Tyrannei, den Lügen und dem Druck der gegenwärtigen politischen Elite zu beugen. Männer, die das Recht in ihre Hände nehmen, die mit der Bibel in der Linken und der

Waffe in der Rechten bereit sind zu kämpfen. Für den Stolz, für die Familie, für Gott.»

Schwanninger stützte sich nun mit beiden Händen am Armaturenbrett ab. Er hoffte, sein Rücken würde in einer neuen Stellung aufhören zu schmerzen. Er sah sein eigenes Spiegelbild, wie es gewinnend zu lächeln versuchte. «Das tönt nach einer guten Idee, Gysel. Wirklich, eine gute Idee.»

«Schön, Schwanninger. Ich habe mir das so vorgestellt: Ein Teil der Einnahmen aus dem Bibelpark fliesst in eine geheime Kasse.»

Schwanninger schnaubte. «Das kommt überhaupt nicht in Frage. Der Bibelpark gehört mir. Mir. Mir ganz allein.» Die Enden seiner Lippen bebten. Er schlug mit der Hand resolut aufs Armaturenbrett und fasste sich schnell ans Kreuz.

«Wir brauchen als Erstes einen Platz zum Trainieren. Das ist wichtig. Etwas abgelegen. Ein Schiesstraining ist von enormer Wichtigkeit. Zuerst finanzieren wir also ein Grundstück, welches gross genug ist, um –»

«Einen Scheissdreck werde ich. Sie haben Ihre Abstimmung, Gysel, Ihren verkohlten Bundesrat, ich habe meinen Park. Das war die Abmachung. Weiter gehe ich nicht.»

Gysel nahm eine Hand vom Steuerrad und zog eine Pistole hervor, die er Schwanninger in die Seite stiess. Er drückte ins Fett, bis der Lauf von einer Rippe aufgehalten wurde. «Ab jetzt gehören wir zusammen, Schwanninger. Wir sind ein Team. Ob du willst oder nicht.»

Menschen im wirklichen Leben sagen nicht «huch». Aber Schwanninger sah ganz so aus. Sein Körper machte sich lang, seine Stirne befeuchtete die Windschutzscheibe. Der Mund schnappte nach Luft. Das, was man für Lippen halten konnte, formte sich zu einem runden, fleischigen Etwas und sog die feuchte Luft mit einem erstickenden Laut ein. Gysel sah amüsiert zu und dachte an eine Schnecke, die sich lang machte. Er staunte jetzt, wie er damals darüber gestaunt hatte, wie sich so eine Schnecke zusammenziehen konnte, wenn er Salz daraufstreute. Das hier war dasselbe, bloss umgekehrt. Plötzlich explodierte sein Nasenbein. Seine Augen füllten sich mit Tränenflüssigkeit. Er drückte die Pistolenhand an die Nase und blinzelte. Die Strasse, die Windschutzscheibe, die Sträucher am Strassenrand, die aufspritzenden Lachen, die Leuchtanzeigen des Armaturenbrettes, alles verschwamm in einem graugrünen Sumpf, in Licht und Schatten. Gysel drosselte die Geschwindigkeit. Er schmeckte Blut im Mund. Der Handrücken, mit dem er sich die Nase abputzte, war rot.

Die Schnecke hatte ihn geschlagen. Jetzt riss sie die Hand an sich und versuchte, ihm die Pistole zu entringen. Gysel hatte Mühe, die Fahrbahn zu erkennen. Trotzdem beschleunigte er. Schwanninger quiekte. Gysel versuchte, die Pistole in der blutverschmierten Hand zu behalten und dagegen anzukommen, dass Schwanninger deren zwei zur Verfügung hatte. Das Quieken steigerte sich zu einem wilden Kreischen. So mussten Schweine tönen, kurz bevor sie den Bolzen zwischen die Augen kriegen, dachte Gysel, als er einen zweiten Hieb gegen die Nase einsteckte. Sie knirschte, und draussen ertönte ein lang gestrecktes Hupsignal, welches gegen die Heckscheibe dunkler und leiser wurde. Dopplereffekt, schoss es Gysel durch den Kopf, als ein Schmerz seine Hand durchfuhr, die noch immer die Pistole umklammert hielt. Dann hörte er – ganz laut und deutlich hörte er das – wie die Knochen knirschten. Der kleine Finger gehorchte ihm nicht mehr. Er schaute kurz von der Fahrbahn weg und sah Schwanningers feiste Lippen, welche die Hand umschlossen. Von den Mundwinkeln rann Blut. Sein Blut. Wie ein Hund, der an einem Knochen riss, zerrte Schwanninger daran. Er schüttelte sie. Dazu diese Sauggeräusche. Gysel sah zu, wie sich die Pistole aus seiner Hand löste und auf die Fussmatte fiel. Schwanninger versuchte sich danach zu bücken. Aber sein Bauch war ihm im Weg. Gysel riss endlich die Hand aus Schwanningers Maul und schlug mit ihr auf den Sektenchef ein. Der wehrte mit fuchtelnden Händen ab und musste doch den einen oder anderen Hieb ins Gesicht einstecken. Blut spritzte an die Scheibe der Beifahrertür und über Schwanningers Hemd. Gysel riss das Steuerrad herum und fuhr an den Strassenrand. Er liess den Motor absterben. Mit der gesunden Hand wuchtete er die Fahrertür auf und wollte aussteigen. Der Sicherheitsgurt riss ihn zurück. Unerwartet flink war Schwanninger bereits vom Beifahrersitz gehüpft und hatte sich die Pistole geschnappt.

«Da! Sehen Sie, was Sie mit meinem Hemd angerichtet haben!» Er kreischte im höchsten Falsett. «Dafür werden Sie aufkommen, Gysel. Das wird Sie teuer zu stehen kommen!» Er nestelte an der Pistole herum. Gysel zerrte am Gurt, besann sich und gab dem Zug nach. Er löste den Verschluss. Der Gurt rollte zurück, und das Metall schlug gegen die Zähne. Gleichzeitig explodierte die Luft im Inneren des Wagens. Gysels Linke schnellte reflexartig zum Ellbogen des rechten Armes. Da war nicht mehr viel. Ein zweiter Knall traf ihn mit der Wucht eines Baseballschlägers im Rücken. Gysel flog aus der offenen Tür, versuchte sich aufzurappeln, taumelte und fiel auf die nasse Fahrbahn. Das Gesicht blutete in den nassen Asphalt. Er stützte sich mit der Linken auf, zitternd stellte er das rechte Bein an, als ein weiterer Schuss peitschte. Gysel hörte, wie die Kugel neben ihm auf dem Asphalt einschlug und wegsirrte. Er erhielt einen harten Tritt gegen die Rippen und kippte auf den Rücken. Über ihm stand Schwanninger und kreischte.

«Ich habe eine Abmachung mit mir. Ich habe dafür gekämpft, dass ich sie einhalten kann. Jahre um Jahre! Der Bibelpark gehört mir. Mir ganz allein. Und es gibt niemanden und nichts, das ihn mir wieder wegnehmen könnte. Niemand!»

Gysel spürte einen starken Druck auf der Brust. Und noch einen. Er versuchte aufzustehen, aber etwas hielt ihn am Boden fest. Er gab sich der Müdigkeit hin und hatte das Gefühl, das Regenwasser schwemme ihn mit. Das war amüsant, irgendwie.

Schwanninger hielt die heisse Pistole in der Hand und keuchte. Er beobachtete Gysels Gesicht, wie es lächelte, und gab noch drei Schüsse ab. Dann war das Gesicht weg. Der Regen prasselte aufs Dach des Kleinbusses. Obwohl das Herz weiteres Adrenalin durch die Adern pumpte, japste Schwanninger kläglich und griff sich ans Kreuz. Er liess das, was von Gysel übrig war, nicht aus den Augen und stolperte langsam rückwärts, bis er in seinem Rücken die Karosserie des Busses fühlte. Erleichtert lehnte er sich an, rutschte nach vorne zur offenen Fahrertür und liess sich vorsichtig auf den Sitz gleiten. Er griff in die Brusttasche, und schon bald rochen Gesicht und Nacken vertraut nach Kölnisch Wasser. Nachdem er die letzten drei Schmerztabletten durch die Folie gedrückt und zerkaut hatte, drehte er sich umständlich im Sitz, bis die Füsse die Pedale erreichten. Der Motor sprang an und erstarb wieder. Schwanninger setzte die Füsse wieder auf den Asphalt und stützte sich an der Karosserie ab, bis er die Hecktür erreichte. Er öffnete sie und entnahm dem Inneren ein Abschleppseil. Niemals würde er Gysel mit blossen Händen von der Fahrbahn wegbringen. Schon gar nicht mit diesem bösen Rücken. Das eine Ende des Seiles wickelte er um die Stossstange, das andere machte er an Gysels Beinen fest. Er stieg wieder ein. Nach einigen Metern ging rechts eine Nebenstrasse weg. Schwanninger bog ab und fuhr weiter, bis der Bus hinter einem Gebüsch verschwand und von der Hauptstrasse nicht mehr sichtbar war. Als er Gysel losgebunden hatte, legte er den Rückwärtsgang ein und fuhr mit Hilfe der Spiegel zurück auf die Hauptstrasse. Endlich machte er Licht und summte zufrieden ein Lied, während er sich im dämmrigen Nachmittag von Gysel entfernte, um die letzte Lieferung vom Altersheim aufzuladen.

45

Bärtschi schreckte hoch und sah sich um. Verwirrt nahm er die Umrisse eines Zimmers wahr. Es war ein fremder Ort. Von aussen drang nur wenig Licht herein. Erst ein Blitz erhellte die Szene. Er leuchtete auf CDs und Bücher, die am Boden lagen, auf umgeworfene Topfpflanzen und Stühle. Jetzt dämmerte ihm, wo er war. Er sah auf die Uhr. Um diese Zeit bereitete Susan das Abendessen zu. In den vergangenen Wochen gab es viel Suppe aus Gemüse, ohne Suppenperlen. Oft auch roh. Suppe aus Gurken oder Karotten. Oder Salat. Er rülpste und erinnerte sich an die letzte Mahlzeit. Lächelnd stand er auf und ging ans Fenster. Er hatte genug geschlafen. Der Fall hatte genug Zeit gehabt, um endlich zu einem Abschluss zu kommen. Draussen war die Strassenbeleuchtung angegangen. Gestern um dieselbe Zeit hatte er im Garten gesessen, hatte im Schatten Grünzeug gekaut und ein kühles Bier getrunken. Jetzt war eine Stimmung wie Weltuntergang.

Aus den Tiefen seiner Hosentasche zog er ein Handy hervor und tippte eine Nummer. Sie musste irgendwo gespeichert sein. Aber er zog es vor, Nummern zu tippen. Das war, was er konnte, und er war überzeugt, dass er so schneller eine Verbindung aufgebaut hatte. Er wartete einige Momente. Die Zentrale der Polizei meldete sich. Bärtschi liess sich verbinden. Straumann ging ran.

«Bärtschi, was gibt's?»

«Wollte ich eben dich fragen.»

«Cobb hat den Wagen geklaut.»

«Welchen Wagen, Straumann?»

«Den eigenen.» Straumann seufzte.

«Dann kann es noch dauern.»

«Was, Bärtschi?»

«Bis er hier auftaucht. Bin in seiner Wohnung. Was ist mit der Frau?»

«Nichts. Ein Phantom.»

«Und sonst?»

«Jede Menge Anrufe. Überflutete Keller. Bei dir, Bärtschi?»

«Bei Cobb hat wer rumgewühlt.»

«In der Wohnung? Soll ich die Spurensicherung schicken?»

«Nein. Später. Die machen hier alles nass. Ich warte hier. Möglich, dass er irgendwann auftaucht.»

«Bärtschis Geduldsspiel.»

«Genau. – Danke, Straumann.»

«Die Presse –»

«Melden Sie die Keller, Straumann. Die Presse frisst alles.»

«Mach's gut, Bärtschi.»

«Ebenso, Straumann.»

Bärtschi legte auf und wandte sich dem Zimmer zu. Die leere Flasche Cola lag neben dem Sessel auf dem Boden. Er ging hin, bückte sich steif und trug sie in die Küche. Im Abfallbehälter hatte er sich die Hände mit einer klebrigen Substanz schmutzig gemacht. Als er die Hände wusch, verspürte er den Drang, die Blase zu entleeren.

Die Faulheit des Durchschnittsmannes riet ihm, im Stehen zu pinkeln. Anstand und Spurensicherung geboten, den Gürtel zu öffnen, ebenso Knopf und Reissverschluss der Hose, und sich zu setzen. Also sass er da und betrachtete leicht beschämt seinen Bauch, der auf den Oberschenkeln ruhte. Und während er sitzen blieb, erleichtert zwar, aber betrübt in die Betrachtung seines Körpers versunken, Nahrungszufuhr und Kalorienverbrauch abwägend, und auch die Möglichkeit von Sport ins Auge fasste, schreckte er auf, als ein wildes Etwas durch den Vorhang brach und auf ihn stürzte. Er spürte einen Schmerz in der Schulter und fiel von der Schüssel. Im Affekt hielt er die Hände vors Gesicht, bevor er versuchte, den wild gewordenen Duschvorhang zu packen. Er entglitt den ersten Versuchen, seiner habhaft zu werden – vielmehr entglitt ihm das, was in ihn verpackt war und laut kreischte. Jetzt stürmte der Inhalt in Richtung Tür. Bärtschi hechtete aus seiner ungemütlichen Lage nach und kriegte einen Fuss zu fassen. Ein anderer Fuss trat nach ihm, während er mit den Hosen an den Knien über die Fliesen gezogen wurde. Plötzlich hatte Bärtschi zwei Füsse in den Händen. Das Ding fiel hin. Es folgte ein lauter Aufschrei. Als er hochsah, blitzte ein Metall auf. Er zuckte mit dem Kopf zur Seite. Das Metall verfehlte ihn, und Splitter von Keramik flogen in sein Gesicht. Als das Wesen erneut die Hand erhob, um zuzustechen, erkannte er ein wütendes Gesicht.

«Marlen!»

Er wich wieder aus. Die Schere verpasste ihn.

«Marlen! Ich bin's! Bärtschi!»

Er packte ihren Arm, der erneut in seine Richtung zuckte, und hielt ihn fest. Als er sich aufsetzte, erkannte Marlen den Polizisten und liess sich erschöpft und erleichtert auf den Rücken fallen. Bärtschi bedeckte seine Blösse mit dem Duschvorhang. Er robbte etwas zurück, stand auf und zog die Hose hoch. Als er wieder aufblickte, hatte sich Marlen auf dem Boden vor dem Klo zusammengerollt und schluchzte. Bärtschi stieg über sie und setzte sich neben ihren Kopf. Es war eine komplizierte Situation. Hier lag die beste Freundin seiner Tochter wimmernd am Boden. Er konnte ihr Gesicht nicht erkennen. Die Haare deckten es zu. Bärtschi hob die Hand, liess sie wieder zu Boden sinken, hob sie erneut und nahm vorsichtig einige Strähnen aus dem Gesicht der jungen Frau, um einen Kontakt mit ihr herzustellen. Marlen schien nichts dagegen zu haben. Bärtschi betrachtete sie und wartete auf eine Gelegenheit, sie anzusprechen. Sein Blick wanderte hinunter zu ihrem Fuss, der ihm unwirklich gross vorkam. Er stand auf, ging in die Küche, öffnete das Gefrierfach und fand eine Packung Spinat. Er trug sie zurück und legte sie Marlen auf den Fuss. Sie zuckte zusammen und sah hoch.

«Ist nur Spinat, Marlen. Das kühlt. Wo hast du denn den Fuss her?»

«Bin gestolpert, Herr Bärtschi.»

«Wo denn?»

«Draussen im Wald. Nachdem ich ihn getötet habe.»

«Moment, Marlen. Was ist das für eine Geschichte? Wen hast du getötet.»

«Wir haben keine Zeit, Herr Bärtschi. Die brennen alles ab.»

«Was brennen die ab?»

«Na, die ganze Kirche. Mit all den Leuten drin. Ich wollte zu Ihnen, um Ihnen das zu erzählen, aber da … da sind Sie gekommen, und ich dachte, es sind die beiden anderen. Und hinter dem Vorhang, da konnte ich doch nicht erkennen, dass Sie es sind, der da reingekommen ist.»

Da hatte sich der Fall also hingearbeitet. Langsam fügte sich eins zum anderen, und Bärtschi bekam auch eine Idee davon, wo Cobb zu suchen war. «Marlen. Wo brennt eine Kirche?»

«Da, wo heute der Bundesrat spricht.»

Bärtschi wuchtete sich hoch und hielt das Handy in der Hand. Er tippte, fluchte, korrigierte und schrie in den Hörer nach Straumann.

«Hier Bärtschi! Weisst du, wann der Bundesrat spricht?»

«Was ist los, Bärtschi?»

«Straumann, weisst du, wann heute der Bundesrat in Ottlingen spricht?»

«Ich würde sagen, etwa in einer halben Stunde. – Unsere Spezialisten haben Wäckerlis Computer angesehen. Ich habe da einige interessante –»

«Klappe, Straumann, ich informiere dich unterwegs. Schick alle Einheiten nach Ottlingen, inklusive Feuerwehr, Sanität, den ganzen Zirkus, verstehst du, Straumann?!»

«Den ganzen Zirkus. Klar.»

Bärtschi schob das Telefon zurück in die Hose. Als er sich um Marlen kümmern wollte, lag sie nicht mehr da. Er sah, wie sie im Gang verschwand, und hörte bereits die Treppen knarren. Er rannte hinterher und sah sie weit unten, wie sie sich am Geländer abstützte und mit hohem Tempo die Stufen hinunterglitt. Bärtschi fluchte und rief hinterher.

«Marlen, wo willst du hin?»

«Ich komme mit!»

«Kommt überhaupt nicht in Frage!»

Inzwischen hatte er sie eingeholt.

«Ich komme mit. Ob Sie wollen oder nicht.»

«Marlen. Du setzt dich jetzt dahin. Ich rufe die Sanität, und die kümmern sich um dich.»

«Herr Bärtschi. Wenn Sie mich nicht mitnehmen, dann renne ich da raus und schreie um Hilfe. Dann kommen auch Sie nicht weg.»

«Marlen, sei vernünftig. Dein Vater ist da draussen. Er braucht Hilfe.»

«Eben.»

Sie starrte ihn an. Bärtschi wusste, er hatte verloren. Teenager sind hartnäckiger als Erwachsene.

«Verdammte Scheisse, Marlen. Dann eben. Hast du den Spinat dabei?»

Sie hielt ihm die Packung unter die Nase. Er stützte sie bis zum Wagen. Sie setzte sich rein, er startete den Motor.

«Marlen, jetzt kommt die siebte Kavallerie.»

«Wie?»

«Die siebte Kavallerie.»

«Fahren Sie los, Herr Bärtschi!»

Bärtschi trat aufs Gaspedal.

«Schaust du keine Western?»

«Was?»

«Filme mit Cowboys, Indianern und Revolverhelden.»

«Nein.»

«Dann verstehst du nicht.»

Er schaltete die Sirene ein. Die Fussgänger drückten sich an die Hauswände. Bärtschi lächelte und wählte den Polizeifunk.

«Straumann?»

46

Cobb genoss es. Er wurde sanft, beinahe zart, hin- und hergeschaukelt. Es störte ihn nicht, dass sein Kopf auf Kies lag. Er wusste noch nichts von blutverklebten Haaren. Die Erinnerung liess ihn in Ruhe. Er lächelte noch, während das Schaukeln allmählich in ein Rütteln überging. Er plumpste von der Seitenlage auf den Rücken. Dort versuchte er die trockene Zunge vom Gaumen zu lösen. Der Mund schmeckte nach Eisen. Er spürte eine kleine Hand ihn an die Wange schlagen. Bevor er die Augen öffnete, war eine Stimme zu hören.

«Herr Journalist. Hallo! Herr Journalist.»

In einem fort.

«Aufstehen! Hallo! Aufstehen, Herr Journalist!»

Er öffnete die Augen und sah den rothaarigen Jungen über sich, der drauf und dran war, sich auf ihn zu setzen. Er versuchte ihn anzulächeln. Die Lippen schmerzten.

«Ihnen fehlen da Zähne.»

Cobb suchte mit der Zunge die Zahnreihen ab. Tatsächlich. Vorne fehlten zwei Schneidezähne, mindestens. Er hob den rechten Arm, um mit den Fingern nach der Lücke zu tasten, zuckte zusammen und liess ihn wieder fallen.

Baseballschläger.

Langsam wurde nun auch die Erinnerung wach. Als er durchs Fenster in Schwanningers Zimmer eingedrungen war, hatte der Sektenchef zu schreien begonnen. Cobb hatte ihn gepackt, auf dieses Modell geworfen und ihm vorsorglich das Nasenbein ruiniert. Das hatte geholfen. Schwanninger befolgte die stumme Anweisung Cobbs, als er den Zeigefinger an die Lippen hielt. Ängstlich und keuchend, den Kopf auf die Arche Noah gebettet, hatte er Cobb angestarrt, bis dieser flüsterte: «Wo ist meine Tochter?» Natürlich hatte Schwanninger so getan, als wüsste er von nichts. Cobb packte ihn am Kragen und liess den feisten Kopf gegen den Turm zu Babel krachen. Schwanninger holte Luft, um zu schreien. Cobb war ihm zuvorgekommen und hatte den Mund mit einigen Päckchen Erfrischungstüchern gestopft, die er aus der Hemdtasche gezogen hatte. Er war eben dabei, die

Nase ein zweites Mal zu malträtieren, als ein harter Gegenstand den rechten Arm lähmte. Er hatte sich umgedreht und gesehen, wie ein bärtiger Typ zu einem zweiten Schlag ausholte. Cobb war ihm zuvorgekommen und hatte ihm die Faust ins Gesicht gerammt. Da traf ihn ein Stück Metall an der Lippe. Ein zweiter Mann mit Bart stand im Zimmer. Er entriss dem ersten den Baseballschläger und erwischte Cobb damit am Bauch. Cobb hatte sich gekrümmt und war zu Boden gegangen. Er spürte harte Tritte gegen die Rippen und hatte versucht, den Kopf mit den Armen zu schützen.

Das schien ihm gelungen zu sein. Offensichtlich war er nicht zu Brei geschlagen. Er schmerzte höllisch, als er sich aufrichtete. Der Junge hatte von ihm abgelassen und betrachtete ihn mit verschränkten Armen.

«Tut mir leid, dass ich erst jetzt kommen konnte, Herr Journalist. Mein Bruder, der Arsch, hat mich ins Zimmer gesperrt, weil ich mit nassen Schuhen den Wohnzimmerboden ruiniert hätte, wie er sagte. Er hat mir eine gescheuert und mich an den Haaren die Treppen hochgezogen, der Mörder. Aber ich weine ja nicht mehr, wissen Sie. Weinen macht den Gegner stark. So ist das. – Sie haben ganz schön was abgekriegt, Herr Journalist.»

«Du auch, Kleiner.» Cobb zeigte aufs geschwollene Auge des Jungen.

«Nennen Sie mich nicht ‹Kleiner›, Herr Journalist.»

«Wie heisst du denn?»

«Joe. Na gut. Josef. Aber ich nenne mich Joe.»

«Tönt gut. Ich bin Cobb.»

«Gut, Cobb. – Auch wenn er das Zimmer dunkel macht, kann ich noch nach draussen sehen. Aber das weiss der Arsch nicht.»

«Dein Bruder?»

«Ja, der Arsch. Habe mir ein Loch gebohrt durchs Holz. Im Frühling. Da kann ich bis zur Kirche sehen. Und wie die beiden Männer mit Bart Sie über den Platz schleiften und reingingen, wusste ich, dass Sie Hilfe brauchen.»

«Ja, danke, Joe.»

«Geht in Ordnung, Cobb. Ich musste bloss warten, bis Vater und der Arsch zum Vortrag gehen. Dann bin ich aus dem Haus geschlüpft. Es gibt nämlich einen geheimen Gang hier runter. Aber es weiss niemand, dass ich den kenne.»

«Guter Junge, Joe.»

«Da draussen schütten Männer mit Bärten und Morgenmänteln Zeugs aus Kanistern an die Kirche. Komische Sache, nicht? Es stinkt nach Benzin. Die wollen das alles anzünden, ich weiss das.»

Cobb versuchte aufzustehen. Die Decke war niedrig. Um dem Schwindel Herr zu werden, stützte er sich gebückt an einem Balken ab. Jetzt roch er das Benzin selbst.

«Wie spät ist es denn?»

«Was weiss ich? Wird gegen sieben gehen.»

«Bring mich hier raus, Joe.»

«Das geht nicht. Sie sind alle oben.»

«Wer?»

«Na die Brüder und Schwestern von Vater und Mama. Die ganzen alten Leute auch. Und der Mann, der die Rede halten wird. Wir müssen warten, bis die draussen sind.»

«Wir können nicht warten.»

«Weisst du übrigens, was mit meiner Schwester passiert ist?»

«Ja, ertrunken.»

«Aber zuvor, weisst du denn, wer schuld ist, dass sie ertrunken ist?»

Cobb kniete sich zu dem Jungen und sah ihm in die Augen.

«Hör zu, Joe. Das musst du mir später erzählen. Erst einmal muss ich da rauf, um die Leute zu warnen.»

«Wovor?»

«Vor dem Feuer.»

«Welches Feuer?»

«Joe, bring mich rauf. Gleich wird da oben alles lichterloh brennen.»

Cobb beobachtete, wie die Aufmerksamkeit der Augen des Jungen kurz nach innen kippte. Dann starrten sie wieder zurück.

«Da lang, Cobb.»

Der Junge schob ein verwittertes Brett zur Seite. Dahinter öffnete sich ein niederer Gang. Cobb bückte sich und folgte dem Jungen.

«Halten Sie sich an meinem Gürtel fest, Cobb. Es wird bald sehr dunkel.»

Cobb tastete nach vorne und hakte sich ein. Bald erkannte er wirklich nichts mehr und stolperte mit nackten Füssen über rohe Steine einen Weg nach oben. Der Junge schlich voraus, als ob er im Dunkeln sehen könnte.

«Vorsicht, Herr Journalist, Kopf einziehen.»

«Au! – Danke, Joe.»

«Ist schon gut, Cobb. Was ist das für ein Feuer, von dem Sie eben gesprochen haben?»

«Wenn wir früh genug oben sind, kann ich es dir erklären.»

«Und wenn nicht?»

«Ich halte mein Wort, Joe.»

«Wenn wir zu spät oben sind, meine ich.»

«Dann siehst du das Feuer.»

«Wir sind bald da.»

«Dann hören wir besser auf zu reden.»

Sie krabbelten schweigend weiter. Von oben vernahmen sie Schwanningers Stimme. Er sprach in kurzen Abschnitten, machte dazwischen Pausen. Als sie sich einem Licht näherten, das durch einen Spalt schien, verstand Cobb einzelne Wortfetzen.

Joe öffnete eine niedere Tür, welche ins Innere der Kirche führte. Cobb drängte sich an ihm vorbei, um einen Blick zu erhaschen. Auf der Bühne erkannte er den Sektenchef. Schwanninger stand an einem Rednerpult. Hinter ihm prangte sein retouchiertes Konterfei an der Wand. Ein riesiges Gemälde. Es zeigte ihn vor der Sonne stehend. Das Gestirn krönte sein Haupt, und die Strahlen gingen davon weg. Es wirkte pompös, war aber in der Ausführung erbärmlich. Cobb hörte zu.

«Unser Gott allein ist die höchste Autorität. Wir dulden keine andere, weder im Himmel noch auf Erden. Wir erkennen Gott einzig und allein in der bedingungslosen Verbreitung des Christentums. Und ich schliesse mit den Worten Jesu: ‹Und es wird gepredigt werden dies Evangelium vom Reich in der ganzen Welt zum Zeugnis für alle Völker, und dann wird das Ende kommen.› Und deshalb, meine werten Untertanen vor Gott, dem ich selbst der Untertänigste zu sein trachte, deshalb bitte ich Sie in vollem und ehrlichem Glauben an den Sieg Gottes, einen Kämpfer aus unseren Reihen zu begrüssen. Einen herzlichen Applaus für unseren einzigen … wahren … unseren Bundesrat!»

Mit diesen Worten schaute Schwanninger hektisch im Raum umher, bevor er sich hastig seitwärts von der Bühne bewegte. Er öffnete eine Tür und verschwand nach draussen. Aber da beachtete ihn schon niemand mehr. Alle Augen waren auf den Mann gerichtet, der jetzt die Bühne betrat. Er stellte sich ans Rednerpult und wartete, bis der Applaus verklungen war. Er liess einige Momente verstreichen, bevor er den Mund öffnete und zu lächeln begann.

«Danke. Vielen Dank. Es tut gut, die wahre christliche Wärme zu spüren, die echte Hochachtung gegenüber unseren wahren Werten. Danke.»

Der Bundesrat hob die Hände und klatschte einsam in den stillen Raum hinein. Cobb beobachtete, wie einige Männer und Frauen verstohlen Tränen von den Wangen wischten. Er sah nach vorne, als der Bundesrat seine Stimme erhob.

«Christ sein verpflichtet. Es ist eine Verpflichtung vor Gott, und es ist auch eine Verpflichtung der Heimaterde gegenüber. Der Erde, die seit Jahrhunderten von unseren Vätern in treuem Vertrauen auf den Allmächtigen bewirtschaftet wurde.»

Jetzt drückte Cobb Joe von der Tür weg und rannte mitten in die Menge. Die Menschen starrten noch gebannt nach vorne. Cobb schrie los.

«Raus! Raus mit euch allen. Bald geht hier alles in Flammen auf! Die ganze Kirche wird niedergebrannt.»

Alle Augen waren auf ihn gerichtet, aber niemand rührte sich. Sie sahen einen blutverklebten Mann, der wild mit einem Arm fuchtelte und sich die Seele aus dem Leib schrie. Der Bundesrat schaute nervös zu einigen Männern in schwarzen Anzügen, die sich gleichzeitig in Bewegung setzten. Cobb kletterte auf eine Kirchenbank und röhrte los.

«Verfluchte Sektenärsche! Versteht ihr denn nicht?! Die Kirche geht in Flammen auf!»

Cobb sprang auf den Boden und rannte auf die Bühne zu. Er

entwischte einem Sicherheitsmann, stiess den Bundesrat zur Seite und riss das Mikrofon aus der Halterung.

«Feuer! Die zünden die Kirche an. Bald ist hier die Hölle los! Raus mit euch, bevor es zu spät ist!»

Drei Männer in Anzügen hatten ihn an den Armen gepackt. Cobb schrie vor Schmerz auf, als hinten in der Kirche die Stimme eines Jungen gellte.

«Rauch!»

Jetzt kam Bewegung in die Menge. Die Jüngeren rannten zum Ausgang hin und rüttelten wie besessen an den Türen. Sie waren verriegelt. Die Ersten begannen zu husten.

47

Galati kam zu sich und zitterte. Braunes Wasser floss unter ihr weg. Sie befand sich in der Mitte des Baches. Ihr Körper wurde von der Strömung an Steine und Äste gepresst. Sie versuchte, den Kopf etwas zu heben, aber etwas hinderte sie daran. Sie drückte den Hinterkopf fester an das Hindernis und sah, wie sich vor ihr einige Zweige bewegten. Mitten in einem Gewirr aus Ästen, die sich zwischen den Felsen und Steinen verfangen hatten, überlegte sie, wie sie sich befreien könnte. Die physikalischen Gesetze hatten sie wie Treibholz behandelt. Das hatte ihr das Leben gerettet.

Sie fröstelte. Vorwärts kam sie nicht. Die Öffnung, durch die der Kopf hindurchpasste, war für die Schultern zu klein. Sie musste sich gegen die Strömung aus dem kalten Schwitzkasten befreien. Sich zurückdrücken und dem Wasser übergeben. Galati holte Luft und tauchte unter den Ästen weg, um sich zu orientieren. Als sie wieder an die Wasseroberfläche kam, erkannte sie, dass ihre einzige Chance darin bestand, mit den Füssen voran durch eine Öffnung im Gewirr aus Holz hindurchzutauchen.

Mit voller Lunge hangelte sie sich in der starken Strömung drei Meter nach unten und zwängte die Füsse durch eine Astgabel. Die Ohren schmerzten. Sie fasste mit den Händen nach und zerbrach einen Zweig, der sie im kalten Schlund zurückbehalten wollte. Endlich waren die Hüften durch, es folgten Bauch und Oberkörper. Die Strömung riss die Beine mit. Sie hielt sich kurz an den Ästen fest, um sich zu konzentrieren. Dann liess sie los. So gut es ging, stiess sie sich mit den Beinen an heranbrausenden Gesteinsformationen ab, schützte sich mit den Händen vor Ästen, während sie sich einen Weg an die Wasseroberfläche suchte. Die Lungen brannten, und jederzeit würde ihr der Atemreflex einen Strich durch die Rechnung machen. Endlich schoss sie an die Oberfläche.

Gierig schluckte sie den Sauerstoff und ruderte mit den Armen, um sich ans Ufer zu retten. Sie ignorierte die Erschöpfung und kletterte die Böschung hoch. Oben an der Kante setzte sie sich hin und wartete, bis das Zittern aufhörte. Sie fiel mehr als sie ging dem Waldrand entgegen. Kurz bevor die Bäume aufhörten, blieb sie stehen und spähte durch die Haselsträucher. Der Pick-up.

Der Pick-up stand neben ihrem Wagen, der abgesoffen war, eine Fahrertür weit geöffnet. Galati wartete und schaute sich um. Niemand war zu sehen. Auf ihr Gehör konnte sie sich nicht verlassen. Noch immer rauschte der Regen auf die Blätter. Alle Überlegungen führten in eine Richtung. Sie musste es schaffen, mit dem Auto ihres Verfolgers wegzukommen. Sie löste sich von den schützenden Sträuchern und betrat die Wiese. Das Herz klopfte in den Hals. Mit jedem Schritt drehte sie sich langsam um die eigene Achse, um sicherzugehen, dass der Killer sie nicht überraschte. Sie zuckte zusammen, als eine Amsel aus dem Gebüsch aufflog. Während sie durchs Wasser watete, suchte sie Schutz hinter ihrem eigenen Wagen. Als sie den Kofferraum geöffnet hatte, nestelte sie in der Sporttasche und nahm die Signalpistole an sich. Sie lud.

Sie steuerte nicht direkt auf die offene Tür des Pick-ups zu. Sie ging um ihn herum und duckte sich unter den verdunkelten Scheiben durch. Jetzt erst realisierte sie, dass der Motor lief. Mit dem Rücken an den vorderen Reifen gekauert versuchte sie, sich darauf einen Reim zu machen. Aber es gab nichts zu reimen. Und auch keine Fragen mehr. Sie brachte die Sache zu einem Ende. Das war alles.

Sie duckte sich um die Kühlerhaube herum, tauchte unter der Tür durch und feuerte ins Wageninnere. Schnell zog sie sich auf die andere Seite zurück und kauerte sich hinter den Reifen. Das Innere des Pick-ups leuchtete rot. Sie wartete, bis das Geschoss ausgeglüht war. Sie zählte bis zehn, bevor sie sich rührte. Dann riss sie die Beifahrertür auf.

Rauch quoll heraus, der sich schnell verzog. Im Inneren roch es verbrannt und nach faulen Eiern. Die Sitze glühten an den Nähten. Galati schöpfte mit den Händen Wasser, um die kleinen Schwelbrände und das grosse Loch im Polster des Beifahrersitzes zu löschen. Auf dem Boden davor lag eine Tasche. Der Reissverschluss war offen. Darin schimmerte matt glänzendes Metall. Sie griff hinein und holte eine Pumpgun hervor. Sie kannte die Waffe aus Filmen. Nach einigen Versuchen hatte sie sie entsichert. Drei Schritte vom Pick-up entfernt drehte sie sich zu ihrem Wagen und legte an. Der Rückstoss hätte ihr beinahe die Schulter ausgekugelt. Das Blech des Autos hatte sich verbogen, und die Scheiben waren gesplittert. Jetzt verstand sie die Faszination, die in Filmen von der Waffe ausging. Es hatte mit Endgültigkeit zu tun. Als sich das hohe Summen in ihren Ohren gelegt hatte, war nur noch der Motor des Pick-ups zu hören. Sie lud nach und stieg ein.

Die vier aktiven Räder führten sie sicher aus der Wiese zurück auf den Feldweg. Sie beschleunigte, als sie die asphaltierte Strasse erreichte, und kümmerte sich auf der Hauptstrasse nicht um Aquaplaning. Die Uhr am Armaturenbrett zeigte achtzehn Uhr siebenundfünfzig.

Als sie in Ottlingen aus dem Wald fuhr, stoppte sie den Wagen. Das Feuer liess die frühe Dämmerung wie Nacht erscheinen. Sie erkannte, dass einige Männer versuchten, sich an die Tür der Kirche heranzupirschen, während einige wenige Typen mit Bärten – waren das tatsächlich nur zwei? – sie mit Schusswaffen daran hinderten. Galati riss die Pumpgun hoch und zerfetzte die Windschutzscheibe. Sie warf die Scheinwerfer an und ruckelte den ersten Gang rein. Die Räder warfen schweren Schlamm nach hinten. Der Motor heulte auf, bevor sie jeweils einen Gang höher schaltete. Der Fahrtwind zog an ihren Haaren. Als sie sich der Einfahrt des Sektendorfes näherte, legte sie den Lauf der Waffe auf die Fassung der Windschutzscheibe. Wie zwei bärtige Karnickel starrten die beiden Männer in das Licht der Scheinwerfer. Als sie sich aus der Erstarrung lösten, zog Galati den Abzug. Die Männer sprangen zur Seite und kamen nur mühsam wieder auf die Beine. Sie verhedderten sich in etwas, das aussah wie Morgenmäntel. Galati hatte nachgeladen und schoss erneut. Der eine der beiden Bärtigen hielt die Hände über den Kopf und rannte rechts weg. Der andere schien ihm etwas zuzurufen und zeigte gleichzeitig auf seine Füsse.

Galati feuerte erneut und riss das Steuer herum. Der Pick-up schlitterte über den glitschigen Lehm und rammte beinahe den Flüchtenden. Der wendete und rannte zum Eingang der Kirche zurück. Sie sprang aus dem Wagen und zielte auf seine Beine. Nach einem lauten Knall knickten sie weg, und der Körper fiel in den Schlamm. Der andere suchte hinkend das Weite. Galati schoss jetzt in die Luft und beeilte sich, zum Tor zu gelangen. Es war verriegelt. Sie stemmte sich mit dem Rücken gegen das massive Holz und ruckelte es aus der Verankerung. Die Hitze raubte ihr beinahe die Besinnung. Die Männer, die anrückten, hielt sie mit der Waffe auf Abstand. Sie war sich nicht sicher, auf welche Seite sie gehörten. Sie hatten Gewehre in den Händen, wussten aber anscheinend nicht, wie sie davon Gebrauch machen konnten.

Endlich gab der Riegel nach. Das Holz fiel zu Boden. In ihrem Rücken spürte sie eine gewaltige Kraft und sprang zur Seite. Bereits taumelten die ersten Menschen an die frische Luft. Von weit hörte sie die Sirenen einer Feuerwehr. Sie rannte los. Schwanninger. Sie musste schneller sein.

48

Bärtschi hatte Straumann angewiesen, zuerst die Feuerwehren der umliegenden Gemeinden zu alarmieren, bevor er diejenige aus Schaffhausen aufbot. Jetzt jagte er auf den Kreisel zu, der Neuhausen mit dem Klettgau verband. Er nahm kaum Tempo weg. Marlen wurde von der Fliehkraft gegen die Tür gepresst. Plötzlich schlitterte der Wagen auf dem schwimmenden Untergrund. Bärtschi gab Gegensteuer, bevor er rechts abbog. Er quälte den Motor hoch. Marlen wusste nicht, wie der Polizist erkennen konnte, mit welcher Überraschung die Strasse in fünfzig Metern Entfernung aufwarten würde. Und sie war sich nicht sicher, ob Bärtschi das wirklich im Griff hatte. Sie starrte angestrengt nach vorne.

«Da!» Sie schrie gegen die Windschutzscheibe.

«Was?» Bärtschi sah zu ihr hinüber.

«Die Strasse ist voller Wasser.»

«Das sehe ich. Denk jetzt nicht, dass ich vom Gaspedal runtergehe. Dann säuft mir der Wagen ab. Und keine Panik jetzt. Ich war es nicht, der gesagt hat, du sollst mitkommen.»

Das Wasser bremste die Fahrt. Riesige Fontänen rauschten rechts und links der Karosserie hoch. Marlen war sich nicht mehr sicher, ob sie noch fuhren oder schon schwammen. Bärtschi drehte am Lenkrad, um die Kräfte, die auf das Auto einwirkten, zu neutralisieren. Endlich wurden die Fontänen kleiner. Marlen erkannte weiter vorne Asphalt. Erst jetzt merkte sie, dass sie die ganze Zeit die Luft angehalten hatte. Ausserdem hatte sich ihre Hand in der Halteschlaufe verkrampft. Sie löste die Hand und rieb sie. Bärtschi sah auf die Uhr und fluchte. Marlen sah ihn an.

«Kommen wir rechtzeitig?»

«Dafür gibt es keine Garantie. – Mach mal da vorne auf.»

«Hier?»

«Ja, da. – Offen?

«Ja.»

«Nimm die Pistole raus und steck sie in meine Jackentasche.»

Marlen nahm die Pistole heraus und wog sie in ihren Händen.

«Ist die geladen?»

«Natürlich ist die geladen.»

«Werden Sie sie gebrauchen?»

«Wäre mir lieber, sie würde stumm bleiben.»

Marlen sah die Waffe weiter an.

«Haben Sie … ich meine …»

Bärtschi schaute zu ihr hinüber. «Ob ich sie schon einmal gebraucht habe? Natürlich. Das ist ein Werkzeug. Oft reicht es, wenn man sein Werkzeug zeigt. Und dann merkt das Gegenüber, dass man der bessere Handwerker ist.»

«Nicht immer?»

«Nein. Und jetzt tu mir das Ding in die Jackentasche.»

Marlen nestelte an der Jacke des Polizisten herum und liess die Pistole hineingleiten.

«Ich mache Karate.»

«Ist eine gute Sache.»

«Ja.»

Schweigend lauschten sie den Scheibenwischern und sahen dem Wasser zu, welches wie ein grauer Schleier über der Landschaft niederging. In Neunkirch beobachtete Marlen eine Frau mit Kinderwagen. Das Kind war mit einem Plastikverdeck vor dem Regen geschützt. Die Frau trug gelbes Ölzeug und Sandalen. Missmutig kam sie ihnen entgegen und streckte den Mittelfinger nach hinten in die Höhe. In einigem Abstand folgte ein Mann in einem klitschnassen Hemd und gestikulierte wild. Ansonsten war das Städtchen wie ausgestorben. Beim Bahnübergang leuchtete die Ampel und kündigte einen Zug an. Der Schlagbaum senkte sich. Bärtschi gab Gas. Als sie die Gleise überquert hatten, lächelte Bärtschi angespannt.

«War knapp», sagte er.

«Ja.»

«Da vorne!» Marlen zeigte auf den Hügel, der vor ihnen lag. Dichter Rauch stieg auf.

«Wir kommen etwas knapp.»

«Beeilen Sie sich.»

«Tu ich schon die ganze Zeit.»

Bärtschi drückte das Gaspedal durch und schlitterte dem Feuer entgegen. Als er endlich in den schmalen Waldweg eingebogen war und das Auto vorbei an Schlaglöchern und umgekippten Bäumen nach oben quälte, bremste er plötzlich ab und fluchte. Vor ihnen fuhr die Feuerwehr. Bärtschi hupte wie ein Besessener, kam aber gegen das Geheul der Sirenen nicht an.

49

Trotz des Geprassels des Feuers waren von draussen Schüsse zu hören gewesen. Die Männer und Frauen, welche die Kirchenbänke aus der Verankerung gerissen hatten, um damit das Tor aufzuwuchten, blieben stehen und lauschten einen Moment, ehe sie fortfuhren, das feuchte Holz zu bearbeiten. Endlich sprang die Tür auf. Eine Gruppe rannte mit der Kirchenbank ins Leere, stolperte nach draussen und fiel in den Schlamm. Frische Luft wurde ins Innere der Kirche gezogen, wodurch das Feuer neue Nahrung fand.

Die Menschenmenge stürmte auf den Ausgang zu, wodurch dieser sofort wieder verstopft wurde. Cobb beobachtete, wie eine Frau von irgendwoher mit einem schweren Holzpflock angerannt kam und damit auf die Menschen einprügelte. Er erkannte die Mutter von Joe. Cobb wusste nicht, was die Frau damit bezweckte. Dann erkannte er, dass die Menge vor den Schlägen zurückwich und sich dadurch das Knäuel vor dem Ausgang löste. Es gab teilweise sogar wieder ein Durchkommen. Cobb rannte zurück zur Bühne und krallte sich den Mikrofonständer. Er lief zurück und liess ihn mit voller Wucht auf die Rücken und Arme niedersausen. Er versuchte, die älteren Leute zu schonen, war sich aber nicht ganz sicher, ob ihm das gelang. Endlich kam Bewegung in die Menge. Ganz langsam entkamen sie dem Inferno.

Cobb schmiss das verbogene Metall weg und sah, wie etwa fünfzehn Greise in Rollstühlen noch ganz vorne rechts bei der Bühne sassen. Einige hatten begonnen, sich zum Ausgang zu rollen. Andere hielten sich ein Kleidungsstück vors Gesicht, um sich vor dem Rauch zu schützen. Cobb rief einige Kirchenbesucher zurück, aber niemand schien ihn zu beachten. Er fasste den ersten Rollstuhl, dessen er habhaft werden konnte, und rollte ihn dem Ausgang entgegen. Er hustete und spuckte. An der frischen Luft liess er den Alten stehen und rannte zurück. Als er sich mit dem zweiten Gefährt auf den Weg machte, entdeckte er Joes Mutter, die hinter ihm herlief und zwei weiteren Frauen Anweisungen gab. Die drei rissen die Rollstühle herum und rannten damit nach draussen. Bevor Cobb zurückkehrte, um weitere Insassen des Altersheimes zu evakuieren, entdeckte er, wie die Menschenmenge hinter einem humpelnden Wesen mit Bart herlief und auf es eindrosch. Bis der Bärtige stehen blieb und dreimal in die Luft feuerte. Die Verfolger erstarrten. Cobb hörte Sirenen und sah unruhiges Licht, das den Platz vor der Kirche erhellte. Er riss sich los und rannte ins Innere.

Bevor er den letzten Rollstuhl von der Bühne wegrollte, sah er zu, wie das Porträt Schwanningers in Flammen aufging und sich von der Wand löste. Es blieb als klebrige Masse hinter dem Altar liegen. Cobb machte sich, die Alte vor sich herschiebend, davon, um nicht erschlagen zu werden. Diejenigen, die draussen standen und mitbekamen, was mit Schwanningers Bildnis geschah, bekreuzigten sich erschrocken. Cobb sah zurück und bemerkte, dass hinter dem Bild eine Treppe zu sehen war. Das musste es sein.

Das Versteck. Marlen.

Er entriss der Alten das Halstuch und hielt es sich vor den Mund. Er hielt auf die Treppe zu. Plötzlich war die Kirche voll von Gestalten in Brandschutzanzügen. Ein erster Wasserstrahl traf die Decke. Die Gestalten fuchtelten ihm zu und zeigten auf den Ausgang. Cobb ignorierte die Anweisungen und hechtete die Treppe hoch. Hier, im hinteren Bereich der Kirche, hatte sich das Feuer noch nicht so stark ausgebreitet. Es leckte vom Boden aus die Wände hoch. Die Hitze war bedrohlich. Der Rauch behinderte die Sicht. Cobb tastete sich nach oben. Die Treppe endete auf einer Plattform. Cobb spähte nach unten. Hier musste früher das Heu gelagert worden sein. Er wandte sich um, um nach einer versteckten Nische zu suchen, nach einer weiteren Tür oder dergleichen, als er einen harten Stoss gegen die Rippen erhielt. Die Luft blieb ihm weg, und er fiel zu Boden. Als er sich hochrappeln wollte, stand Jesus vor ihm und hielt den Lauf eines Gewehres auf ihn gerichtet.

Er trat von einem Fuss auf den anderen und schrie Cobb an.

«Das alles hier ist Ihre Schuld. Sie hätten nie hierherkommen dürfen. Wir hätten Gottes Wille befolgt. Gott wollte das Opfer, damit wir ihm aus der Asche ein Denkmal bauen. Gott hat es so gewollt.»

Mit diesen Worten legte er den Finger um den Abzug. Ein wildes Etwas schnellte aus einer Ecke hervor und rempelte ihn mit lautem Gebrüll an. Von der Wucht des Stosses getroffen taumelte

Jesus an den Rand der Plattform, rutschte aus und rettete sich vor dem Sturz ins Feuer, indem er sich mit den Händen am Holz festkrallte. Joe stand über ihm. In der Hand hielt er eine Axt. Jesus versuchte, sich hochzuziehen. Der Kleine trat ihm ins Gesicht.

«Mörder!», schrie er. «Du hast sie ins Wasser geschmissen. Ich hab's gesehen. Sie war eben vom Geländer geklettert. Sie wollte nicht mehr sterben. Du hast sie reingeworfen. Sie hat sich gewehrt! Mörder! Mörder!»

Joe hob die Axt und liess sie auf Jesus' Finger niedersausen. Der krallte sich mit einer Hand fest, bis Joe ein zweites Mal zuschlug. Der Junge sah zu, wie sein Bruder ins Feuer fiel. Er warf die Axt hinterher und wandte sich Cobb zu.

«Herr Cobb, wir müssen hier raus.»

Aber Cobb antwortete nicht. Der Junge fasste ihn an den Hosenbeinen und zerrte. Dann überlegte er es sich anders, liess Cobbs Beine fallen und hechtete die Treppe hinunter. Hustend quälte er sich durch die Hitze und den Rauch, bis er einer Gestalt im Brandschutzanzug in die Arme fiel. Er hustete und deutete nach oben. Dann gab er auf.

50

Im selben Moment, in dem Schwanninger die Tür öffnete und in den Kleinbus einsteigen wollte, barst die Windschutzscheibe. Zuvor hatte er einen Streit zwischen Tanner und Hubi geschlichtet. Er war entbrannt, weil das Feuerzeug kein Benzin mehr hatte. Schwanninger hatte mit einer Streichholzschachtel ausgeholfen. Dann war er so schnell wie sein Körper es zuliess ins Haus gerannt und hatte Papiere, die Pläne für den Bibelpark und eine Packung Feuchttücher in einer Sporttasche verstaut. Jetzt stand er vor der offenen Tür des Kleinbusses und liess die Tasche in den Dreck fallen. Ungläubig betrachtete er eine Frau, die mit einer Waffe vor dem Gefährt stand und offensichtlich nachlud. Ein weiterer Schuss fiel, und der Reifen zu seinen Füssen sank in sich zusammen. Schwanninger hüpfte zurück. Er holte tief Atem und schrie los.

«Hilfe!»

Alle waren damit beschäftigt, sich und das Leben anderer aus dem Feuer zu retten. Schwanningers Gesicht und die weit aufgerissenen Augen warfen das unruhige Flackern des Brandes zurück. Er starrte die Frau an. Langsam wich er zurück. Seine Schritte wurden schneller. Plötzlich drehte er sich um und rannte ins Haus. Die Frau folgte. Drinnen hörte sie ihn die Treppen hochächzen. Oben fiel eine Tür ins Schloss. Dann wurde ein Schlüssel gedreht.

Anna Galati sah sich um. Sie stand in einem Gang, von dem einige Türen wegführten. Sie musste sich im ehemaligen Gutshaus des Bauernhofes befinden. Nachdem sie zwei Türen geöffnet hatte, stand sie in der Küche. Sie öffnete einige Schubladen, bis sie fand, was sie suchte. Ein kleines Gemüsemesser.

Schwanninger versuchte zu ignorieren, dass sein Rücken in zwei Hälften zu zerbrechen drohte. Er schob einen Tisch an die Tür, um sie zu verriegeln, und schob einen Stuhl nach. Schwer keuchend lehnte er sich an die Barrikade und suchte in seinen Taschen nach Tabletten. Ein weiterer Schuss krachte. Die Tür splitterte. Die Frau kroch unter dem Tisch durch auf ihn zu. Er trat nach ihr und schrie laut um Hilfe.

Galati erwischte Schwanningers Fuss und hielt ihn fest. Der Sektenchef versuchte, sich freizuschütteln. Galati zog, und mit einem Ruck fiel er zu Boden. Sie sass rittlings auf ihm und schlug mit dem Kolben des Gewehres auf sein Gesicht ein. Blut floss aus einer Platzwunde und aus Nase und Mund. Sie stand auf. Schwanninger hielt sich wimmernd das Gesicht. Sie befahl ihm, hochzukommen. Schwanninger bewegte sich langsam und blieb gekrümmt stehen. Er sah aus wie ein angeschossenes Nashorn. Blut tropfte auf die Holzdiele. Sie vernahm einige Worte aus dem Mund des Mannes. Es hörte sich an wie: «Was wollen Sie von mir?»

«Ich werde dich ersäufen, Schwanninger. Magda zuliebe.»

Schwanninger schien zu widersprechen.

Galati lächelte. «Es ist sinnlos, ich weiss. Trotzdem werde ich es tun.»

Von draussen waren Sirenen zu hören. Schwanninger sah, dass Galati kurz abgelenkt war, und wuchtete sich vorwärts. Zusammen torkelten sie gegen die Wand, er drückte ihr mit seinem Gewicht den Brustkorb ein. Die Waffe fiel zu Boden, Galati rang nach Luft. Schwanninger kroch auf allen vieren der Pumpgun hinterher und erwischte sie. Das, was sich auf seinen zerfransten Lippen abspielte, war ein schiefes Lächeln. Genüsslich legte er an. Galati war schneller. Er sah einen Schatten auf sich zufliegen und heulte auf, als sich ein spitzer Gegenstand in seine Schulter bohrte.

Galati stach ein zweites Mal zu. Ein Schuss löste sich und liess den Verputz von der Zimmerdecke rieseln. Schwanningers Hemd zerriss. Sie rammte das Gemüsemesser in den Oberarm. Nach vier schnellen Schnitten blutete die Haut aus einem Rechteck. Sie riss das Stück weg. Schwanninger schrie vor Schmerz und schleuderte Galati von sich. Sie landete auf dem Rücken, er warf sich auf sie und drückte den Lauf der Waffe auf ihren Hals. Das Gemüsemesser verschwand in seinem Bauch. Er ignorierte die Verletzung und drückte weiter, bis sich die Frau nicht mehr wehrte. Dann kroch er unter dem Tisch hindurch auf die Tür zu. Im Gang zog er das Messer aus dem Fett und hielt sich am Geländer fest. Warme Flüssigkeit rann über den Bauch und in den Schritt, während er die Treppe hinunterwankte. Benommen öffnete er die Tür.

Er sah irritiert zu all dem unruhigen Licht, das sich in den

Pfützen spiegelte. Die Augen suchten nach seiner Sporttasche. Er erinnerte sich, dass er sie neben dem Kleinbus hatte fallen lassen. Er machte einige unsichere Schritte darauf zu, als Galati ihn mit der vollen Wucht ihres Körpers im Rücken traf. Er fiel auf den Bauch. Bevor er sich erheben konnte, spürte er zwei Hände an seinem Hinterkopf. Sein Gesicht, seine Nase und sein Mund tauchten in schmutziges Wasser. Er versuchte sich zu befreien, doch der Druck war stärker. Einmal noch schaffte er es, etwas Luft zu holen, dann versank das Gesicht wieder in der Brühe, er verschluckte sich und hustete.

Galati sass auf dem Rücken des Mannes und zwang sich, auch nach dem letzten Aufbäumen nicht von ihm runterzusteigen. Sie hielt Schwanningers Kopf nach unten gedrückt, obwohl sie wusste, dass kein Mensch so lange ohne Sauerstoff überleben konnte. Wasser tropfte von ihren Haaren, die Lichter verschwammen vor den Augen, sie fröstelte, während sie Schwanningers Kopf immer tiefer in den Matsch presste. Plötzlich fühlte sie einen harten Gegenstand an ihren Hinterkopf klopfen. Sie sah nach hinten.

Da stand ein kleiner bleicher Mann. Er hatte eine Waffe auf sie gerichtet und lächelte milde.

«Scheint, dass ich ein wenig mehr Glück habe, als mir zusteht, meine Liebe», flötete er. «Steh auf, gehen wir hinters Haus. Wir sind noch nicht quitt.»

51

Das Auto war noch nicht zum Stillstand gekommen, als Bärtschi die Tür öffnete. Er zog den Schlüssel ab und rannte auf das Feuer zu. Marlen beeilte sich. Sie löste den Sicherheitsgurt und setzte den rechten Fuss auf die matschige Erde. Als sie den linken nachzog, wäre sie beinahe gestürzt. Sie hielt sich am Blech fest. Während der Fahrt hatte sie die Schmerzen in den Hintergrund gedrängt. Vorsichtig ging sie los und fühlte sich in dem Chaos von rennenden Menschen, Feuerwehrmännern und am Boden liegenden Tischen verloren.

Bärtschi sah ein, dass er nur im Weg stand, und machte sich daran, das umliegende Gelände zu untersuchen. Er merkte sich das Muster der Tische, die im Matsch lagen, merkte sich die Autonummer einer Limousine und schritt vom Feuer weg, um sich einen Überblick zu verschaffen. Er entschloss sich, das Haus Schwanningers genauer zu untersuchen. Den Sektenchef hatte er vor vier Tagen zum Tode Wäckerlis befragt. Jetzt hatte er ein paar Worte mehr mit ihm zu reden, so er denn aufzufinden war.

Im flackernden Licht des Feuers, im allgemeinen Chaos und im Regen wäre er beinahe über einen am Boden liegenden Körper gestolpert. Er blieb stehen und bückte sich. Der Körper war schwammig. Am Oberarm fehlte ein Stück Haut. Bärtschi wusste, wen er vor sich liegen hatte. Trotzdem nahm er ein Stück Holz in die Hand und drehte damit den Kopf in der Pfütze, um das Gesicht zu sehen. Nun, diese Befragung würde nicht mehr stattfinden.

***

Marlen beobachtete, wie einige Männer in Sonnenbrillen in die Limousine stiegen. Das Gefährt schleuderte auf dem schlammigen Untergrund dem Wald entgegen. Es kam vom Feldweg ab und blieb stecken. Drei Männer in Anzügen stiegen aus und liessen sich mit Schlamm bespritzen, ehe der Wagen wieder Halt auf der Fahrbahn gefunden hatte. Er war kaum fünfzig Meter gefahren, als er einem Polizeiwagen ausweichen musste. Weitere folgten.

Als sie einen Schuss hörte, wirbelte sie herum. Sie sah, wie die Menschenmenge, die sich um einen Mann versammelt hatte, auseinanderwich. Ein Fotograf pirschte sich etwas näher. Ein Blitz zuckte. Für den Bruchteil einer Sekunde wurde eine bizarre Statue grell beleuchtet. Sie erkannte einen der bärtigen Männer aus der Hütte im Wald.

Mit Blaulicht preschten die Polizeiwagen auf den Platz vor der Kirche. Einige Männer in Uniform begannen, die Menschen vom bärtigen Mann und von der Kirche wegzutreiben. Andere rannten zu einem Feuerwehrmann, der Befehle schrie. Er ignorierte sie und lotste einen Trupp mit Schlauch hinter die Kirche.

Marlen entdeckte Bärtschi etwas weiter weg. Er richtete sich auf und warf ein Stück Holz von sich. Sie humpelte in seine Richtung und rief seinen Namen. Er reagierte nicht. Plötzlich blieb Bärtschi stehen. Er fixierte eine für sie unsichtbare Stelle hinter dem Haus. Langsam griff er in die Tasche. Während er auf die Stelle zuging, zog er die Waffe heraus und entsicherte sie. Marlen folgte ihm. Als sie direkt hinter ihm stand, erkannte sie einen schmalen Mann, der auf eine blonde Frau zielte. Bärtschi hob die Waffe. Sie hörte ihn rufen.

«Waffe weg!»

Keine Reaktion. Bärtschi wiederholte den Befehl. Die Zeit hing in der Schwebe. Plötzlich setzte der Mann an, um hinter die schützende Ecke zu springen. Gleichzeitig wirbelte er herum. Marlen erkannte ein bleiches Gesicht. Zwei Schüsse krachten. Der bleiche Mann wurde von der Wucht der Kugel nach hinten geschleudert. Bärtschi fasste sich an die Schulter. Dann setzte er sich in Bewegung.

Sie humpelte unsicher hinterher und blieb stehen. Sie traute sich nicht, den Erschossenen zu betrachten. Bärtschi war der Vater ihrer besten Freundin. So wollte sie ihm weiterhin begegnen. Sie drehte sich weg und sah einige Sanitätswagen auf den Platz schlittern. Sie bewegte sich darauf zu.

***

Als der Killer zu Boden gegangen war, sprintete Galati ums Haus herum und auf den Platz zurück. Sie überholte eine junge Frau, die in dieselbe Richtung hinkte. Zwei Sanitäter hievten einen kleinen Körper auf eine Bahre und rannten damit zu einem der Wagen. Galati folgte ihnen und hatte sie eingeholt, als dem Jungen eine Sauerstoffmaske aufs Gesicht gepresst wurde. Sie erkannte ihren Neffen und rief seinen Namen. Die Sanitäter drehte sich überrascht zu ihr um, während der Junge sich aufrichtete und die Maske vom Gesicht nahm.

«Tante Anna?»

Galati wollte eben zu ihm ins Sanitätsauto einsteigen, als sie an der Schulter zurückgerissen wurde. Ihre Schwägerin zwängte sich an ihr vorbei und stürzte sich auf den Jungen. Sie hielt seinen Kopf. Er lächelte. Erleichtert ging Galati einige Schritte zurück, wandte sich ab und stiess beinahe mit einer zweiten Bahre zusammen. Cobb. Das humpelnde Mädchen folgte ihm. Sie trat ihr in den Weg.

«Marlen?»

Überrascht sah Marlen hoch. «Ja?»

«Richte ihm aus, dass ich mich bei ihm bedanke.»

Marlen starrte sie wie betäubt an. «Wer bedankt sich?»

Anna Galati packte Marlens Handgelenk und zerrte einen wasserfesten Filzstift aus ihrer Hüfttasche. Sie kritzelte eilig eine Handynummer auf die Haut.

Galati machte sich davon. Marlen sah ihr nach. Beobachtete, wie sie vor einem Mann mit Abraham-Lincoln-Bart stehen blieb. Sie starrten sich lange an, bis der Mann ihrem Blick auswich. Dann verschwand sie in der Dunkelheit. Der Mann blieb einen Moment stehen, wandte sich in die entgegengesetzte Richtung. Er bückte sich, hob ein Seil vom Boden und schlurfte in den Wald.

Cobb wurde bereits im Inneren des Sanitätswagens versorgt. Als sie hineinklettern wollte, wurde sie zurückgehalten.

«Du kannst hier nicht rein», sagte ein Sanitäter freundlich, aber bestimmt.

Marlen sah durch ihn hindurch. «Ich muss da rein.»

«Der Mann braucht Ruhe.»

«Er braucht mich. Der Mann ist mein Vater.»

Ein Dankeschön an Rolf Strub